JN022078

回帰したシリルの見る夢は

登場人物紹介
シリル
幼い頃からフランディルが
大好きな公爵家の次男。
一度目の人生を
終えたはずが、
なぜかきっかけの日に
時が戻っていた。
フランディル
シリルの婚約者。
愛が重く、
独占欲の強い王太子。
出会った頃からずっと
シリルを想っている。

シン
正義感が強い王妃。
フィオナとは親しい間柄。
フィオナ
グレイテス子爵夫人。
シリルの乳母。
セス
グレイテス子爵家令息。
シリルの乳兄兼従者。
アシュリー
ミラー男爵家子息。
フランディルの
恋人だと思い込んでいるが……？
リアム
騎士団長の息子。
フランディルの
護衛騎士。
正義感が強い性格。

プロローグ

「シリル。体調を崩していたと聞いたが、もう大丈夫なのか？」

「はい、ご心配おかけして申し訳ありませんでした」

「いや、それならいい」

まぶしい午後のひと時、ザインガルド王国の庭園。

ここは、王族しか入れない場所。美しいテーブルには、王家専属シェフによる贅《ぜい》を尽くしたお菓子が並んでいた。

ゼバン公爵家次男の僕、シリル・ゼバンは母の血を強く受け継いだオメガ。母譲りの艶やかな髪と小柄な体型から、女の子と間違えられないように髪の長さは肩先までに留めている。黒に近いダークブラウンの艶めく髪色、それより少し色素の薄い瞳、血色のいい小さな唇が特徴的で可愛いと僕を溺愛する家族は言うが、それは身内の言葉なので真偽は定かではない。

そして、僕の前にはこの国の王太子、フランディル・ザインガルド殿下が座っている。

僕と同じ十八歳で、王家の特徴である煌びやかな金髪と力強さのある青い瞳が特徴的な、とても麗しい容姿を持つ。アルファの中のアルファである彼は、身分、強さ、美しさを兼ね備えた、僕の婚約者だ。

この世界には男女のほかに、アルファ、ベータ、オメガという三つの性がある。

世の中の大半を占めているのが、ベータ。一般的な男女、フェロモンと呼ばれる異性を惹きつける香りを持たないごく普通の人々。

そして、人口の二割がアルファ。優れた身体能力、知能、強さを兼ね備え、必然的に王族や爵位の高い人間に多くいる。

アルファは、男女共に相手を妊娠させられる優秀な遺伝子を持つ。唯一欠点は、オメガフェロモンを感知すると、ラットと呼ばれる発情状態に入り、性的に貪り尽くすことしか考えられなくなるというところだ。

最後にオメガ。能力は低いが、とても美しい見た目や庇護《ひご》欲《よく》をそそる容姿が特徴。

男女問わず妊娠可能で、女性はもちろん男性にも子宮があり、オメガから優秀なアルファは生まれる。オメガはフェロモンという特殊な香りで人を魅了する力を持ち、特にアルファを惹きつけると言われている。そのため、アルファはオメガを求めるのが一般的だ。オメガは約三カ月に一度ヒートと呼ばれる発情期があり、その時期はフェロモンが溢れ、ひたすら精を身体に入れることしか考えられなくなる。

発情期の性交中、アルファがオメガのうなじを噛むと、オメガはそのアルファにしか反応しなくなり、番《つがい》が成立する。特別な繋がりが生まれ、オメガの遺伝子がそのアルファだけを感知するようになり、フェロモンは番《つがい》以外に香らなくなり、さらにほかの誰とも性的な触れ合いができなくなる。

王家には、必ずアルファ男性が生まれる。そしてアルファに見合う爵位のオメガが嫁ぎ、またアルファを産むという行為を繰り返してきた。オメガであれば男でも女でも関係ない。

代々王家に仕えるゼバン公爵家に生まれたオメガの僕は、事情を知らない幼い頃から、国王陛下の一人息子である王太子フランディル様の婚約者と決まっていた。それが自分の役目だと思い、疑うことなく生きてきた。

でも、僕は家が決めた婚約者とはいえ、殿下のことが好きでたまらなかった。その婚約者との月に一度の逢瀬《おうせ》の時間、それは楽しいお茶会。

「……」

「……」

いや違う、会話は進まず二人共決して楽しんでいない。テーブルにある溢れんばかりのお菓子は絶対に二人で食べきれる量ではないし、何より殿下は甘いものを召し上がらない。

「殿下のお時間を奪うのは申し訳ないので、そろそろ僕は……」

「シリルが時間を気にする必要はない」

美しい王子様は笑わず、まるで命令のような口調で返す。

「……はい」

僕は甘いものが大好物だから、この食べ放題な状況は正直きつい。

これまでの僕は、婚約者の前ではしたない姿を見せられなかったことから、ほんの小さいクッキーを食べる程度で我慢していた。

しかし、今日は違う。もう見栄《みえ》を張る必要はない。だってこれから起こる悲劇的な未来を知っているから。

今まで必死に好かれようと努力していたけど、結局報われない。だったら遠慮せず、食べたいケーキをおなかに入るだけ食べてやると、口に入れた。

「お、おいしい」

どうして今まで、こんなに美味しいケーキを食べずに我慢していたのだろう！　本当にもったいない時間を、この数年過ごしてきた。

「……っ！」

大きな口でケーキを食べる僕の姿に、殿下は驚いた様子だ。今までこんなはしたない姿を見せたことはなかった。でも、もう気にしない。

一つ完食すると、今度はサクサクのパイを勢いよくザクッとフォークで割り、そのまま口よりも大きいパイを頬張った。間違いなく口の周りが汚れるはずだろう。

王太子妃になる教育を受けてきた僕は、口が汚れる食べ物はいつも気をつけながら食べていたが、思いのままに音を立てて口に運ぶ。

「うわっ、サックサク」

「そ、そうか。それは良かった」

僕の言葉に殿下は戸惑っている。そんな姿は初めて見た。いい気分だ。

「殿下、もっと食べてもいいですか？」

「……ああ、好きなだけ食べるといい」

「ふふ、ありがとうございます。では遠慮なく！」

次から次にケーキを口に運ぶ僕を、殿下はただ呆然《ぼうぜん》と見ている。

僕のことをもっと嫌いにさせてあげる、という気持ちで公爵令息には似つかわしくないケーキを食べまくるという姿を惜しみなく見せた。

「シ、シリル、そんなに食べて大丈夫なのか？　病み上がりだし……お腹を壊さないか？」

「ん？　だいじょ、ぶ、ン……だと思います。僕、甘いもの大好きなので！」

「そ、そうか。それならいいが……」

殿下の後ろには、呆れた顔をした殿下の友人兼護衛騎士がいる。

彼、ザインガルド王国騎士団長の子息、アルファ性のリアム様のことはよく知っている。大きな身体と切れ長の黒い瞳、短くそろえた赤い髪、同じ十八歳にはとても見えない。

リアム様の視線が痛いけれど、この前までの僕とはもう違う。王太子の前で礼儀作法をわきまえないオメガだと勝手に思っていればいいと、まだ何もしていないリアム様を憎み、さらにケーキを口に運んだ。

――そう、まだ何もされてない。

「ふう、食べたぁ、ご馳走様でした。さすが王宮のお菓子ですね、美味しすぎて幸せでした。残ったお菓子、持ち帰ってもいいですか？」

リアム様が何かを言おうとすると、殿下が手で制す。

ふふ、そうだよね。だって、今後関係ない人に怒ったってしょうがないから。すでに殿下にとって僕はどうでもいい存在なんだから。

「この菓子はのちほど、ゼバン公爵家に届ける手配をしよう」

「そうですか？　ありがとうございます。あっ、殿下、そろそろ次のご予定があるのでは……」

庭園の向こうに見える人影に気づいた僕は、殿下に目で示しながら話す。

「あ、ああ、すまない。ではまた来月会おう」

向こうにいる人に気がついた殿下が、珍しく慌てた素振りで返事をした。

退室の許可が出たので、僕は殿下に挨拶をして王宮をあとにした。さて、これからどうしようかな。

第一章　回帰

ひと月前、僕の人生は変化を迎えた。

あの日もいつもと同じように、王宮にある庭園で殿下とお茶をしていた。

殿下はつまらなそうな様子だったけれど、僕は会えたうれしさから自分のことばかり話す。

――その時だった、二人の逢瀬《おうせ》を邪魔するかのように、とある男がそのお茶会にやってきたのは。

少しカールのかかる栗色の短い髪の彼は、とても美しい。オメガの僕でさえドキッとするような艶を感じる。流し目で人を見る癖があるのだろうか、妙に色っぽい。

婚約者の僕でさえ殿下を名前呼びしていないのに、彼がいつも呼んでいるかのように自然に殿下の名前を呼んでいた。美しい二人はまるで恋人同士のようにお似合いで、僕にだってわかった……彼は殿下にとって特別な存在だと。

そして状況が理解できないまま、お茶会の時間は終了した。王太子妃教育を受けていた僕は声を荒らげることなく、殿下に挨拶をしてその場を立ち去れたけれど、リアム様が心配して身体を支えるくらいに僕は憔悴していた。

帰りの馬車で僕は大泣きし、家に到着してからも部屋にこもり泣き続けた。

「シリル！　どうした。泣いて部屋から出てこないと聞いて、父様は慌てて帰ってきたよ。何があったのか話してくれないか？」

僕を心配した母が父に早馬を出したのか、いつもより早く帰宅した父が慌てた様子で僕の部屋に来た。

「うっ、うっ、とうさ、まっ、僕」

「大丈夫だ、そう、ゆっくり呼吸して」

優しい父は大きな腕で包み込み抱きしめてくれた。

僕は逞しい胸の中で泣いた。背中を擦《さす》るリズムは心地よく、顔を上げて優しい父の顔を見るとまた涙が出てきた。

「シリル、そんなに真っ赤な目をして、かわいそうに。どうしたのか父様に話してくれないか？どんなことでもシリルのために頑張るから」

「う、とうさま……大好き」

「父様だってシリルが大好きだよ。可愛い顔が、もっと可愛くなってしまうから、そろそろ泣き止んで。大丈夫だよ、さぁ、言ってごらん」

ゼバン公爵家は、男性アルファの父と女性オメガの母、僕より七歳上のアルファの兄と僕の四人家族だ。大抵の貴族は、オメガは守るべき存在という教育を受けていることから、家では過保護なくらい溺愛されている。

「うっ、うっ、うん。あのね……」

唯一婚約者と会えるお茶の席に殿下は美しい男を入れて、彼に名前呼びを許していたことを伝える。

「そうか……それは辛かったね」

「ごめんなさい、僕が過敏になってしまっただけです」

説明をしている間に涙は止まっていた。泣きついてしまった自分が子どもっぽいと、恥ずかしくなる。

「いや、それはシリルが傷くのは当然だ」

「あの人は、どうしてあの場所にいたのかな……。殿下ととても親しそうだった」

「シリル、本来なら王太子妃になるお前は知らなくていいことだが、おそらくその男はシリルと同じ年の男爵子息アシュリー・ミラー。……殿下の情夫だ」

聞き慣れない言葉に僕は首を傾げる。

「王家に嫁ぐ者は、結婚するまで純潔でなければいけないのは知っているね。だが、殿下は違う。若くて精力的な殿下は肉体を解放する必要がある。それで殿下は幾人かと付き合いがあって……」

「え……？」

「殿下の相手は、本来なら婚約者の前に顔を出せる立場ではない。今回なぜそうなったのか王家に抗議する」

「ちょ、ちょっと待ってください、父様！　殿下はあの方と身体を交えているというのですか？それもそのほかにも何人も……」

あの殿下がそんな人だとは思えない。清廉潔白という言葉が似合う、僕だけの尊い王子様なのに。

「ああ王族とはそういうものだ。家臣の間では、シリルとの結婚が落ち着いた数年後にはあの男が側室に入るだろうと、噂されている」

「な、何それ。僕はずっと殿下が好きで仕方なかったのに、殿下にはほかに好きな人がいるの？」

悲しみは絶望に変わっていく。

「それは……。シリル、とにかく今日のことは忘れなさい。二度とシリルの前にあの男が現れないように配慮してくれと伝えるから、いいね」

「……はい」

どんなに父に愛されていようが、家の決まりは絶対だと幼い頃から教育されている僕は頷くしかなかった。

いつの間にか悲しみは、悔しさ、そして怒りに変わっていく。その怒りは、僕を愛さない殿下ではなく、殿下の寵愛《ちょうあい》を受けている相手に向かった。

そうして、あの男爵子息をどう懲らしめてやろうかという思いばかりを胸に眠りについたのだった。

＊　＊　＊

僕の目の前に飛び飛びの映像が現れる。

この夢は前世なのか、それともこれから起こる未来なのか？　とにかく今は、まだ何も起こっていないと頭では理解しているのに、とても苦しい。

お茶会でアシュリーを知った僕は嫉妬に醜く狂い、ある日、学園の中庭でアシュリーに突然襲い掛かった。

『どうして！　僕はこんなに殿下を愛しているのに！　アシュリーなんて、殺してやる』

『いやっ！　助けて、シリル様に……』

アシュリーは護衛に守られ、そこに現れた殿下に縋《すが》った。

『シリル、なぜおまえはそのようなことを……いい加減にしてくれ』

殿下に窘《たしな》められた僕はリアム様に拘束される。

そんな事件を起こしたけれど婚約は破棄されず、無事に結婚式の日を迎えた。

その日の朝、王宮に着くと、初夜に使用する王家の秘薬『発情誘発剤《はつじょうゆうはつざい》』を渡された。これで強制的にヒートを起こして、番契約《つがいけいやく》を行うのだと言う。

僕は結婚式の直前、『アシュリーと番《つがい》になりたいのならこの薬を使いなさい』と言って、アシュリーを狙っていた男に発情誘発剤を渡した。

オメガが突然発情を起こしたと言えば、アルファがそのオメガを求めようと誰も責めない。『あなたがヒートを鎮めて、うなじを噛んでしまいなさい』と、涙ながらに訴えたのだ。

殿下を手に入れるためには手段を選ばない。結婚後、殿下にはアシュリーを完全に諦めてもらうしかない。それにアシュリーだって想われている相手と結ばれるなら、愛人でいるよりいいだろう。せめて家柄のいい騎士と結ばれてほしい。

それから僕は不注意で薬をこぼしたと嘘をつき、改めてもらったものを飲んで殿下を待った。しばらくすると、鼓動が高鳴り、ついに初めてのヒートが訪れた。

しかし、どれだけ経とうが殿下が現れる気配はない。

――ヒートが最高潮を迎えた時、現れたのは殿下の側近リアム様だった。

殿下だけを想い生きてきた十八年、結ばれると信じた夜、僕の初めては好きでもない人に捧げた。

それは経験したこともないような快感だった。

意識が朦朧とする中、僕から何度も強請《ねだ》ってリアム様の精を受け入れた。初夜に使用される発情誘発剤がそうさせた……と思いたい。心は泣き叫んでいたが、発情の熱にうなされ、彼と番《つがい》になった。

発情が引くと、リアム様から解放され、次に目が覚めた時は騎士団の地下室に繋がれていた。

姦通罪で僕は死刑だと騎士に告げられる。

そこからはさらに地獄だった。僕に恨みを持つ騎士たちに汚される。

『シリル様、あなたのせいで俺たちの大切なアシュリー様が苦しんだ。その報いをその身体で受けてもらいます』

アシュリーを慕《した》う騎士たちの一人が冷たい声音で言う。

僕がアシュリーに薬を飲ませようとしたことは知られていたらしい。強制的にヒートを起こした彼を騎士たちは殿下のところへ連れていき、二人は番《つがい》になったと聞かされた。

彼はよく騎士団に出入りし、騎士たちから人気があった。その美しいオメガを虐《いじ》める僕が嫌われていたのは言うまでもない。

『やっ、やだっ！　触らないで！　僕に触れていいのは殿下だけ。止めて、お願い、僕を傷つけないで……っ』

叫んで必死に抗《あらが》うが、奮闘の甲斐なく屈強な騎士たちが僕の相手になる。

騎士たちは罵《ののし》りながら最大級に卑猥《ひわい》な言葉を浴びせ、時には暴力を織り交ぜて僕を犯す。快楽なんて一つもない。オメガは番《つがい》以外を受け入れると相当な苦痛を味わうと聞いていたけれど、実際にこんなに辛いことだとは知らなかった。後ろに楔《くさび》が入るたびに地獄を見た。

そんな行為が何度繰り返されたのか僕にはもうわからない。

死刑を待たずとも、僕の命はここで終わるだろう。処刑でこの醜い身体をさらされるよりマシだ、と乾いた笑いが出る。

心残りは家族のことだけだった。

爵位を奪われ平民になったと聞いた。生まれながらに上位貴族だった母は、これからどうやって生きていくのだろう。兄は大恋愛の末、子爵令嬢との結婚が決まっていた。それもダメになったのだろうか。せめて一言だけでも謝りたいけど、家族が僕に会いに来ることはない。

すべては僕の浅はかな行動のせいだ。

――僕はどうして殿下に愛されなかったのだろう。

どうしてあんなに愛を望んでしまったのだろう。王族との結婚だから愛のないものだと受け入れていれば、こんなことにはならなかったの？

やり直せるなら、アシュリーを初めて見たあの日に戻りたい。そして二人を認めて、二度と殿下を愛さない。心が傷つかないように、ひっそりと生きたい。

『ごめんなさいっ、ごめんなさいっ、早く、僕を死なせて……』

公爵家の子息である僕がこんな状況になるなど思いもよらず、プライド、身体、すべてがボロボロで、処刑前に命を散らした。それが僕の短い命の終わりだった。

＊＊＊

「シリル!!」

「……父様？」

目を開けると、心配そうな表情を浮かべた父が僕の顔を覗き込んでいた。熱を出して十日もの間、うなされ続けていたらしい。

「ああ、私の可愛いシリル、もう大丈夫なのか？　こんなに痩せてしまって！」

「心配かけてごめんなさい」

父から力強く抱擁《ほうよう》を受け、僕は呆然《ぼうぜん》としたまま答える。そして、少しずつ頭の中を整理していく。

途方もない夢を見た。今、見た夢は僕が辿《たど》ってきた本来の姿だ。一度人生を終えて、この始まりの瞬間《とき》に戻ってきた。

――僕は回帰したんだ。

最悪の事態が始まる分岐点、アシュリーを知ったお茶会の日が憎しみの始まりであり、僕のすべてが変わった日に。なぜ今、またあの分岐点に戻ってきたのかはわからない。嫉妬に狂っていたあの時の僕はどうかしていた。

たくさんの後悔があったから、やり直すチャンスをくれたのだと神様に感謝する。

「あなた、シリルはまだ病み上がりですよ。そんな力任せに抱きつぶさないでくださいな。それに、アランはあなたの代わりに執務室にこもりっきりよ」

母が父を窘《たしな》めた。その言葉で、兄のアランが父の代わりに仕事詰めになっていることを知る。

「リアナ、こんなに可愛い息子の目が覚めたんだ。仕事なんていいだろう？」

「もう！　シリルがゆっくりできないでしょう」

母は怒っているけれど、とても可憐で怖くはない。二人はとても仲の良い夫婦で番《つがい》だ。母を溺愛する父は、母にそっくりな僕のことも同じくらい深く愛してくれている。

——そして、僕だって家族を愛している。

今ならまだ罪を犯していない。犯さないようにできるはず。

そう、今度こそ間違ってはいけない。自分を、両親を、兄を守るために。

「父様、母様、僕はいろいろ吹っ切れました。殿下も好きな人と結婚したほうが幸せですよね。今まで気づかないフリをしていたけど、僕は殿下に嫌われています。婚約を白紙に戻せないかな？」

今回の人生では僕を死に追いやった殿下とリアム様には関わりたくない。あの結婚式の前に婚約を破談にしたい。

両親は目を合わせてから、何とも言えない表情で僕に向き直った。

「シリル、それはできないのだよ。お前は最初から殿下が好きだからこの婚約をすんなり受け入れていたが、本来この結婚は公爵家と王家の決まりごとだ」

「えっ、でも、もう好きじゃないし……」

「王族との結婚に感情は問題じゃない。昔から、王家の嫁は上位貴族のオメガから選出される。そして現在殿下に見合う年頃のオメガがいる家系では、我が公爵家が序列一位だ。だからこの婚姻は覆《くつがえ》せない」

「……そんな、いくらオメガだからって」

僕の人生は、生まれた時から決まっていた？

回帰前は疑うことなくそれを受け入れ殿下を愛した。でも、あんな未来を知って、今回も殿下を愛することはできない。殿下の嫁になれるオメガであることを喜んでいた過去とは違う。それなのにまた同じように、彼と結婚しなければいけないのか。

家柄だけの僕なんて、本当にどうでもいい。殿下にとっても不幸の始まり。王太子の義務として受け入れるだけの存在。だから月に一度しかないお茶会でさえ苦痛でたまらなくて、毎回その直後にアシュリーを王宮に呼んでいるのだろう。彼を愛することで、僕と会った嫌な気分を変えているのだと悟った。

静かに涙を流すと、父は慌てて言葉を発した。

「シリル、もし殿下がお前を嫌っているなら、一人子どもを作れば解放される可能性がある。王家は優秀な家の血筋を必要としている。発情期なら確実に子どもができる。殿下を愛する必要はない」

「えっ」

父親として、とんでもないことを息子に吹き込んでいるが、それは名案だった。記憶の中で何度も性体験はしているから、そこに関してはもうどうでもいい。怖いし痛いけれど、番《つがい》さえいなければそれほど苦痛はないはず。好きではなかったリアム様との発情期に比べれば、殿下と繋がるくらい問題ない。

「そうしたらシリルは、王太子妃の仕事だけをして好きに過ごせばいい。別居して王太子夫妻の公務が必要な時だけ、皆の前で王太子妃をする。数年後には側室に入ってもらえば、自由な人生だ」

「そうかな？」

「そうだよ、殿下がそんなにあの男を愛しているのなら、お前ではなくその男を番《つがい》にするだろう。二人目以降の子どもは側室が作ればいいから、子を一人産めばもう王太子妃である必要はないし、離縁が可能かもしれない」

「……なるほど」

それなら簡単に離縁できそうだ。結婚を断れないなら、いかにうまく関係を絶つかだ。

「だから、シリル。家のためだと思って受け入れてくれないか？　出産後は必ず父様がお前を連れ出してやる」

「うん！　うちの家族が王家に恨まれることはしたくないから、父様を信じてそうする！　僕、我慢して子どもを一人だけ作るよ、ありがとう父様！」

我慢して殿下の子どもを産む、殿下大好きだった昔の僕ならありえないことを言っている。

「シリル、不本意なことをさせてすまない」

「ううん、こんな我儘を言ってごめんなさい」

僕の言葉に両親は安堵し、部屋を出ていった。ようやく、今の状況に納得して今後の策を練ることにする。とりあえず王太子妃教育は必要ないので、各先生に手紙を書いた。

翌朝、自室で専属従者のセスに、昨夜書いたすべての手紙を渡した。一つ年上のセスはベータ性で僕の乳兄弟、子どもの頃からずっと一緒だった。年の離れた兄よりも身近な兄弟のように、そして最も信頼のおける友として育った。

「シリル様、まさかこれすべて、昨夜書いたのですか？」

「うん。セスもこの間の父様と僕の会話を聞いていたでしょ。王太子妃教育はもう必要ないから、僕自身も好きなことをして過ごすことにしたんだ」

唯一、包み隠さず本音を言える相手であるセスに考えを話す。

「もちろん、ご当主と奥様の理解は得ていると存じます。ですが、お二人からのお話だと、一旦成婚はなさってお子を産むということではありませんでしたか？」

「うん、そうだけどさ。結婚してすぐ子どもを産むなら公務をする期間はないでしょ！　だから王太子妃の教育は無駄だよね」

僕の言葉を聞いて、セスは困った顔をした。

「幼い頃から血の滲《にじ》むような王太子妃教育に耐えて、頑張る姿を見てきましたから、僕だってあんな不義理な男にシリル様を嫁がせたくありません。ですが、敵を欺《あざむ》くには先生方にもシリル様のご計画を見破られるわけには……」

「ちょ、ちょっと、さすがに殿下のことをシモの緩いダメ男だなんて言ってはだめだよ。そうだけど、でも誰かに聞かれたら僕の大切なセスが危ないことになっちゃうでしょ」

「いや、シリル様……そこまでは言っておりませんよ」

セスは今度は呆れた顔をした。

「あれ？　そうだった。僕の心の声が出たみたい。気をつけなくてはいけないのは、僕のほうだったね」

笑ってごまかす。あー、無意識って怖い。

「まあ、そういうことですから、王太子妃教育をやめるわけにはいかないのでは？」

「心配してくれてありがとう。実は僕、すべての教えはもう身についていたけど、より学びたくて知らないフリしていたの。でもセスの言う通りだよね、次の授業で僕の力量を認めてもらうことにする。ありがとう、この手紙は破棄するよ」

記憶の中で習得しただけで、まだすべての教育は受け終えていなかったけれど、そう答えた。

「そうだったのですね。さすがはシリル様！　先生方は驚きそうですが、それなら納得です」

その週に王太子妃教育は再開され、王太子妃教育の一つである、「各爵位の歴史と役割」についての授業が行われた。

「シリル様！　完璧でございます。よほど努力をなさったのですね。臥《ふ》せっていらしたとお聞きしましたが、もしやその間も？」

「早く殿下に認めてもらいたくて頑張りました！　でも、先生の今までのご指導のおかげで、基本が身についていたからできただけです。僕は無知なことが多いと知ることがあって、それで毎日一生懸命覚えたんです」

そうだよね。上位貴族として守られて生きてきたから、前の生では誰一人僕の暴挙を止められなかった。

幼い頃から殿下と過ごしてきた僕は、選ばれて当然という驕《おご》りがあった。自分以外の相手が殿下の心を射止めたことを許さず、僕は嫉妬に醜く狂い、アシュリーと初めて顔を合わせるとそれはひどい態度をとった。

それを殿下に見られた。

彼のように、ただ愛を伝える可愛いオメガのほうが殿下に愛されるのに。そんなことに頭が働かなかった……僕こそが無知だった。

「そうでしたか。もうシリル様にお教えすることは残っていませんね。本当によく頑張りました」

「えへっ、先生にそう言われるとうれしいです」

砕けた笑いをすると、先生は驚いた顔をしつつ頭を撫でてくる。この先生は教師陣の中でも一番礼儀に厳しい方だったはずで、こんなふうに僕に接したことはなかった。

嫌じゃなかったから微笑むと、先生は真っ赤な顔になる。

「はっ！　ああ、シリル様。思わず無意識に触れてしまい、申し訳ございません。今の笑顔がとても柔らかくて可愛らしかったので、思わず頭を撫でたくなってしまいました」

「いえ、先生に頭を撫でていただいて、少し驚きましたが、うれしいです！」

素直に言った。貴族たるもの隙を見せるなという、上流階級では当たり前の教えを守ったことで、僕はアシュリーの純粋めいた可愛さに負けた。そこも今回の人生の改善点として、アシュリーを見習わせてもらおう。

「どうしたことでしょう。学びが終了したことで安心なさったのでしょうか。そんな屈託のないお顔を見たのは初めてです」

「申し訳ございません。これではマナーの先生に怒られてしまいますね」

実際にそういう振る舞いこそが、殿下に可愛げのない婚約者として嫌われたのかもしれない。いや、そこは違うな、しつこい婚約者だったから嫌われたのかな？

「いえ、違います。できればそのままでいてください。今までの近寄りがたい雰囲気というのも必要だと思っていましたが、今の雰囲気のほうが民は断然好感が持てるはずです。私も今のシリル様のほうがいいと思いますよ」

「あ、ありがとうございます」

にっこり笑うと、また僕の頭を撫でてくれた。さすがにちょっと照れる。

その日以降、王太子妃教育のほかの先生の授業でも、同じように完璧に習得しているところと、柔らかい態度を見せた。皆驚いたが、僕の能力が高くなり余裕ができたのだと納得してくれた。そして彼らは教師という立場を卒業し、先生と生徒としての関わりは終了した。

しかし、それ以降も度々遊びにきてくれて、王宮の情報などをもたらしてくれるようになった。僕も以前の「教えてくれるのが当たり前」という態度を改め、今までお世話になったことへの感謝を込めて、心のこもったお礼状を書いたり、お菓子を贈ったりしていた。

そうして過ごしていると、アシュリーにあって僕にないものが今回の人生がだんだん見えてきた。人から愛されたり大事にされたりというのは、自分の行いから生じる。人からの愛情がとても心地いいもので、今生では僕と関わってくれた人との縁を大切にしようと思う。

前回は殿下が嫌がるのを無視して、好きだからと相手の気持ちを考えず纏わりついた。そしてアシュリーに嫉妬して細かい虐《いじ》めをたくさんした……気がする。

今回は、殿下にすでに興味がないし、アシュリーに関しては何も感じない。憎いなど思うはずもない。だって彼は救世主だよ？

僕が結婚したくない相手である殿下を愛してくれるなんて！

二人が早々に結ばれて、結婚までに番《つがい》になってくれたら、公爵家を侮辱したと言って婚約はなかったことになるかな？

最悪結婚することになったとしても、お利口にして欠点を見せなければあそこまでのひどい状況にはならないだろう。なんとしても清廉潔白に生きよう！　そして殿下と縁が切れたら、殿下やリアム様のいない国に逃げよう。

二人を応援する今の僕だったら、簡単だ。この先の未来が見えた気がして楽しくなってきた。これが、この一ヶ月で僕に起きたことだった。

過去を知ったあと初めてのお茶会では、今まで食べられなかったケーキを思う存分食べて、呆れられるということに成功した！　追いかけ回したり自分勝手な話を聞かせたりというストレスが溜まる行為よりは、恨みを買うことなく退場できる気がする。

第二章　回帰後の日常

数日後には体調が戻り、僕の計画が確かなものとなったので、しばらく休んでいた学園へ行くことにした。

僕の通う王立学園は王都の中心にあり、王族や貴族の子息たちが通う。伯爵家以上と、子爵家以下のクラスで分けられ、アルファだけは、ほかのバース性に影響力が強いので別の階にクラスがある。オメガとベータは互いに影響しないので、同じ空間で過ごすことが許されていた。

僕は王宮勤めする家系を中心とした、上位爵位クラスに配属されている。

僕と同じで、殿下も王立学園に通われているけれど、徹底的に避けられていた僕は、学園で殿下に遭遇することはほぼない。以前はいろんなところを捜しては殿下に声をかけ、護衛のリアム様に諫《いさ》められていたけど。

もう捜さないので、ご安心下さぁーい！

それに人生二回目なので授業は簡単に理解できるし、王太子妃としての妃教育を一通り習得していたので、すべてが楽勝だった。先生の質問に簡単に答えられる。

「シリル様、長期間お休みになられていたのに、ここまで授業についてこられているのはご立派ですが、あまり無理はなさらないでくださいね。お勉強のペースを落としても、問題ありませんよ」

「先生、お心遣いに感謝申し上げます」

授業中に皆の前で先生に誉められ、学友たちから賞賛の声が聞こえてくる。僕はありがたい気持ちと恥ずかしさで顔を熱くしてしまう。すると、周りが再びざわめく。

「色気が……」

「赤い顔をしているシリル様、初めて見た、尊い」

「……可愛い。あっ、いえ、シリル様の調子がまだ悪いようでしたら、私が医務室へお連れしますので、授業中でも遠慮なくお申し出ください」

先生がまた気を遣ってくれる。周囲の声を聞いてしまったから余計に恥ずかしくなり、声を出せずに笑顔で頷くだけになってしまった。

授業が終わると、積極的に学友たちに話しかけた。

以前の僕は殿下以外に興味がなく、立派な王太子妃になることだけを夢見ていた。早く殿下に認めてもらいたくて時間を少しも無駄にできなかったので、誰とも交流を持たず真っ先に帰って王太子妃教育に励んだ。

そんな僕が話したことに誰もが驚いているけれど、公爵家の人間から話しかけられて嫌がる人はいなかった。王太子の婚約者として頑張るつもりがないので、気を張らずに自分を出せる。なんでこんな簡単なこと、今までやらなかったのかな？

放課後、ゼバン公爵家と関わる子息たちと、学園内にあるカフェでお茶をした。初めは緊張していた皆の態度は数分すると、とても和やかになっていく。同じ年で、礼儀をわきまえている貴族たちとの会話は楽しかった。

上位爵位の子息たちの席には、通常誰も近づくことは許されないにもかかわらず、その時無遠慮に近づいてくる人たちがいた。その中に王太子付き騎士がいると従者に伝えられる。

僕は頷き、彼らが近寄る許可を与える。中心にはひと際美しく目立つ男がいた。あの顔を忘れるはずがない。

回帰後初めての、アシュリーとの対面だ。

彼はなぜか自信にみなぎっており、その美しい顔には笑顔が溢れている。その後ろには三人の王太子直属の騎士がいた。これは前の生でも同じ、アシュリーの護衛兼友人である。

「シリル様、僕はミラー男爵家のアシュリーと申します。以前、王宮でお見かけした時、お顔の色が優れないようで心配しておりました。もう大丈夫なのですか？」

僕はアシュリーの登場以上に、明らかに牽制《けんせい》している口調に驚いた。

前の生のこの時点の僕は寝込んでいなかったので、お茶会の翌日、自分からアシュリーに会いに行き皆の前で恥をかかせた。……それをしなかったからなのか、前と違うことが起きている？

「王宮で？　ミラー男爵子息、いきなり公爵家のシリル様のお名前を呼ぶなど失礼ですよ。それにあなたの立場は……」

侯爵令嬢である学友の一人が、アシュリーに抗議する。貴族なら当たり前の常識を無視した行為に腹が立ったのだろう。

誰がどう見ても失礼なアシュリーを窘《たしな》めた……わざわざ誰もが知る基本を教えるのは角が立つか

ら「立場」と、最後の言葉を濁して。

「立場は、なんでしょうか？　心配してお声がけすることすらお許しくださらないのですか？　殿下は身分に関係なく接してくれて、お名前を呼ぶことを許してくれるのに」

「……っ！」

殿下が名前を呼ぶことを許した、という言葉を聞いて皆が驚愕し、ざわつく。

王族を名前呼びするなど親族以外あってはならない。誰もが知る事実だ。婚約者の僕ですら名前呼びを許されていない。

それを皆の前で自慢するとは何事だろうか。

以前の僕なら彼に嫌味を言って意地悪をしたはずだろうが、今は余裕のある微笑みで学友たちに声をかける。

「皆様、落ち着いてください」

僕の一言に学友たちは静かになったのを確認すると、アシュリーに向き合う。

「えっと……ミラー男爵家ですか？　恥ずかしながら王家と縁のない家柄のことは、まだ僕知らなくて、勉強不足でごめんなさい」

「……っ」

アシュリーが悔しそうな顔をする。ごめん、やっぱりちょっと嫌味言っちゃった！

「初めまして、ゼバン公爵家のシリルです。いつかのお茶会で見ておられたのですね。醜態《しゅうたい》をさらしてしまい恥ずかしいのですが、お気遣いありがとうございます。今はもうお友達とお茶ができるくらいに回復いたしました」

反応を示さずに返答すると、アシュリーはより悔しげな表情になる。

「……っ、そ、それは良かったです。シリル様とのお茶会の最中なのに、殿下が僕のところに来られたから気になって。それを聞いて安心しました」

「そうだったのですか？　終了のお時間だったのでしょう。気になさらないでください。お心遣い感謝申し上げます」

婚約者同士のお茶会で僕を見た、それはつまり僕たちの私的な逢瀬《おうせ》の場にアシュリーがいたことを示す。そして、僕はアシュリーの存在に気づいていなかった。

こっそり乱入した、もしくは殿下の私的な付き合いということだ。後者なら、僕という公式の婚約者の前で自分の存在を示した。愛人という日陰の存在のままなら、他人の同情を買えただろうに……。

まあ、いい。アシュリーという恋人の存在が知れ渡るのなら、僕には好都合だ。

「アシュリー様！　お言葉をお選びください。ゼバン公爵子息様、申し訳ございません。アシュリー様はいろんなことに不慣れでして……」

すぐさまアシュリーの近くにいた護衛の一人が僕に謝罪した。それを見てアシュリーはむっとする。

……あれ、この人、もしかして。

アシュリーを制した男を見て、以前の記憶の人物と重なった。

殿下の忠実な騎士リーグ・フェイ。

前の人生で、僕がアシュリーを発情させて番《つがい》にしなよって言った相手だ。彼はアシュリーを愛していた。そんなリーグならアシュリーが殿下の愛人になるよりも、たった一人の相手と番《つがい》になったほうが幸せになれるとわかってくれるだろうと思った。だから、こっそり結婚式の前に抜け出して、反逆罪になるなんて考えずにあの王家の秘薬を彼に渡したのだ。

だけど、まさか殿下と番《つがい》にさせるためにアシュリーに飲ませるなんてなぁ。あれは僕の人選ミスだった。彼は殿下の腹心だからこそ、自分の欲望より殿下への忠誠心を優先させたのだろう。僕の目論見は最悪の方向で終結した。

「えっと、リーグ卿でしたね。大丈夫です。気にしておりません。いつもお役目ご苦労様です」

「私の名前をご存じなのですか？」

リーグが驚いた顔をした。それもそのはず、この人に話しかけたことなどこの人生では一度もない。

「もちろんです。王家に代々仕えている家柄ではございませんか。僕のことは、シリルとお呼びください。殿下をお守りくださり、いつもありがとうございます」

「シリル様！　こちらこそ光栄でございます」

このやりとりを見て、僕の対応に皆感心しているようだった。

殿下の正式な婚約者の前で、愛人もどきが立場をわきまえず牽制《けんせい》をした。しかし僕の余裕ある態度に、周りはアシュリーを重視する必要はないと判断しただろう。

アシュリーは自分のことを無視されて、居心地が悪くなったらしい。

「あっ、シリル様。僕これから殿下とお約束があるので、シリル様が元気になられたとお伝えしておきますね！　シリル様は殿下に月に一度しか会えないと聞いていたので、会いたい時に会える僕がお役に立てると思います。何かお伝えすることがありましたら、僕が伝えます！」

アシュリーはめげずに名前で僕を呼び、自分のほうが優遇されていると言う。

学友たちは怒りを表した顔をしているし、取り巻きがハラハラしているのがわかる。

アシュリー、恋人から脱落するのは困るから周囲をうまく使って！　と思うけれど、面倒臭いから終わらせることにした。

「ご配慮感謝いたします。殿下にお伝えすることはございませんので、お気になさらず楽しんできてください」

「……ぅ、はい。では殿下を待たせるといけないので、ここで失礼いたします」

にっこりと僕が笑うと、悔しがるアシュリーが逆にかわいそうになった。そんな牽制《けんせい》しなくても殿下は差し上げるのに。アシュリーはそそくさと護衛たちを引き連れ去っていった。

「じゃあ皆様、興も覚めてしまったことですし、そろそろお開きにしましょう！」

「そ、そうですね。王太子殿下の婚約者であるシリル様からは学ぶことが多くあり、今日はとても有意義でした。本当にありがとうございます」

「こちらこそ、僕もとても楽しかったです。気の置けないお友達ができてうれしかったです。これからもよろしくお願いいたします」

「シリル様！　僕たちこそ！」

アシュリーのせいで雰囲気が悪くなりそうになったけど、そこはさすが令息たち、持ち直してお開きにしてくれた。


帰宅すると、どっと疲れた。久しぶりの登校もだけど、疲れた原因は主にアシュリー。

「はぁ……。あれじゃ、周りに同情されて殿下の恋人として認められる方法は無理だよー。もう！　どうしよう」

自室でつぶやく。

アシュリーが殿下と恋人になるだけでは、王太子妃として周りに認められない。人柄と仕事の能力、人をまとめる力が妃殿下には必要だ。

だけど、彼には貴族のなんたるかという基本がない。

もしかしたらアシュリーの教育が間に合わなかったから、結婚式での僕のやらかしを利用して、僕を殿下の腹心リアム様と番《つがい》にさせたのかな？　ほかのアルファの番《つがい》になれば、どうあがいたところで王太子妃ではいられない。

僕が王太子妃にはなれないような作戦を、事前に打ち合わせをしたのではないだろうか。

その考えに、僕の身体はブルリと震えてしまう。起こる未来が同じとは限らないけれど、今後どうするかをしっかり考えるために机に向かう。

学園の卒業と共に結婚して、僕はそのまま王家に入る。

学園を卒業するまで残り半年。それまでの間に、アシュリーが王太子妃としての勉強をする必要がある。

僕のほうは、殿下との義務のお茶会を自然にこなす。殿下を好きだという態度を見せてウザがられてはダメだし、無関心すぎる婚約者では父の立場に影響が出ないとも限らない。

とりあえず、やり直し後初めてのお茶会は、ケーキを食べまくるという行為を見せた。殿下にあまり興味のない公爵令息を見事に演じたと思う。しかしそれだけでは何も変わらない気がするし、これからどうしたらいいのだろうか。

うーん、難しい。……月に一度、今後はどんな態度を示せばいいのか。アシュリー側と僕側の改善がこれからの課題だ。


それからしばらく静かで快適な学園生活を送っていた。

急いで公爵家に帰る必要はないから、学園内のティールームで学友たちと楽しいひと時を過ごす。はたまたお洒落《しゃれ》な社交の場に行き、いろんな貴族との関係を深めていた。これこそ、公爵家次男の優雅な過ごし方ではないか！　引きこもって勉強三昧《ざんまい》だった過去の自分が本当にかわいそうになる。

人生二回目最高！　毎日楽しくて仕方ない。

そんなふうに時間は流れ、明日はいよいよ殿下との恒例行事、義務のお茶会。

こんなに楽しい世界を知ってしまったら、たとえ月一度だろうとも、好きでもない人と過ごす時間は憂鬱《ゆううつ》だ。行きたくない、行きたくない、行きたくない……

そんなことを思いながら、最近仲良くしている学友、女性オメガのジュリア様と男性オメガのエネミー様たちと学園でランチをとる。二人は幼馴染だ。

「シリル様の王太子妃教育はすべて終了したと、叔父から聞きました。さすがシリル様です。僕も同じ年なのだから、シリル様を見習えとお小言をもらいました」

品のある美しさを持つエネミー様はそう言って微笑む。

「まあ！　シリル様はもうあの特殊な教育を修了いたしましたの？　それはもう生徒が血反吐《ちへど》をはくようなご指導だと、叔母から聞いたことがありますわ」

ジュリア様は驚きに目を見開く。

僕はエネミー様の叔父から歴史、ジュリア様の叔母からマナーを教わっていた。

今までは人の言葉を素直に受け取れなかったから、以前なら嫌なふうに受け取っていただろう。しかし、今は素直にお褒めの言葉たちをそのままいただく。

「僕の力ではございません。エネミー様の叔父様には、大変お世話になりました。ジュリア様の叔母様にも、たくさんのことを教えていただき、なんとかここまで来ました。王太子妃教育は特殊なので、講師の方たちが素晴らしい能力をお持ちなのです！」

「そんなこと！　シリル様にそう言っていただけて光栄です」

ジュリア様はそう言って、可愛い笑顔を僕に向ける。隣のエネミー様もうれしそうな表情を浮かべた。

……なんだろう、この会話。虐《いじ》めるとか窘《たしな》めるとか、一切なくていい！

前の生では学友と話さなかったから知らなかったけれど、それなりに頑張りを認めてもらえていたんだ！

「早めに勉強が修了したから、最近は私たちとの時間を取ってくださっていたのですね。以前のシリル様ったら、お昼の時間までお忙しそうでしたものね」

「ははっ、おかげさまで今は楽になりました。これからも僕とこうしてランチやお茶をしてくれると助かります」

「もちろんですわ！」

あー、ほんと黒歴史。昼が忙しかったのは、殿下の追っかけをしていたから。ああ、過去を周りから指摘されるのは痛い、痛すぎるっ。今思うと、僕は断罪されるべき道を自ら突き進んでいたよ。そんなことを思いながらも終始和やかに談笑していた僕たちの席に、勢いよくやってくる人がいた。

「シリル様！」

出たよ！　久々のアシュリー登場だった。

身分が皆に知れ渡っていない男爵子息が一人、高位の爵位令息の席に乗り込んできた。自分よりも身分の高い僕を大声で名指しして。

周りは呆然《ぼうぜん》とした、もちろん本人の僕もだけど。

「シリル様、ひどいです。殿下と僕の仲を引き裂くなんて！　殿下は僕を愛しています。シリル様は愛されていないんです。いい加減にわかってください」

「……え」

何、なんだっけ、僕何かした？　殿下とは前回のお茶会から会ってないし、見かけてもいない。二人が愛し合っていることは知っているし、これ以上、何をわかれと言うのだろう。

戸惑っていると、アシュリーはますます怒りをあらわにしてくる。

「そうやって、わかってないみたいな態度しても無駄ですよ！　殿下に愛されている僕を陥《おとし》れようとしないでください！」

「……僕は、お二人に関与するつもりはありません」

「じゃあ、なんで僕は、明日のお二人のお茶会のあとに呼ばれなかったの‼」

アシュリーは大きな声でわめく。

知らないし……お茶会のあとってことは、嫌いな僕と会ったあとのアシュリーとの逢瀬《おうせ》のことかな。僕は二人がうまくいけばいいと思ってるから、引き裂こうなんてしていないし、今後だってそんなつもりはない。恨めしげに睨んでくるアシュリーに向かって僕は言う。

「あの……落ち着いてください」

「落ち着いています。シリル様こそ殿下に愛されていないことを、自覚してください」

なんかすごいこと言ってくる。……自覚しているけど、他人から指摘されることでもない。

「殿下に愛されていないことはわかっていますが、それがどうしたというのですか？」

「えっ、図々しいな。だったらなぜまだ婚約者の立場にいるんですか？　シリル様がその立場にいるから、殿下はあなたを気遣って僕を遠ざけた」

「……」

突拍子《とっぴょうし》のない発言に、返す言葉が見つからない。

それ、気遣ってとかじゃないよね？　むしろ当然でしょ。婚約者がいるのに、堂々と恋人と会っているほうがおかしい。貴族の結婚は政略結婚が多いから、愛なんていらないんだよ。

まぁ、だからこそ殿下が僕を愛していなくても、婚約者であることは問題ないんだけど……そういう話は恋人である殿下から聞いてよ！

「……シリル様、だ、大丈夫ですか？」

ジュリア様が、途方に暮れている僕を気遣ってくれる。

「えっ、ああ、僕のことでご迷惑をおかけして申し訳ありません」

「いえ、シリル様が殿下の婚約者なのは周知のことです。それなのにこちらの方は、何をおっしゃっているのでしょうか？　警備をお呼びしましょうか……」

その言葉を聞いたアシュリーは、ジュリア様をきつく睨みながら暴言を吐く。

「僕の恋人に、嫌いな婚約者がいることが大変な問題でしょ！　今は僕がシリル様と話をしているのに、部外者は黙っていてくれません？」

ジュリア様は、下位貴族に言い返されたことに驚き口を閉ざしてしまう。おそらくこんな経験はないから、どう対処していいのかわからないのだろう。

それに、アシュリー……恋人って言っちゃったよ。殿下と付き合っていること暴露《ばくろ》しちゃっていいの？　王太子との守秘義務とかないのかな？

呆れ果てた僕は控えめにアシュリーに話しかける。

「あの……ミラー男爵子息。その、ここは皆様の憩《いこ》いの場でもあるので」

皆がアシュリーを、不審者を見る目で眺めていることをさりげなく伝える。

「シリル様は僕のことを蔑《さげす》んでいるから、いまだにアシュリーと呼んでくれないんですね。殿下と僕が名前で呼び合っているのが、そんなに気に食わないんですか？」

また言ったよ！　殿下が名前を呼んでいること。どうしても皆にお披露目《ひろめ》したいのかな？

でも、そうするとアシュリーの心証が悪くなる。そうしたら僕の未来が円満にいかなくなる。もう、アシュリー！　前はもっとスムーズにことを運んでいたよね……

「わかりました。アシュリー様と呼ばせていただきます。僕は、邪魔をするつもりはありませんので、ご安心ください」

「だったら、早く婚約者から降りてください！」

僕だって降りたいです、と心の中で即答する。しかし。

「これは陛下がお決めになったことなので、この婚約に殿下と僕の意志は反映されません」

「何それ……そんなの殿下がかわいそう」

おーい？　かわいそうなのは、浮気をされても発言権のない僕のほうだと思う。……アシュリーの言葉に困惑してしまった。

「アシュリー様、貴族ならご理解ください。政略結婚なんて当たり前の世界です。ですから、殿下が誰かを愛してもそれについて僕が思うことはありません。アシュリー様と殿下の仲を邪魔するつもりは決してありません」

「えっ、シリル様は殿下のこと好きじゃないの？」

うん、むしろもうすでに嫌い……なんて言えない。

「残念ながら、アシュリー様のような感情は持ち合わせておりません。どうかご安心ください」

「それって、殿下もだけどシリル様もかわいそうだね。お互い結婚相手に見向きもしないなんて。殿下、あんなにかっこよくて素敵なのに」

そんなにいいかな？　あんな冷たくてひどい男……ってアシュリーには優しいのか。子どもの頃は僕にも優しかったから、優しくされると好きになってしまう気持ちはわかる。

「これは公爵家に生まれた者の義務ですので、アシュリー様にお心を痛めていただく必要はございません。ね？　だから僕はアシュリー様の憂いにはならないと思いませんか？」

その言葉でやっとアシュリーは僕がライバルではないと思ったようで、彼の表情が和《やわ》らいだ。

「なんだかシリル様って冷たい。だから殿下に嫌われるんですよ。まぁ、それならあなたは僕の敵にはならないですね。スッキリしましたので、僕は失礼します」

嵐のように来たと思ったら、失礼な言葉をたくさん放ってあっけなく帰った。カフェテリアに残っていた数名の生徒たちはいまだ呆然《ぼうぜん》としている。

「あの、皆様ご迷惑をおかけして申し訳ございません。今の会話は皆様のお心に留め置いていただけたら助かります」

「もちろんです、シリル様。王太子殿下の婚約者としてのお立場、振る舞い、相手への説得含めて素晴らしいものでした。王太子妃はシリル様で揺るぎないはずです。どうかお心をお痛めになりませんように」

エネミー様がそう言うと、周りが頷く。誰が見ても、アシュリーのやっていることは幼稚で拙《つたな》いと思うらしい。

「お心遣い感謝申し上げます。僕は大丈夫です。ただ、あのように義務と言ってしまったのは、どうか皆さんの中に留めておいてください。反逆の意思などないことをご理解いただければ……」

「皆わかっておりますよ。あの失礼な者には、あの言葉が最適でした。殿下がシリル様を見守る目を見ていれば、あの者のたわごとだと」

カフェテリアに偶然居合わせた同じクラスの子息が言う。

「……え」

見守る目って何？　殿下は僕を嫌っているのに、何を勘違いしているのだろう？

「シリル様がご病気で休んでから、殿下はたびたび僕たちのクラスの前まで来て、シリル様がいらっしゃるかということを、確認なさっていましたよ」

「……ええ？」

僕とアシュリーの言い合いを見ていたクラスメートが、そう話しかけてきた。

「そうそう、最近話題になっていたのですよ。あの者が勘違いしてしまうのも仕方ありません。殿下と少し目が合っただけで心臓がドキッとしますもの！」

何人もそんな姿を目撃していたらしい。僕の知らなかった事実がまた一つ出てきた。

婚約者である僕を心配していると言うけれど、それは皆の勘違いだ。

僕は愛されていないただの婚約者だと皆は知らないから、そんなふうに見えるだけだ。もしかすると、僕がアシュリーを虐《いじ》めないかどうか見に来ているのかもしれない。

皆の勘違いに、ちょっとドキッとしちゃったよ、ふー。


はぁ……ついに来たよ、殿下と会う日が。

恒例の殿下との月に一度のお茶会当日の朝、憂鬱《ゆううつ》な気分。自室で、従者のセスに手伝ってもらいながら身支度をする。

こんなに待ち遠しくないお茶会は初めてだ。この人生に入って二回目のお茶会ともなると、新鮮さはないし、行く意味がすでにわからなくなっている。

「ねえ、今日お腹痛いことにしちゃダメかな？」

髪を整えてくれているセスに、控えめにそう尋ねてみた。

「シリル様、体調が悪いのですか？」

セスは純粋に僕の体調を気にして、鏡越しに心配そうに見てきた。

「ううん。いたって健康、ただ心が不健康」

「そのような理由では、殿下とのお茶会は中止にはできませんよ。前のように熱が下がらず、外出ができないという状況でもない限りは無理ですって」

「だよねー」

セスに愚痴《ぐち》ったが真面目に返され、いつも通り綺麗に支度が整えられた。そして、馬車に乗り王宮に着くと、珍しく殿下が先にいた。

今までの僕は時間よりだいぶ早く到着して、ワクワクしながら待っていた。でも、もうワクワクしないし楽しみではないので、家を出るのが直前になってしまったのだ。

そんな日に限って、殿下は約束の時間より早く待機している。前の人生ではいつも時間通りに現れたのに、いったいなぜ……

「殿下、お待たせしてしまい大変申し訳ございません」

「いや、私が早く来ただけだから気にするな。さあ、こちらにおいで」

「……では、失礼いたします」

殿下に促されて席に着くと、王宮侍女がすぐに温かいお茶を注いでくれる。殿下が一口飲んでから、僕もお茶を口にした。

「シリル、変わりないか？」

「はい」

殿下は僕の返事に納得がいかないような顔をした。いつもの他愛のないただの挨拶ではないのだろうか？　そしてまた一言。

「本当に変わりないか？」

「……はい？　何もございませんが、お心遣い感謝申し上げます」

二度の質問に、僕はきょとんとしてしまった。殿下の顔が不安そうに見える。

「そうか」

「……」

いったい、なんなのぉー、この空気感。目の前に並ぶ美しいお菓子を食べる気にはなれない。

いつも以上に気まずそうな殿下が再びポツリと話す。

「その、すまなかった。昨日、男爵子息がシリルに絡んだと聞いた」

ん？　昨日って、アシュリーのことかな。殿下の耳にも入ったのか。殿下が謝るなんてよっぽどだから、僕に非がないってわかってくれたのかな？　だったらうれしい。

「殿下が謝ることではございませんし、僕は気にしておりません」

「……本当か？」

僕の返事に、殿下の顔が少し明るくなったようだが、まだ僕を疑っているような気がする。僕は試されているのだろうか？

「そういう方がいることを理解しておりますし、想定内のことですので、お気になさらないでください」

恋人くらいで騒ぐ婚約者ではない。余裕の態度を見せることで、僕を煙たく思わないだろう。これが模範解答だと、何も気にしていないというようにさらっと言った。

「そ、そうか？　理解があって助かる、ありがとうシリル」

開き直ったよ、この人。……まあいいか、これで僕が殿下とアシュリーの仲を邪魔する悪者ではないとわかっていただけるだろう。

アシュリーがお茶会のあとに呼ばれなくなったのは、殿下なりの考えがあるのかもしれない。

僕の態度の変化に殿下は気がついて、未来がいい方向に変わるといいなと思いながら、僕はお茶を飲む。すると、殿下が僕を見て微笑んだ。

「シリルと結婚する日が楽しみだ」

「ひぃっ」

本当に楽しそうな顔をした殿下の言葉に、僕は声を上げてしまった。

僕の前では今までムスッとした顔しかしなかったのにどうしたのだろう。殿下の笑顔は貴重かつ輝かしい姿のはずなのに、断罪を知る今の僕にとってはその顔が恐怖でしかない。

「ん？　どうした」

殿下は不思議そうに首を傾げた。

「ぼ、僕は殿下の味方ですから！　絶対殿下が幸せになれるようにお手伝いします」

「ああ、頼もしいな」

いったいどうしたの⁉　結婚する日が楽しみ……楽しみ……たのもし、死ぬぅぅ⁉

楽しみが結婚の日のことだとすれば、殿下がアシュリーと番《つがい》になれる日のことを意味する。

つまり、僕の断罪日。一瞬で前の人生の苦しみを思い出して、身の毛がよだつほど背筋が凍りつき、僕の瞳から涙が零れた。

「殿下、僕はおとなしくしているので、どうかこれ以上僕のこと嫌いにならないでください」

「え？　シリル、どうした？　なぜ泣いている。嫌いになどなるはずがない」

泣きながら必死に訴える僕に対して、殿下は焦ったような表情を浮かべる。

「僕まだ死にたくない……」

「どうした!? シリル、どこか痛むのか？」

殿下は慌てて席を立つと、心配したように僕の前にしゃがんだ。そして、僕の顔を下からのぞき込む。

「違うんです。僕これ以上間違いたくないから、結婚まではもう会わなくてもいいですか？」

「なぜそうなる？」

戸惑ったように殿下は問うけれど、僕はあの記憶が頭をよぎり怖くて震えと涙が止まらず、返事ができない。

物心がついてから、こんなふうに人前で泣くのは初めてだった。家族の前では甘えん坊でも、ひとたび家を出れば王太子の婚約者として常に気を張って、人前で恥になるような行動はしなかった。

「シリル？ お願いだ、泣かないで」

だからこそ、殿下はもちろん、側にいるリアム様まで口を開けて驚いている。周囲が僕の異変に気がついたようで、医師が急いで駆けつけてきた。

「シリル、何があった!? どこか痛むのか？」

殿下が僕の肩に触れる。これほど近づいたことが、過去にあっただろうか。彼を近くで見たことで、前の生での触れ合いを思い出した。

恥ずかしいような、辛いような、なぜだかわからないけれど、心の奥が苦しくなる。それと同時に、これから起こるであろう断罪を免れるためにどうすればいいのか、わからなくなってしまう。

「ごめんなさいっ、ひっく。僕……えっ？」

その時殿下が僕を抱きしめた。

この人生で彼の温もりを初めて感じ、心の奥底で何かに触れた気がした。不思議と心は拒んではおらず、抱きしめられた腕に縋《すが》ってしまいたくなる。

……それでも、今はこの腕から逃げなくてはいけないと、瞬時に判断した。彼と触れ合っていいことなんてない。断罪を逃れるためには、無関心な婚約者でいなくてはいけない。

「やっ……殿下、離してください！」

「婚約者が泣いているのに、抱きしめることも許してくれないのか？」

「いや、いやっ、離して……」

必死に抗《あらが》うが、殿下の力強い抱擁《ほうよう》は、僕のひ弱な力では解けない。ふと『甘く痺れる香り』が鼻腔をくすぐる。

殿下の力がふっと抜けた瞬間、今度はもっと匂いを強く感じた。

殿下の唇が僕の唇に重なっている。僕は驚きすぎて涙も止まった。

「やっと涙が止まったな、シリル」

殿下は唇を離すと、僕の目の下を指で優しく撫でて流れていた涙を拭った。そして僕を見つめて、再び唇を塞ぐ。あまりの出来事についていけず、抵抗もできないまま受け入れる。

初めての口づけを今、僕は経験している。口づけは甘美で、ご褒美のような気分になる。とても心地よく離れたくない。

前の生ではもしかしたら凌辱《りょうじょく》中にされたかもしれないけれど、そこまでは夢で思い出せていなかった。

だから、今僕は人生で初めての口づけをしている。でも、もう想ってはいけない相手。

「んっ」

固まっていた僕に、殿下は唇を押し当て長い口づけをする。あまりに長く、苦しくなってきた。

すると少し唇を離した殿下が指示を出した。

「シリル、大丈夫。鼻で息を吸って、口を開けて舌を出して……」

「は、はぁっ、んんっ！」

決して従ったわけではない。ただ苦しくて口を開けた瞬間に、殿下は器用に舌を入れてきた。

クチュクチュという水音が庭園に響き渡る。途中、僕の苦しむ声も一緒に。

「そう、上手だよ」

殿下が口づけの合間に囁く。

甘い感覚から一生懸命逃れようとしても、殿下の唇と舌が器用に口腔内を蹂躙《じゅうりん》してくる。歯列をなぞり上顎さえも中から刺激され、痺れるような感覚を覚えて、思わず殿下にしがみついた。唾液が唇をつたって下に落ちていくけれど、それもすべて殿下に舐めとられる。

僕と殿下の唇が交わる水音のみが、この庭園に響き渡る。

しばらくして満足したのか、殿下の唇がゆっくりと離れていく。二人の間の銀糸の線がプツリと途絶えた。それがとても淫《みだ》らに見える。

僕はこの口づけが嫌じゃない？　僕の気持ちがわからない。そして殿下の気持ちも。

「シリル」

「……っ」

殿下が僕の濡れた唇をそっと撫でた。そこで一気に羞恥心《しゅうちしん》が湧く。自分でも熱がわかるほどだから、真っ赤になったに違いない。

「な、なんで、こんなことを……」

「可愛いからだ。婚約者の前でそんな無防備な姿を晒《さら》したシリルがいけない」

殿下は余裕のある笑顔で答えて、僕の頬《ほほ》を優しく撫でる。今まで見たことがないくらい優しくて、色気のある顔で意味不明なことを言う。

そんな優しい顔、どうして僕に見せるの？　それにどうしてあんな口づけをするの……僕のことを、どう思っているの？

あまりの衝撃に僕はまたも涙が零れる。

「シリル、またそうやって皆の前で涙を見せるなら、私は何度でも同じことをしてシリルの顔を隠す。それでいい？」

「やだ……」

僕は、きちんとした言葉遣いで反論できなかった。まるで家族と会話する時のように幼くなってしまった僕を、殿下は微笑みながら見つめてくる。

「ふふ。じゃあ、もうその可愛い顔はほかの者に見せてはだめだ」

「うっ、うっ、わ、かりました。泣いてごめんなさい」

「あぁ……可愛い」

殿下がボソッとつぶやく言葉。どういう意味で言っているのか僕にはわからない。

「僕、初めてだったのに。こんな場所で、こんな大勢の人に見られて……もう、お嫁に行けない」

「大丈夫。嫁にもらうのは私だから」

むむ、確かに。でも恥をかかされた。もしかしたらこれを理由に婚約破棄できるかも。

「む、無理です。人前でこんな破廉恥《はれんち》なこと！　婚約者を辞めさせてくだ……さぃ」

「それこそ無理だ」

はい、無理でした。どさくさに紛れて婚約解消してもらおうとするが、無理な話だった。僕はふてくされた顔をしたかもしれない。

「そんな顔をしても可愛いだけで、もっと淫《みだ》らなことをしたくなるよ」

そして今度はチュッと軽めの口づけをしてくる。

「!!」

僕は今日何度の衝撃を受けているのだろうか。

殿下の行為に感情が追いつかない。頭も心も回らないのに、その触れ合いが自分の中で嫌じゃないことが不思議でたまらなかった。心の奥底の忘れていた何かが目覚めそうな気がした。

「本当に、可愛い」

「もうやだ……」

咄嗟にその言葉が出てきた。

初めての口づけは思いのほか気持ちがよくて、殿下のアルファの香りはとても好ましい。ただ肉体的にも精神的にも消耗《しょうもう》が激しく、そこで意識が途絶えたのだった。

◆　◆　◆

「リアム、シリルをこのまま私の部屋に運ぶ」

「殿下、さすがにそれはおやめになったほうがよろしいかと……このまま部屋へ運んで、我慢できるのですか？」

シリルを抱きしめる私、フランディル・ザインガルドはリアムの問いに言葉を濁す。

「う……それは」

「なんのためにアシュリーがいると思っているのです。それに、シリル様の初めての唇を、人前であんな水音まで立てて奪うなんて……。これまでシリル様は必死に体裁を守って、公爵令息としての尊厳を維持しておられるのに」

一番の理解者である、幼馴染のリアムがうるさい。話はまだ続くようだ。

「あんなグズグズな姿を他人に見せられて。相当傷つかれたことでしょう」

「シリルが可愛すぎるのがいけない」

そう言って、私の胸で眠るシリルを見る。

まるで子どものように可愛くて目が離せないその姿を見て、幼少期、シリルが愛らしく「フラン」と呼んでくれたことを思い出す。

ザインガルド国王と王妃の唯一の息子で、早くから王太子の立場が確立していた私は、三歳の時にシリルに出会った。もともと親同士の交流があったらしく、王家の保養地にゼバン公爵一家が遊びに来たのだ。

一目見たその瞬間、世界が光り輝き、恋に落ちてしまった。そして、王太子の私が望んだことにより、シリルは婚約者候補に挙がった。

小さい頃は仲睦まじく過ごしていたけれど、私が精通を迎えた頃から、二人の間に変化が訪れた。私はまるで飢《う》えた獣《けもの》のように本能がむき出しになっていた。いつ私がシリルを襲ってしまわないかと、周りはひやひやしたらしい。

そのことにいち早く気づいたのが、シリルの父ゼバン公爵だった。

同じアルファとしてオメガを欲しがる気持ちがわかったのだろう。シリルを守るために、お茶会を月に一度と制限してきた。

そんな事情を、純粋無垢《むく》なシリルに知らせるわけにはいかなかったので、王太子として忙しくなったから、会える日が減ってしまったと伝えると、シリルは引き離されたことで私のことをますます強く想い、もっと会いたい、ずっと一緒にいたいと伝えてくれた。

結婚したら思いっきり甘やかそうと私は心に決め、冷静を装い、口数が少なくなっていた。

それでもシリルの態度は変わらずに、いつも精一杯の気持ちで逢瀬《おうせ》を繰り返してくれる。シリルが想ってくれている事実に快感を覚え、たまらなく高揚した。

また、お茶会の制限と同時に、私の性欲処理対応兼閨教育が始まった。閨の技を習得し、愛する番《つがい》に無理をさせないために学ぶのだ。

——すべては私からシリルを守るため。

王家アルファの性事情は、代々後宮が引き継ぐ王家の機密事項である。

王太子にはいろんな制限があり、後宮が許可した者としか交わることは許されない。

ただ、王族の婚約者の条件は処女なので、結婚するまでは婚約者以外で性を発散するのが習わしだ。婚約時代に妊娠した子どもが王太子の遺伝子ではなかったという事例があったため、いつからかそうするようになったと言う。

閨係《ねやがかり》は一年ごとの入れ替え制で、後宮によって下級貴族の男性オメガから二人選ばれる。その基準は家柄、王家に絶対を誓う忠誠心、美しい見た目、性経験の豊富さ、婚約者がいない者であることだ。

選ばれたオメガはその事実を墓場まで持っていく契約を行い、見返りとして王家直属の家臣に嫁入りできる。

そんな閨教育は今まで上手《うま》くいっていたが、今年に入ってからそれが狂った。担当予定だった二人が不慮の事故で亡くなってしまったのだ。今年は閨教育最後の年なので、閨係《ねやがかり》にはシリルと同じ年かつ処女という条件も加わっていた。

見合う人材はなかなかおらず、結局、本来二人のところ一人しか見つからなかった。

だが、選ばれたアシュリー・ミラーは期待以上に頑張ってくれた。アルファに付き合える素晴らしい持久力も兼ね備えた、天性の娼夫《しょうふ》の才の持ち主だった。

後宮からは、処女をいかに開花させるかが課題と言われた。そして、結婚後のシリルを心から満足させられるように、初物を大事に扱う技術と妻を喜ばせる技を習得するよう指導された。だから閨係《ねやがかり》のアシュリーに対して、恋人のように振る舞った。

それが、すべての間違いだった。アシュリーは閨係《ねやがかり》という立場を理解せず、自分は特別なのだと思ってしまったのだ。

少々礼儀作法が心もとないアシュリーには、閨係《ねやがかり》になったその日から監視をつけていた。本人に警戒されないように「大切な閨係《ねやがかり》だから護衛をつけさせる」と言い、王太子直属の騎士を三人ほど配置した。護衛たちにも「アシュリーの存在を知られたくないから、彼の行動を常に監視してくれ」と伝え、アシュリーの友人として彼の行動を制御するように指示を出していた。

アシュリーの軽はずみな行動で、閨係《ねやがかり》の存在を貴族などに知られてしまっては王家の沽券《こけん》に関わる。

そんなある日、シリルとのお茶会の庭園にアシュリーが来た。なぜ彼が庭園に入れたのかと不思議に思ったが、シリルが呆然《ぼうぜん》としたのを見て私は焦ってしまった。

そしてその日を最後に、シリルの態度は変わった。

アシュリーのせいで気まずい空気になったお茶会のあと、シリルが高熱を出したという報告を受けたが、公爵が面会を許してくれるはずもなく、見舞いの品を届けるしかなかった。

贈り物をするのは楽しいが、今までシリルがそれについて触れたことも、贈った品を身につけてくれたこともない。礼儀作法の完璧なシリルが、贈り物に対する礼の言葉がないのはおかしい。公爵に隠蔽《いんぺい》でもされているのだろうか？

そんなことを思いつつも次のお茶会で、体調が戻ったシリルに会う。

すると、以前よりも可愛く色気が溢れていた。私の前で恥じらう姿はなくなり、小さいながらも口を大きく開けてケーキをほおばる大胆な姿はたまらなかった。私の鼓動は終始高鳴り、おかしくなりそうだった。

だが突然、幸福な時間は終わり、またもや庭園の入口にアシュリーが来た。

事情を知らないシリルは前回に引き続き、私にまとわりつく子息が乱入したくらいにしか思っていないだろう。

だが、この間からシリルの態度がよそよそしくなったことに不安を覚えた。

察しのいいシリルに、これ以上見られるわけにいかない。そしてシリルに娼夫《しょうふ》を見せるのは気が引けたので、すぐにアシュリーのもとに駆けつけた。

その数日後、アシュリーを監視しているリーグから報告が上がった。

「アシュリー様がシリル様に会いに行くと申されまして、止める暇もないままシリル様とご学友の子息たちのティールームへ乱入されました」

「何⁉」

「そしてシリル様のご学友が、序列を無視した行動をとったアシュリー様を叱責なさったのですが、アシュリー様は殿下と親しいとほのめかし、名前を呼ぶことを許されていると言っておられました」

アシュリーの監視を任せた王太子専属騎士のリーグが、予想もしなかったことを伝えてくる。そんなことを許可した覚えはないが、閨の時に勝手に私の名前を言っていたかもしれない。

「アシュリーは何がしたかったのだ？　そんなことを許したことはない。シリルはどうしていた？」

「アシュリー様のお考えは存じ上げませんが、シリル様は場の空気が悪くなるのをお察しになられて、ご学友とアシュリー様両方を宥《なだ》めておいでででした」

リーグの報告ではシリルはさほど気にしていない様子だったとのことだ。それならやはり、ただ私にまとわりつく貴族の一人だとしか思っていないだろう。

「わかった。報告ご苦労。今後はアシュリーがシリルに接する機会を与えるな」

「かしこまりました」

その場は収まったということなので、シリルに関してはそのままにしていた。アシュリーには後宮で会った時に厳しく注意をした。それは、先月の話だった。

そしてシリルとやっと会えるお茶会の前日、またしてもリーグから報告が入った。

「すべてを聞いたわけではないのですが……アシュリー様は、殿下との仲を邪魔するなとおっしゃっておりました」

今回も制御する暇もなくアシュリーが勝手にシリルに会いに行ってしまったと言う。アシュリーを警戒していたのは、閨係《ねやがかり》という王家の秘密を他国や貴族たちに知られないようにだが、奴が目論んでいたのがそこではなく、私のこの世で一番大切なシリルを攻撃することだったとは……！

「どういうことだ？」

私は怒りを必死に抑えて、冷静に報告を受けた。

「殿下、よくお聞きください。ここからが重要なのですが……」

「はぁ、言ってみろ」

頭が痛くなってきた。一応、王国の秘密である閨係《ねやがかり》のことは言っていないらしい。

「シリル様は、自分は殿下に愛されていないとおっしゃっておりました。それでアシュリー様は納得して落ち着かれました。殿下が恋人を持たれるのは仕方ありませんが、さすがにおかわいそうです」

「シリルはそんな勘違いをしているのか？　私が愛しているのはシリルだけだ」

「えっ、アシュリー様とあんなに仲睦まじくされているのに？」

リーグは軽蔑の眼差しを向ける。彼にアシュリーが閨係《ねやがかり》だとは言えないので、恋人と思うのも当然のことだ。

「リーグ、お前が口を挟むことではない」

「はっ、申し訳ございません」

「だがシリルが傷つくのはなんとしても避けたい。明日のお茶会で今回の件は謝る。しかしこれ以上アシュリーが暴走しないよう、お前たちは引き続き見張れ」

「かしこまりました」

そうして今日のお茶会でアシュリーの暴走の件を謝罪したのだが、シリルは気にしていないように見えた。

相手にするまでもない存在であり、アシュリーを宥《なだ》めるために、私に愛されていないなどと言ったのだろう。

——そんな健気で可愛いシリルを思わず抱き寄せていた。

後宮から婚約者との身体の触れ合いは許されなかったが、本能で動いてしまったのだ。そしてシリルに初めての口づけをした。

驚くほど甘美な唇に、もっともっととシリルが欲しくなってしまった。

閨教育の一環でするものとはまるで違う。愛する人との口づけがここまで高揚するものだとは知らなかった。シリルの唇を堪能すると、可愛い婚約者は口づけの刺激が強すぎたのか、そこで意識を失った。

「殿下……？　ボーっとされていましたけれど、大丈夫ですか？　とにかく、あと少しの辛抱です」

リアムの声で回想から一気に我に返る。

「ああ、大丈夫だ。わかっている」

「たとえ相手が殿下であろうと、挙式直前に処女であると確認できなければ、王家の嫁とは認められませんからね」

「その古い慣習、なんとかならないのか。抱きたくもない者ばかり相手にしてきた。それに、シリルは何か知っているようだった。やはり何か感づいたか？」

シリルが最近、身を引くような態度をし始めたことを指摘すると、リアムは心苦しい顔をした。リアムもアルファだ、好きなオメガを欲する気持ちを理解しているのかもしれない。

側近であり、友であるリアムにだけは王家の閨係《ねやがかり》のことを伝えてある。私のシリルへの気持ちを知っているリアムだからこそ、アシュリーの振る舞いを許せないのだろう。リアムはアシュリーをよく思っていないようだった。

「そのことについては……こちらの警備の不手際で大変申し訳なく思っております。シリル様が好きという感情を見せなくなったのは、アシュリーの存在を知ってからでしょうか……？」

リアムも同じくシリルの印象が変わったように思ったようだ。ただ私の騎士としてシリルに接してきた男が、シリルの気持ちを想像していることに驚く。

「アシュリーを知ったところで、シリルが気にするような身分ではない。ただ教養のない子息が、王太子に声をかけてきたくらいにしか見えないはずだ」

「そうでしょうか……」

「ああ。シリルは聡明だから、そんな子息のことなど相手にしないさ。それにしても、可愛さを隠せていない。お前もわかるだろう。控えめなのは可愛かったが、もっと私を求めてもらいたい」

目覚めないシリルを、また強く抱きしめた。シリルは自然と私の胸に顔を寄せる。とても可愛くて愛おしい、私の婚約者。

「さぁ殿下。そろそろシリル様を公爵家へお返ししないと。子煩悩なゼバン公爵が、時間を過ぎたら乱入してきますよ。そうしたら、シリル様との逢瀬《おうせ》の回数を減らされてしまいます」

「確かに。公爵がここに来たら厄介だな」

その会話で終わり、気を失っているシリルをゼバン公爵家に送り届けた。

シリルとの結婚の日が、楽しみで仕方ない。

第三章　過去の夢と現実

――痛い、苦しい、気持ち悪い、心が抉《えぐ》られる。

ここは……？　ああ、僕は騎士団宿舎の地下にずっと繋がれているんだ。

あれから何日経ったのだろう。代わる代わる騎士たちが僕を犯しに来たが、今は彼らも休憩しているのだろうか、ここには僕一人だった。

アシュリーと殿下は今頃、発情期の真最中なのだろうか？　散々アシュリーを虐《いじ》めた僕は、アシュリーを慕《した》う騎士たちから怒りを買った。それが、この凌辱《りょうじょく》という結果になったの？

身体を丸め、思考を巡らせていると、地下の古い扉がギギッと音を立てながら開いた。僕を処刑に導く最後の騎士が来たと、明るい光が差すほうを殴られて半分潰れた目で追いかける。

『シリル様！』

『……。……リ、アム、さま……？』

『申し訳ございません、今すぐここからお連れいたします』

古臭い地下の匂いに、僕の番《つがい》になった人の香りが充満する。リアム様のことなんてなんとも思っていないのに、彼の匂いにたまらなく安心する。

『どうか、触れることをお許しください』

リアム様の言葉を聞いて驚いてしまう。騎士たちは皆好きなように、許しなど請わずに勝手に身体を蹂躙《じゅうりん》してきた。暴力を受け無理な姿勢を強いられ、体中が痛みでいっぱいだった。それなのに、唯一僕に触れられる番《つがい》だけは、触れることに許しを請う。

『失礼いたします』

リアム様はそう言って僕を優しく抱き上げた。

『うっ！』

そのかすかな動きでも身体に痛みが走り、声が漏れる。

『少しだけ我慢してください。すぐに手当をいたしますので……』

状況がわからないまま、されるままにしていた。リアム様だからといって、手ひどく犯されないと安心なんてできないはずなのに、本能がこの香りを認めている。

『いい匂い……。最後はあなたの胸で死ねたら幸せだな』

その言葉が本心だったのかは、わからない。それでもリアム様に抱えられると、不安が一気になくなり、意識を手放した。

次に気がつくと、そこは暗く湿気の多い地下牢ではなく、窓から明るい光が差し込み、優しいフェロモンに包まれた清潔な部屋の、フワフワのベッドの上で寝ていた。

『シリル様』

『えっ、ここは……？』

『私の家です』

『リアム様の？　どうして……』

身体を見ると傷の手当が済み、精液の汚れもなく石鹸のいい香りがする。騎士たちに殴られた片目は包帯が巻かれ視界は狭いままだが、身体は少し楽になっているので痛み止めなどの処置がされたのだろう。

『申し訳ありませんでした。自分の欲を抑えきれず、抱いただけではなく番《つがい》にまでしてしまって。それで殿下のお怒りを買い、謹慎処分を受けておりました』

『えっ』

どういうことだろう、と首を傾げる。

『結婚式の日、シリル様はひどい発情状態になっていたのですが、アシュリーが先に発情したため、殿下は私にシリル様のことを任したのです。ですが私は、ずっとお慕《した》いしていたシリル様のあの香りに抗《あらが》えず……』

『え？　慕《した》っていた？』

『はい。あなたを、想っておりました。シリル様を抱いたのち、私は王宮騎士団に拘束されました。まさか地下であのようなことになっているとは知らず、辛い思いをさせてしまい、なんと詫びたらいいのか……。本当に申し訳ございませんでした』

リアム様は苦虫を噛み潰したような表情を浮かべる。

どういうこと？　リアム様は、僕が騎士たちに犯されていたのを知らなかった？　それに、以前から慕《した》っていた僕のフェロモンを嗅いだことで本能に抗《あらが》えなかった？

『私の番《つがい》がこんな目に遭っていたなんて……』

リアム様がそっと僕の頬《ほほ》に触れる。

そして、ゆっくりと顔を近づけ、僕の唇にリアム様のそれが重なるぎりぎりの距離で止まった。

『んっ』

『シリル様、お慕《した》いしております。どうか触れる許可を……』

目いっぱい開いている片目でリアム様を見る。

リアム様は、まるで父が母を見ている時のような、愛する人を目の前にした時の人の目をしていた。不器用に微笑みながら、僕を怖がらせないように必死になっているように見える。その真剣な眼差しを見た瞬間、暴力を受け続け、自尊心がずたずたになった僕の心は震えた。

『……っ』

『……好きです。シリル様』

僕の大きく見開いた片方の目から大粒の涙が出た。

『リアム様……』

それはこの十八年ずっと望んでいた言葉だった。相手が違うけど、今の僕は誰からだっていい。

リアム様は零れる涙を手ですくい、僕の唇にそっと触れる。

自然に目を閉じてリアム様の吐息を近くで感じると、すぐに唇が重なった。憔悴していたのは二人共らしく、少しかさつきのある唇は唾液で潤いを取り戻していく。

初めは軽いキスだったが、口が開きだんだんと深くなっていく。くちゅり……と響く音、心地のいい香りの融合。交じり合うフェロモンが心地よく、この人が僕のアルファだと本能が示す。

『んっ、んん。あふっ、ん』

『シリル様！』

リアム様は僕の後頭部に手を回し、逞しい反対の腕は腰を抱く。これでもかというくらい密着する体勢のせいで、リアム様の足の付け根にあるその芯を感じ取ってしまう。

『……リアム様』

僕は思わず、その硬くなったモノを服の上から手で触る。すると心地の良かった口づけは終わりを告げ、リアム様が慌てて僕から離れた。寂しい。

『シリル様、申し訳ありません！』

『僕は散々あの地下室でいろんな人に抱かれました。だからリアム様も気にせず僕を使ってください』

そう言うと、リアム様は驚いた表情を浮かべた。

そうか、僕はもう汚い存在だ。欲を発散するためだとしても、こんな汚れ切った人間《ぼく》じゃダメなのかもしれない。

『僕みたいなオメガ、汚れすぎていてそんなことしたくな――』

『違います！　私はシリル様を抱きたい。……けれど、あんなことがあったのです。身体の損傷がひどいので、ゆっくり治しましょう。もう大丈夫だと思ったら、あなたを優しく抱かせてください。これからは私だけにあなたをいただけませんか？』

リアム様の必死な想いが伝わる言葉に、心は一気に温かくなる。

『リアム様は、こんな僕でいいですか？　リアム様こそ本当はアシュリー様を番《つがい》にしたかったのですよね』

リアム様は不思議そうな顔をした。

『なぜそんなことを？　私はあの二人が一緒に過ごす姿を見ては、心を痛めていたシリル様を見てきました。アシュリーの不始末は、王家の責任であって、あなたがこんな目に遭う必要はありません』

『リアム様……』

『これからは私があなたを守ります。もう怖いことなど起きない。だから今は何も考えずゆっくり身体を休めてください』

リアム様は僕の頭を撫でたあと、おでこに口づけをして部屋を出ていった。

それから本当に幸せな日々が始まった。

いまだ一人では動くこともできず、ベッドの上で生活している僕は、リアム様がずっとつきっきりでお世話をしてくれた。身体は交えないけれど、リアム様はいつも甘いキスをくれて、愛していると言ってくれる。

それは殿下への報われない一方通行の恋とは違って、愛されている実感があった。二人だけの幸せな時間にぽつぽつと照れながら話すリアム様は可愛くて、自分のことを想ってくれる人の存在に心が温かくなった。

番《つがい》のリアム様がすべての救いで、無条件で彼を愛した。

しかし、僕みたいな罪人には、そんな素敵な日は長く続かなかった。


『……リル！　シリル！』

重厚な扉の向こうから僕の名前を叫ぶ声が聞こえてくる。それは、幼い頃から愛していたあの方の声だった。なぜ殿下の声が？

『殿下！　おやめください、シリル様はもう私の番《つがい》です。どうかご慈悲を』

『リアム、お前は姦通罪を犯した。私のシリルを抱くだけではなく番《つがい》にして、さらに自分の屋敷に匿《かくま》っていたとは。お前のことを信じた私がバカだった……』

殿下とリアム様の言い争っている声が聞こえる。いまだベッドの上から動けない僕は、少しだけ開かれた寝室のドアの先、二人の様子をそっと窺う。

『欲望を抑えきれなかったのは、申し訳なく思います。ですが、シリル様は私を受け入れてくださっています。どうかシリル様をお忘れいただけませんか』

『そこを退け』

殿下のすごい剣幕にベッドの上にいる僕は怯えた。

僕はもともと死罪が確定していたはず。リアム様との幸せな時間は、自分が罪人であることを忘れさせてくれたが、罪は罪だ。殿下自ら僕を裁きに来たのだろう。

『シリル様は身体を何度も傷つけられ、尊厳も奪われ、もう何も残っておりません。残りの人生をせめて静かに、私と共に生きることをお許しください！』

リアム様は僕を守ろうとするが、殿下は怒りに満ちた表情で告げる。

『はっ、なぜお前と？　シリルは幼い頃より私のものだった』

『殿下にはアシュリーがいるではありませんか！　それにシリル様にあんなこと！』

『お前たちがあんな娼夫《しょうふ》一人処理できなかったせいで、私は永遠にシリルを失った！　私のあずかり知らぬ場所でシリルを汚された苦しみなど、お前にわかるはずがない。アシュリーとあの騎士たちの繋がりを見抜けなかったお前なんかに！』

『シリル様への暴挙は、まさか……アシュリーが？』

なんの話だろう、僕の騎士団預かりは殿下の指示ではなかった？　そんな疑問が浮かんだ瞬間、扉が勢いよく開き、殿下と数名の騎士たちが乱入してきた。殿下は真っ先にベッドに向かってくる。

『シリル！』

『ひぃっ！』

殿下に強く抱きしめられて、恐怖から思わず声を上げてしまう。長年好きだった相手であっても、番《つがい》以外のアルファには身体も心も拒絶を示す。強いアルファの匂いで気分が悪くなった。

『離せっ！　シリル様に近づくな！』

『リアムを黙らせろ』

扉のところで拘束されたリアム様が叫ぶが、騎士が黙らせようと殴るのが見えた。

『いやっ！　リアム様ぁー！　リアム様にひどいことをしないで！』

『私以外の男の名を呼ぶな、シリル』

殿下が僕を見て、真剣な顔でそう言った。

『殿下、離してください。僕は罪を償《つぐな》いますから、処刑も受け入れます。ですからリアム様を離してください！』

『そうか、だったらこの場で私を受け入れられるな？　シリル、お前があんなことさえしなければ、私と結ばれていたのに。……リアムの番《つがい》として生きるなんて、許されると思っているのか』

『……』

僕は何も言えなかった。やっとお互いに大事だと思える人に出会えたのに、リアム様にまたこんな汚い僕をさらけ出すなんて……もう早く死にたい。

『リアムと生きるなんて許さない』

殿下は本気だった。殿下はこんな状況なのに、なぜか欲望を孕《はら》んだ瞳で見つめてくる。リアム様とはここで終わりなのだと悟った。

『シリル、最後は私の胸の中で眠らせてやる』

先ほど僕を汚されたと言っていた殿下なら、番《つがい》以外に抱かれたオメガの状態を知っているはず。もう僕は番《つがい》であるリアム様以外の人を受け入れられない。ううん、騎士たちを受け入れていたけど、殿下ほどの強いアルファに抱かれたら今度こそ死ぬ。それでも僕を抱くのだろう。

『こんなになって……』

包帯で塞がれている目に触れられ、思わずビクッとしてしまう。驚いている暇はなく、唇に温かいものが重なった。

『うっ、ううう』

大好きだった殿下との初めてのキスはうれしさよりも驚きよりも、とにかく気持ち悪かった。殿下はアルファの中でも特に力が強く、身体と心の拒否は今までで一番ひどい。

『シリル……私を拒むな』

殿下は無理なことを言う。死にゆく元妻に最大級の苦しみを与えたいのか、舌を口腔内に入れ込み、唾液を流し込んでくる。そして、殿下は服をはぎ取り、身体を舐め、どんどん先へ進めていく。

『殿下おやめください！　どうかこれ以上は！　シリル様が壊れてしまう』

騎士たちに押さえられているリアム様が殿下に一生懸命訴える。

萎《な》えているモノを咥えられた僕は、もう言葉も発せられないほど苦しかった。お願いリアム様、これ以上僕を見ないでと思うものの、目の前で殿下に尻の穴まで舐められる。

『うっっ、うっ、うう』

そして殿下の匂いがより強くなったと思った時、尻に一気に硬くなったモノが突き刺さった。

『シリルッ、シリルッ！　私だけのものだ』

『んっ、んんっ……』

殿下が僕の中で凶悪なものを穿《うが》つ。

『シリル様ぁー!!』

聞こえるのは殿下の荒い息遣いと、リアム様の悲痛な叫び。

痛みしか感じなかった。あんなに愛していた人なのに身体は受け入れない。苦しくて、悲しくて、心は限界だった。

『シリル、愛している』

『うっ、あぁぁー』

殿下が僕を愛していると言う。苦しみでいっぱいの僕にそんな言葉は響かない。割れるように頭が痛くなっていく。そして。

『はっ、ううっ、シリル』

殿下が僕の中ではじけた瞬間《とき》、僕のすべては終わった。最期の涙を流して……

＊　＊　＊

「はあ、はぁ、はぁっ」

「シリル様！」

「はっ、えっ、セ、セス？」

目の前に心配そうな顔をした、専属従者兼唯一の理解者であるセスがいた。見渡すと自室のベッドに寝ていたのがわかる。

「シリル様、ひどいうなされようでした……痛い、苦しい、そうおっしゃっておりましたので、起こしました」

「あ、ありがとう、助かった。僕、怖い夢を見ていたみたい……」

今回の夢は回帰の日に見た内容と少し違った。

——そう、その記憶の続きだ。

あの時は死の直前ですべてが曖昧《あいまい》だったけれど、記憶として見ると、鮮明に知ることができた。

僕の最期は、殿下に抱かれながら終わっていた。

「シリル様？　まだ汗が。顔色も悪いように見えます。倒れたことは覚えていますか？」

「……え？」

僕の汗をぬぐいながらセスが聞いてくる。

「お茶会でシリル様が倒れたと、殿下自ら抱えられて公爵邸にお越しになりました」

「殿下自ら、僕を抱えていらしたの？」

「はい。今までの態度が嘘のようにシリル様を愛おしく見つめ、口づけをしてからお帰りになりました。とても驚きましたよ、あんな口づけをするなんて！」

思いがけない内容に心がさわぐ。いったい殿下に何があったのだろう。

庭園で僕にキスをして、愛おしそうに見つめてきたのは記憶にある。意識を失っている間に、セスの前でもそんな目をしたの？

「僕にも、何がなんだか……」

「でしたら、旦那様に相談いたしましょう。こんな状態でまたシリル様が王宮へ行くのは心配です」

「父様には言わないで！　余計な心配をかけたくない」

記憶の続きが蘇《よみがえ》ってますます殿下が怖い。

だけど殿下の先程のキスも、記憶に残るキスも同じに思えた。僕を愛しているとも言っていた。……殿下はもしかして今も昔も僕が好き？

そこまで考えて、いやいや、そんなわけはないと心の中で頭を振る。今まで好きだと言っていた相手が、急に関心を失くしたことへの嫌がらせに違いない。それに、騎士たちに僕が断罪されたのは事実だ。殿下は知らないと言っていたけど。

「それは、そうですね。シリル様の唇が結婚前に奪われたと知ったら、旦那様は卒倒しかねませんし」

セスはそう言って再び汗をぬぐってくれる。その時、突然部屋の扉が開いた。

「シリル！　また倒れたなんて……」

「えっ、父様？」

心配そうな表情を浮かべる父はベッドまで来ると、僕をギュッと抱きしめた。

「心配かけて、ごめんなさい」

殿下のフェロモンを初めて感知したあとだからか、父のアルファの香りはいつも以上に安心する。

あの殿下の誘惑するような香りは僕にとって毒だ。

「父様いい匂い、安心する。好き」

「どうした？　シリルは最近やけに甘えん坊だね。父様もシリルを愛しているよ」

ぽんぽんと背中を擦って、僕を落ち着かせようとしてくれる父が本当に好きだ。

……あの記憶が怖い。僕が不幸になるだけならいいけど、大好きな父や母、そして兄やその恋人まで、僕の今後の行動で道連れになってしまう可能性がある。

あんな思いは二度としたくないと身震いすると、父が優しくまたギュッとした。

「シリル、また殿下絡みで嫌なことがあったのだね。あの男爵子息のことは陛下に直接抗議したけど、殿下にまでは届いていなかったようだ。父様が直接殿下に言ってくるから安心なさい」

「待って！　それはしないで……今回はちょっと日差しが眩しかったのと、緊張しすぎただけで、大丈夫です。むしろあの二人の邪魔をしたら何が起こるかわからないし」

僕にはあの記憶がある。大好きな家族を守るためには殿下とアシュリーの仲を邪魔せず、騎士団の反感を買わないことが必須だ。

「いったい何が起こるというのだ？　シリルは殿下の正当な婚約者だ。あんな男爵子息風情がのさばっているほうがおかしいだろう」

「だめだよ！　僕はもう殿下を好きじゃないって言ったよね？　だからあの二人が結ばれてくれるほうが僕にとってはありがたいから、そっとしておいて」

「……わかった」

必死に訴えると、父は納得してないようだったけれど、最終的に僕を尊重してくれた。

「父様、ありがとう。僕うまくやるから」

あの記憶を見たら、なおさら今後は失敗できない。違う人生を送りたい。

王家の秘薬を盗んでアシュリーに飲ませようとしたことと、殿下の許可なくリアム様と番《つがい》になった事実さえなければ、おそらく普通に生きていけるはず。

……断罪による没落には繋がらないはず。

公爵家として王家との関係は切れないけれど、殿下がアシュリーと結ばれたら、円満な形で婚約者の地位を譲れるかもしれない。これで僕が殺される未来を回避できる、きっとそうだ。

よし！　心機一転頑張るぞー。

第四章　揺れる心

殿下とのキスで記憶を取り戻し、翌日の休みはひたすら今後のことを考えた。見事にメンタルは回復し、いつも通り学園に来ている。だてに人生二回目ではないぞ！

その日の放課後、教室を出るとリアム様がいた。

「シリル様、お待ちしておりました」

「リ、リアム様!?」

前の生でのリアム様とのことが頭をよぎり、恥ずかしいような、懐かしいような気持ちになって、思わず涙が出てきた。過去に愛した人だと自分の中で区切りをつけたはずなのに、涙は止まらなくなってしまう。これ以上リアム様を見ていられなくなり、その場でしゃがみ込む。

「シリル様!?　具合が悪いのですか？　医務室に行きましょう。……私が触ることをお許しいただけますか？」

心配をするリアム様は記憶と同じで、触れてもいいかと聞いてくれた。今も昔も変わらない優しさに触れて、記憶の中の感情が戻りそうになる。

「シリル様、しっかりしてください！　どうかお許しを」

「はぁ！」

かつて愛した方からお姫様抱っこをされた瞬間、湧き上がる喜びに意識を手放しそうになる。

「しっかりなさってください。すぐに医務室へお連れしますから！　お気を確かに」

「……はい。リアム様……ありがとうございます」

厚い胸板、僕を抱き上げる逞しい腕、美しい黒い瞳、燃えるような暁《あかつき》の短い髪、そしてアルファの香り。こんな状況は二度とないと懐かしさに浸り、リアム様の太い首に腕を回してより密着する。

「……い、え。その、こんなに密着されてお嫌ではありませんか？　そこまでしがみつかなくてもシリル様を落とすことはないので」

殿下以外のアルファに興味がなかった僕の、豹変した態度にリアム様は驚きを隠せないようだ。

しかし、今は懐かしい胸の中で少しだけ安らぎを得たかった。一人であの記憶を乗り切るには、とても心を強くしなければいけない。いつの間にか疲弊していた心を今だけは……と自分に言い聞かせて、優しかった元番《つがい》に甘えた。

「不安定で怖いし、このほうが揺れも少なくて吐くのを我慢できそう……だめですか？」

「吐き気も!?　いえ、シリル様のよき体勢で！」

さすが騎士、とてつもなく紳士だ。邪心のないリアム様が本当に心配してくれるのがわかる。

僕は役得と思い、抱きついて運ばれた。自分の立場を利用して心を満たそうとしてしまう。……リアム様を求めることは断罪に繋がるとわかっているのに。

これはきっと恋ではない。前の生で、僕を想ってくれた唯一の人への情愛。

もう愛はいらない。愛する誰かに裏切られて苦しむ人生より、絶対に裏切らない人に守られて穏やかに生きる人生のほうが幸せかもしれない。愛に生きて死んだのだから、今度こそ愛ではなく、ただの安心感を得たい。ただ平和に過ごしたいだけ。

そう思って運ばれていると、ふいに殿下とアシュリーがやってくるのが見えた。二人とばっちり目が合うと、殿下は驚いた顔をし、アシュリーはにやりと笑う。

「で、殿下……、それにアシュリー様？」

僕のつぶやきに、リアム様が止まる。

僕の身体は硬直した。頭では二人の関係をわかっていて、認めていたはずなのに、この目で初めて見て意外にもショックを受けていた。二人はこうやっていつも学園でも一緒にいるの？

「リアム、何をしている」

殿下の低い声が響き、リアム様が僕を抱えたまま振り返る。リアム様が殿下のほうを向くことで、僕の目線はあの二人から外れた。

「シリル様が体調を崩されたので、医務室へ向かっているところです」

「そうか、お前はもういい。シリルを渡せ。私が連れていく」

「なぜ殿下が」と思った。今ここで僕が殿下に触れられたら、アシュリーに恨まれて断罪への道が近づいてしまう。殿下は僕にかまわないで、アシュリーと仲良くやってほしいと強く願うと同時、アシュリーの怒った声が聞こえる。

「えっ、なんで殿下が！　これから僕とお茶するのに！」

アシュリーの我儘に乗じて、リアム様に巻き付いている腕に力を込める。お、お前たちなんか、早くお茶にいっちゃえ！　と心の中で精一杯の悪態をつきながら。

異変を感じたリアム様が僕をのぞき込んできたので、後ろめたさを感じながらも体調が悪いフリをする。

「もうだめ、限界です。吐くかも……動けない、お願い、リアム様がそのまま僕を運んで……」

「わかりました。殿下、この場はお任せください。では失礼いたします」

殿下の返事も聞かずにリアム様が足を速めると、後ろから殿下の舌打ちが聞こえた。そして、言葉までは聞き取れないが、アシュリーと殿下の言い争う声が耳に届く。

僕を見たから二人共嫌な気分になったのだろうかと怖くなり、リアム様にしがみつくしかない。

それにしても僕の元番《つがい》は頼りになる。

「シリル様、お気を確かに。アシュリーのことは気にしないほうがいいです」

「えっ？」

「そんなに顔を埋めなくても、もう二人は見えませんよ」

抱きかかえて歩くリアム様が耳元で囁いた。僕が強く顔を押し付けたことで、婚約者が恋人といるところを見て悲しんでいると勘違いをしたのかな？　それならお言葉に甘えて、そういうフリをしよう。

「リアム様、ありがとうございます」

「いえ、ほら、もう着きましたよ。あれ？　先生がいないな」

リアム様は僕を抱っこしたまま、長く逞しい足でドアを開ける。そのワイルドな姿は素敵で、うっとりしてしまう。

医務室には医師が不在なようで、リアム様はそっと僕をベッドに降ろす。

「シリル様、顔が赤いです。熱があるのでしょうか……？　タオルを失礼します。少し冷たいかもしれませんが、我慢してください」

「んっ」

冷たいタオルを額に当てられて、思わず声が出る。

僕はいたって健康で、決して具合が悪いわけではない。記憶を思い出して、初めてリアム様を見て舞い上がっただけだ。前の生での献身的な介護を思い出し、また涙ぐんでしまった。

「先生を呼んでくるので寝てお待ちください」

「……リアム様、ここにいて」

「えっ」

リアム様は僕の言葉に驚く。せっかくの二人きりの空間。もう少しこの穏やかな時間を、同じ空間を堪能したい。

「僕、具合が悪い時は一人だと寂しくて。リアム様がいてくれたら安心する……だめですか？」

「いえ、では一緒に先生が戻るのを待ちましょう」

リアム様は僕を見て優しく微笑んだ。やはり以前と違う。この頃、リアム様と二人きりで会話をしたことなどない。

「それにしても、シリル様は雰囲気が少し変わられましたね」

リアム様はベッド脇に椅子を持ってきて座った。

「えっ、あっ、こんなはしたない姿をお見せしてごめんなさい」

「いえ、そうではなくて。あっ、具合が悪い時に会話なんてして大丈夫ですか？」

「はい。気分を紛らわしたいから、良かったらお相手してください」

リアム様はそれならと優しく言って、話を続ける。

「以前は殿下以外の人には気を張っているようでした。ですが、今は殿下に対して一線を引いているように思えて……やはりアシュリーの存在ですか？」

アシュリーを気にしているのか、気になる様子だ。もしかして殿下に、僕の行動を見張れと言われているのかもしれない。

「関係ないとは言い切れませんが、それがきっかけで、今までの態度を反省しました。そうしたら、心の中の殿下が占めていた部分にゆとりができて……今は友達もできて楽しいです」

そう答えると、リアム様はなぜか安心した表情を浮かべる。

「そうでしたか。ではシリル様にとって、悪いことだけではなかったのですね。あなたが辛そうな姿は、勝手ながら見たくないって思って」

優しいな、この人はこの時からそんなことを思ってくれていたのか。

過去の僕は殿下のことでいっぱいで、周りなんて見えていなかった。もしかしたらリアム様は前の生でも僕を心配してくれたのかもしれない。

「ふふ、リアム様も以前と違って優しいです」

その言葉に、リアム様は気まずそうに笑った。

「確かに。今まではこうして個人的に話すこともなく、冷めた態度で接していましたね。今更ながら、私の態度はひどかったですね」

「そんなことないけど、今のほうが好きです。それに僕も同じようなものでしたから」

二人で穏やかに話す、とてもいい時間だ。このままずっと二人で過ごせたらいいのに……

たとえ燃えるような激しい恋心がなくても、穏やかに過ごせる気がする。リアム様とまた番《つがい》になれたらと思う浅はかな自分がいる。

「シリル様？　あなたがそんな顔をなさるのは体調が悪いせいですか？　それとも殿下のことで憂いておられるからでしょうか。私で良ければなんでも話してください」

「えっ」

リアム様の声にハッとして、我に返る。

……僕はまた現実に向き合わずに、前の生の穏やかだった時間を思い出してしまう。あの時は殿下に愛されなくて、愛してくれる人に縋《すが》っただけ。今回も同じ間違いをしてはいけない。

何も言わない僕に、リアム様は言葉を濁しながら話し出す。

「差し出がましいようですが、シリル様がアシュリーを気にする必要はありません。殿下のことなので私からは言えませんが、あの二人はシリル様が思うような関係ではないです」

「ん？」

「ですから……あの二人に大した絆《きずな》はございません」

「んん？」

これは……リアム様は僕を気遣ってくれている？　本当に、なんて優しい方なのだろう。

ただ、もう僕は殿下に執着してはいない。

先ほどは殿下とアシュリーが一緒にいる姿を見て驚いたし、胸が苦しくなったけれど、僕はあの二人の恋を応援しなければいけない。それに、僕は殿下の恋の邪魔をしないとリアム様に知ってもらわなければいけない。

これ以上この人の優しさを踏みいじりたくはないから、僕の本心……というか考えを早めに伝えたほうがいい。

「リアム様、そんなに気を遣わなくて大丈夫です。いい加減、僕だってわかります。殿下は僕と会う回数に制限を設けているのに、アシュリー様とは学園でもお会いしているようですし。お茶会のあとには必ず彼が現れてますから」

「え？　えっ、いやっ」

リアム様は困惑する。

「僕がもっと早く気づいて差し上げていたら、殿下を苦しめることはなかったのに。恋は盲目って言うけど、ひどかったですよね？　自分でも自分に呆れました。今までごめんなさい」

もう二人の仲を引き裂こうなんてしない。気持ちを知ったら、リアム様も僕がアシュリーを虐《いじ》めることはないと安心できるよね！

「それは、その、違うと思います。殿下の想いは……」

リアム様は嘘まで言って僕を慰めようとしてくれるけれど、それが真実。

「お二人のことをここで言っても想像でしかないし、僕の心はもう殿下にはないのですから、安心してください！　だからリアム様はもう僕を警戒する必要はありません。僕は邪魔しませんから」

「えぇ!?　元よりそういう意味で警戒したことなどありません。それにシリル様は殿下の婚約者で、卒業後はご成婚なさるのです……よね？　殿下のことはこの際ともかく、シリル様は殿下をお好きではないのですか？」

「もちろん、仕える身としてお慕《した》いしております。王太子妃になったら全力で殿下を支えていく所存です。それが僕の役割でお仕事ですから」

大袈裟に驚くリアム様に少し違和感を覚えつつも、答える。

どうにかして結婚をやめられないかなと思うけれど、このままいけばそうなるし、それを止める手立てがない。公爵家の人間だから、感情とは別に業務くらいこなせるはず。王太子妃教育を受けた分はきちんと仕事として返すつもりだ。

するとリアム様が怪訝《けげん》な顔をした。

「仕える身として、ですか？　殿下のこと、一人の男としてはいかがですか？」

何を言っているのだろう。普通に考えて恋人のいる男、しかも婚約者に冷たい男なんて、一人の男として見てしまったら苦しいだけだ。

「リアム様は何がおっしゃりたいのですか？　もちろん恋愛的な意味でしたら、そのような感情は持ち合わせないので、ご安心ください！」

きっぱりと告げると、リアム様が頭を抱える。どうしたのだろう？

「あのーぉ？」

「申し訳ありません。少し混乱してしまいました」

「僕、何かリアム様を困らせること言いました？　あの……ごめんなさい」

「いえ、違います。なんでも話せと言ったのは私ですし、シリル様がそういうお考えになるのも想像はついたはずなのに」

リアム様はどうして混乱しているのだろう。

……あっ、そうか。僕がこれからどう二人の邪魔をするのか知るために、話を聞き出して対策を練ろうと思ったのかもしれない。

でも、大丈夫！　これ以上リアム様を煩《わずら》わせることはこの人生でしないから。

「リアム様、これからは腹心として、リアム様と共に殿下を支えていければと思っております」

安心させるためににっこりとそう言った。しかし、リアム様が期待していた回答ではなかったようで返す言葉が見つからない様子だ。えっ、どうしよう、何を間違えた？

どうやって誠意を伝えたらいいかわからなくて、とにかく必死にリアム様に訴える。

「やはり僕みたいな嫌われ者は王太子妃の仕事もせず、殿下の前に姿を見せないほうがいいですか？　それともすでに僕の存在自体がお嫌とか？　ど、どうしよう、僕のせいで父の爵位が奪われたり断罪されたりしたら。僕は反逆なんて考えていません！　信じてください」

「どうして、そんな突拍子《とっぴょうし》もないお考えになるのですか？　アシュリーの存在がそこまでシリル様を苦しめているのでしょうか」

「違います！　僕は苦しくなんてありません。だからどうか僕は殿下の害にならないと信じてください。僕はお二人の味方です！」

僕の焦る姿を見て、リアム様は僕を宥《なだ》めようとする。

「シリル様！　落ち着いて」

精一杯リアム様に僕の想いを伝えたところで呆れられ、愛し合う二人を見て苦しんでいるように見られてしまうなんて……

「僕、どうしたら……信じてください、僕は」

「大丈夫です。誰が何と言おうとも、シリル様が殿下の婚約者で、次期王太子妃です。そんなに卑屈になる必要はありませんし、起きてもいないことを悩む必要もありません」

リアム様は子どもに言い聞かすかのように、丁寧に優しく僕を諭《さと》す。

でもこのまま僕が前の生と同じ行動をしたら、同じことが起きる。悩まないとダメなんだよ！

と心の中で叫ぶが、もちろん何も聞こえないリアム様は話を続ける。

「それに、それこそご想像で殿下のお気持ちをお決めになるのは、おかしくありませんか？」

そうだ、不敬は一度もしてはいけない。信じてもらえるように真摯に言葉を紡ぐ。

「そ、そうですね。……不敬にあたりますよね。どうか僕の言ったこと、忘れてください」

僕の言葉でリアム様の表情が柔らかくなった。

「ふふ、私たちの会話が不敬にあたることはありません。殿下に直接言ったわけではないのですから」

「じゃあ、今日、僕が言ったことは殿下に報告しないですか？」

「そうですね。言ったら殿下が悲しむと思うので、私の胸に留めておきます」

「ありがとうございます！」

それからしばらくすると医師が戻ってきた。診察を受けて帰宅許可をもらい、リアム様に見送られて馬車に乗った。別れ際、忠告をもらう。

「殿下には決して私に話したことをお伝えしないように。平和に過ごしたいのなら、殿下を刺激しないことです。これはシリル様を守ることに繋がります。できれば以前のように、殿下を慕《した》う可愛いお姿を見せて差し上げるのがいいかと思います」

以前の僕のままだと確実に断罪だけど？　僕が困った顔をすると、リアム様はにっこりとほほ笑んだ。

「難しいことは考えず、お過ごしくださいという意味です。何かあったら私が守りますから」

「リアム様……」

その笑顔、素敵です。やはりリアム様は僕の癒しだ。あの地獄の日々から解放してくれた、懐かしい彼との邂逅《かいこう》を果たして、心は穏やかになる……と思ったのも束の間、馬車に揺られながら疑問が浮かぶ。

「リアム様はなんで僕を待っていたのかな？」

ポツリと独り言ちる。おそらく殿下関係だが、記憶に振り回されて用事を聞かなかった。

とは言え、アシュリーは殿下が好きで、少しでも殿下が僕に興味を示すと、嫉妬の対象になってしまうことだけはわかる。

やはりあの二人には近づかないように、警戒しなければいけないと思った。


翌日。学園での昼休み。

「シリル様！　ちょっとお時間いいですか」

「ア、シュリー様？」

最近交流を持ち始めた侯爵令嬢アンジェリカ様、そしていつもの学友エネミー様とランチに行こうと教室を出たところ、またもアシュリーがやってきた。護衛兼友人たちはいったいどうしたのだろうと思っていると、アンジェリカ様が真っ赤な顔で怒り出す。

「あなたが噂の男爵子息ね。立場もわきまえずにシリル様のところに来るなんて……！　以前にもほかの方から注意を受けたのでしょ？　どうかなさっているわ」

アンジェリカ様は、これまでアシュリーに会ったことがなかった。きっとエネミー様たちから彼の話を聞いていたのだろう。会った瞬間、敵意をあらわにした顔をする。

「あなたには関係ありません。僕はシリル様と、僕の恋人について話す必要があるのです」

「まぁ！」

アシュリーがツンとした態度で言い返すと、勝気なアンジェリカ様は唖然とする。

「アンジェリカ様、落ち着いて」

エネミー様がアンジェリカ様を宥《なだ》める。そして、アシュリーに語りかけた。

「ミラー男爵子息、あなたは貴族としての立場を考えて発言してください」

「なっ、僕はシリル様とお話ししたいだけです！」

当たり前のことを指摘されたアシュリーは顔を真っ赤にして言う。

しかしエネミー様は毅然《きぜん》とした態度で丁寧に、でもきっぱりと言葉を返す。

「殿下とお二人の時はそれでもよろしいですが、僕たちとあなたは他人で、あなたよりも爵位が高い家の人間です。学園は公共の場所です。シリル様がお優しいからと言って、いつまでも目に余る行為をしていては、あなたの家、そして殿下のお立場も悪くなることをお考えください」

「僕は、ただ……」

タジタジになるアシュリーに対して、エネミー様は優しい声音でさらに諭《さと》す。

「学園の皆様は、殿下とシリル様のご婚約を知っております。殿下はあなたと一緒にいるところを見られないようにしているのではないですか？　その関係をお話しになること自体が、殿下を困らせることになっているとは思いませんか？」

エネミー様の言葉がさすがに響いたようで、アシュリーはしょんぼりする。

僕を想って、アンジェリカ様は怒り、エネミー様は静かに現実を教えた。そんな優しい二人の行動に申し訳なさと、感謝の念が湧く。

「……アンジェリカ様、エネミー様、僕のことで巻き込んでしまって申し訳ありません……そして、ありがとうございます」

二人にそう言ってから、僕はアシュリーに向き合う。

「アシュリー様のお話を伺いますので、ご一緒にランチはいかがですか？　僕はこういう状況に慣れていないので、第三者にも状況を知ってもらえたら、きっとアシュリー様の望む答えが見つかるかもしれません」

アシュリーの望む答えは、僕が殿下に恋愛感情を持ち合わせていないことだと思う。それさえ知ってもらえれば、アシュリー関係で断罪はされないはず。

「そ、そうですね。僕もシリル様のお考えは間違っているところが多いと思うので、人の意見を聞かれるのは良いと思いますよ」

あ、ちょっと開き直っている。

「ありがとうございます。お二人もご面倒だと思うのですが、僕を助けると思ってご一緒していただけたらうれしいのですが」

二人に伺いをたてる。アシュリーと二人きりではあることないこと、捏造《ねつぞう》されるかもしれない。

「もちろんですわ！　私、シリル様の助けになりたいと思っております。頼っていただけてうれしいです」

アンジェリカ様が目を輝かせて言ってくれる。心強い。

「僕もぜひ。この中では唯一既婚者ですし、お話の役に立てることもあると思いますので、ご一緒させてください」

エネミー様は早くもアルファの旦那兼番《つがい》がいる。既婚者なので経験値も高いし、冷静な目で見てくれるかもしれない。

「わぁ！　ありがとうございます。では人目を避けたいので、今日は個室をとりましょう」

そう言って、四人でカフェテリアの個室に移動する。食事の準備が整い、アシュリーが話し出す。

「シリル様はこの間、僕たちの邪魔はしないと言いましたよね？」

「はい、言いましたね」

スープを一口飲んで答えた。いったい今日はどんな言いがかりをつけられるのかな。

「でも結局シリル様は、殿下の気を引く態度をとっていましたよね。わざと殿下の前で倒れるとか、病弱なフリをするのはやめてくれませんか？」

「ん？　えっと……」

「卑怯ですよ。殿下はお優しいから婚約者が病弱じゃほっとけないんですよ。昨日、殿下はシリル様に気を遣って、僕とはもう会えないと言ってきました」

アシュリーはパンを食べながら、いたって真面目に言ってくる。

けれど、僕には言っている意味がわからない。いつの間にか病弱設定にされているし、殿下がアシュリーに会えないと言った意図なんて知る由もない。

「僕と殿下は愛し合っています。殿下は僕の初めての人で、とても大切にしてくれています。出会った頃は、時間を忘れて朝まで愛し合うことも多かったのに、最近はシリル様が殿下の気を引くから僕たちの時間が少なくなりました」

「な、なんてことっ！」

顔を赤くしたアンジェリカ様が言ったと同時、スプーンがテーブルに落ちる音が響く。エネミー様がアシュリーの言葉に驚きスプーンを取り落としたのだ。

するとアシュリーはフォークを持ったまま自信満々に話す。

「愛のない婚約者がいるなんて心が休まらないでしょう。そんな殿下を癒してあげられる唯一の存在が僕です」

「……」

身体の関係があるなんて、よく婚約者を前に言えたものだなと僕たち三人は絶句する。聞きたくない愛の話を聞かされて食が進まない。

「えっと……アシュリー様。僕の体調が優れずご迷惑をおかけして申し訳なかったと思いますが、これぱかりは……。最近本当に調子が悪いのです。決して気を引こうなどとは思っておりません」

「口ではなんとでも言えます」

アシュリーの言葉を聞いて、ひどいと思った。体調不良を起こした人に対しての発言じゃないし、婚約者に恋人が現れた心労の可能性だって普通考えられるはずなのに。

その時、エネミー様が助け舟を出してくれる。

「あの……ミラー男爵子息は何がしたいのですか？　体調の件は仕方がないことですし、これ以上シリル様に何を求めるのでしょう？」

アシュリーは興奮して机をバンと叩く。

「僕は！　立場的に殿下と結婚はできないにしても愛し合っています。だからシリル様は僕たちの愛を邪魔しないでください！　婚約者だとしても殿下の愛をいただく日は来ないのですから」

すごい……人としてどうかと思う発言をアシュリーは普通にしている。

「僕たちが聞いている限り、シリル様は婚約者という立派な立場であるにもかかわらず、振りかざすこともなさらないし、殿下へのご興味もないように見えますが……。シリル様いかがですか？」

アシュリーの言葉を聞いて、驚き呆れた表情を浮かべたエネミー様が問いかけてくる。

以前の僕は立場を振りかざしていたけど今は違うし、同じ過ちをしなくて本当に良かったと強く思った。もしも前の生と同じように過ごしていたら、こんなふうにかばってくれる友人はいなかっただろう。

学園でいつも気にかけてくれるエネミー様に、僕は大きく頷いた。そして、アシュリーに向かって告げる。

「アシュリー様、ここでの会話は公《おおやけ》にできない内容だから、個室で話しているのです。もし殿下にも言わないとお約束いただけるなら、僕の心を話します」

「え、聞きたい。誰にも言いません！」

アシュリーが興味津々に言ってくる。

「改めてですが、僕は殿下にお仕えしておりますが、お慕《した》いしておりません」

「えっ⁉」

今更驚くところ？　この間も話したよね。

エネミー様は納得という顔をしているし、アンジェリカ様もここまでの会話を聞いている中で、僕の気持ちに気がついていたようで特段驚きはしない。

「以前もお話ししましたが……これは政略結婚です。陛下がお決めになったことなので、殿下も僕も断れないのです。だから役割として割り切っていて、僕は殿下の気を引く必要もありません」

「え、でも」

アシュリーにとっては予想外の内容だったようで驚いている。かたや、アンジェリカ様とエネミー様は口を挟むことなく、食事を進めていた。

「殿下が僕の体調を気にするのは、仕事みたいなものです」

「シリル様は殿下に僕と別れてほしいと言ってないってこと？　じゃあ、なんで殿下は僕にそんなことを……」

アシュリーは僕が邪魔をしたと本気で思っていたらしいが、言うはずない。なんならアシュリーが殿下と番《つがい》になってほしいとさえ思っているのに。

「言っておりませんし、殿下の事情は知りません。お二人の問題ではないでしょうか？」

「はっ？　僕と殿下が別れると言いたいのですか」

アシュリーは先ほどからずっと喧嘩腰だ。それほど愛する殿下の婚約者が憎いのかもしれない。

僕を目の敵《かたき》にする姿はまるで以前の自分のようだった。今回はアシュリーがそんな態度をとっていることで、殿下との関係が変わったのだろうか？

「いいえ、そう言いたいわけではなく、僕は殿下のお心を知る術《すべ》はありませんし、正直興味もないのでわからないのです。ただ言えるのは、殿下に何人恋人がいようが僕としては問題ないということ。あとはお二人で解決していただけると、僕としては助かります」

少しだけ意地悪なことを言ってしまう。

「何人ってひどい！　僕だけです！　殿下は僕を愛しているんですから！」

アシュリーが頬《ほほ》を膨らませた。

その時、ある考えが浮かんだ。

「これは僕の憶測ですが、急にアシュリー様と距離を置くのは、殿下が世間の評価を考慮なさったからではないですか？　最近一緒にいることが多いから、周りの方々もお二人の関係に気がつくと思います」

「僕たちは恋人なのに、何がいけないの？」

普通に考えたら答えはわかるものなのに、アシュリーはきょとんとした顔をする。恋は盲目って言うけど、アシュリーは少し常識がないような気がする。本当に大丈夫かな、この人。

「殿下には陛下のお決めになった婚約者がいるのです。それにもかかわらず、殿下はほかの人と付き合っているのは外聞が悪いでしょう。殿下はそれを気にして、アシュリー様を守ろうとしているのではないですか？」

「え？」

その態度にこっちが、え？　なんだけど。

「えっと……。わかりやすく言いますと、この状況で責められるのは、婚約者のいる人と付き合っているアシュリー様になるのです。僕は被害者で、殿下はお立場があるから、たとえ殿下が悪くても責められません」

「それは……」

アシュリーはそのことに初めて気づいたかのような態度をとる。

アンジェリカ様はカップを置くと口を開く。

「ミラー男爵子息、シリル様の言うことはあくまでもご想像ですが、私はあなたの存在を知って、王太子殿下の奔放《ほんぽう》さにがっかりしました。大事な友人のシリル様を苦しめているのは、誰が見ても明らかでしたわ。ですから外聞が悪いのは本当のことよ」

「えっ」

アシュリーが驚くが、自分は人に憎まれない立場にいるとでも思っていたのかな。なんてお気楽なのだろう。

アンジェリカ様はさらに話を続ける。

「私たちはシリル様と殿下の仲が冷めていることを知りませんでした。そこまでお二人共心を隠しているのに、あなたが殿下を恋人だと公表したらどう？　風当たりは、あなたに対して厳しくなります。そう考えたら、あなたを守るという意味で距離を取った可能性もあるわ」

「……やっぱりそうですよね。急に冷たくするから、おかしいと思ったんです。殿下は僕を守るためにあえて会わないという、かわいそうな決断をなさった」

安心したように言うアシュリーに対して、アンジェリカ様は呆れていた。内心では殿下がアシュリーに飽きたのだと思っているのかもしれない。

まぁ、実のところ殿下の考えなんて誰にもわからない。この答えが正しいかもしれないし、殿下はアシュリーに飽きて会わないという決断をしたのかもしれない。

「その可能性はあると思います。僕を冷遇すると、王家と公爵家の関係性が悪くなりかねないので……。僕の父がアシュリー様の存在を知った時に陛下に訴えたそうですから、もしかしたら殿下はすでにお怒りを受けているかもしれません。殿下にどんなに好きな人がいたとしても、簡単に僕以外の人を娶れない」

そう言うと、アシュリーは突拍子《とっぴょうし》もない発言をする。

「……じゃあ番《つがい》候補の立場を交換しちゃえばよくない？　殿下だって僕を番《つがい》にしたいはず」

「確かに、アシュリー様は番《つがい》になりたくて、僕はなりたくないとお互いの利害は一致していますよね。ここでしか言えませんが、僕としてはアシュリー様に殿下とお幸せになっていただきたいのです」

一瞬、この方法だと断罪回避にグッと近づけるのではと心の中で歓喜する。

しかし、アンジェリカ様とエネミー様がそれはまずいという顔をした。

「シ、シリル様！　そのようなことをおっしゃっては……。ご結婚するのに、番《つがい》は別の方なんて、我が国で、そんなことがまかり通るはずございません」

「あの、ミラー男爵子息。お二人の利害が一致していても、それはやはり反逆罪になってしまいます。シリル様もおわかりですよね？」

二人はほぼ同時に僕を諌《いさ》める。

「……そうですよね、はは」

二人に注意されてハッとした。

僕ったら頭のネジが緩くなっていた。自分の希望が通らないのが貴族の基本だったのに、アシュリーの自由さを見て、おかしくなっちゃったみたい。危ない、これは不敬にあたる発言ととられなくもない。

コホンッと咳払いをする。

「ごめんなさい。公爵家の人間として僕は、本来誰にもこんなことを言ってはいけない。だけどアシュリー様の奔放《ほんぽう》なお姿を見ていたら羨ましくて。殿下の御心を支えてくれるアシュリー様だからこそ話したのです。だから今日ここで話したことは秘密でお願いします」

「シリル様……わかりました。あんなに素敵な人を嫌いになる気持ちはわからないけど、でもシリル様も殿下と同じでかわいそうな立場だとは理解しました」

よし！　嫌いな男に嫁がなければいけない、かわいそうなオメガだと同情を得られた。なんとかこのままアシュリーの気が僕から逸れてくれれば、断罪の未来も回避できるはず！

「そうなんです。僕は義務として、好きでもない殿下のお子を産まなければなりません。でも、もしかしたらアシュリー様が殿下の番《つがい》になる未来もあるんじゃないかって、期待してしまうのです」

僕は殿下に気持ちがないということを念押しする。しかし、子を産むという言葉が不服だったのか、アシュリーが少し意地の悪い顔で笑った。

「お子を？　殿下はすごいモノをお持ちですから、僕と初めて繋がるまでにひと月もかかったんです。その間、殿下は優しく僕の身体を変えてくれたけど、シリル様は子を産むためだけに初夜でいきなりアレが入るの？　いくら愛されていないからって、それはひどいですよね」

「え、すごい、モノって？　アレって……」

いきなり何の話を？

アシュリーは勝ち誇ったような顔で話を続けた。アンジェリカ様は下品なアシュリーの言いぐさに真っ赤になる。

「殿下は下準備が嫌いだから、今までは本人に準備させていたと言っていました。僕だけは特別だから時間をかけてくれたけど、アレがいきなりはきっと後ろが傷つくと思う。しかも処女ですよね？　今からそれなりに準備をしたほうがいいですよ」

「ひぃっ！」

いきなりアシュリーが殿下の宝刀の話をするから、僕は思わず隣にいるエネミー様にしがみついた。

「シ、シリル様⁉」

アシュリーと殿下の行為の話など聞きたくない。一瞬で前の生での恐怖が蘇《よみがえ》ってくる。

「ぼ、ぼ、僕、そんな未来……怖い」

記憶にあるのは恐ろしいアレ。

挿入前に体中を舐められた記憶はあるけれど、あれは番《つがい》がいる僕への嫌がらせで、決して奉仕ではなかった。挿入時は躊躇《ちゅうちょ》なく貫いたし、きっと今回も無理やり種をまくのだろう。アシュリーと事前に番契約《つがい》をして、僕とは白い結婚であってほしい。殿下と行為をするのが嫌でたまらない。

エネミー様は僕の異変をまずいと思ったみたいで、優しく声をかけてくれる。

「シリル様、落ち着いて。オメガは柔軟にできていますから！　オメガが相手を求めれば、アルファを受け入れられます。さすがに初夜にそんな無体《むたい》なことはなさらないはずです」

「え？　あっ、そ、そうですよね。慌ててごめんなさい。自分がその立場になると思ったら、怖くなってしまって」

さすが経験者の言葉。というか僕も記憶の中では経験者だけど、正直怖くてたまらない。

「本来アルファに抱かれるのは、オメガにとって発情期を過ごすいい方法なのです。ですから、もし本当に殿下のことがお嫌だとしてもヒートに入れば、そこはきっとうまく過ごせると思います」

確かに。前の生での初めてのヒートでは望んでいなかったにもかかわらず、リアム様を身体は受け入れていた気がする。

「怯えすぎましたよね。気を遣わせてしまい申し訳ないです」

「いいえ。僕は好きな人とのことしか知らないのに、偉そうなことを言ってしまって……。でも、あまり考えこまないでください。不安なら、ご婚姻前に僕がオメガとしての閨房術をお教えします」

「ありがとうございます。でも、閨に関しては無知のままでいるようにと後宮からお達しがあって。僕は知識をつけてはいけないみたいです」

「そんなことが？」

エネミー様は目を見開く。

「教育は殿下側に任されているので……」

おかしなお達しについて話すと、アシュリーは何か考え込む。無知であの行為を受け入れないといけないなんていかがなものかと思う。

その殿下が前の生では番《つがい》持ちである僕を抱いて殺したんだけどね。

「なるほど。殿下が閨教育を受けているのなら、王太子妃をむやみに扱われることはないはずです。そうは言っても、義務なら恐怖しかないですよね」

「はい……。だから僕としては、殿下に恋人がいたほうがなんとなく気が楽といいますか」

「シリル様、そこまで殿下がお嫌だったのですね。確かにほかの男と遊ぶような人を好きでいられるわけがないですものね」

アンジェリカ様は僕に共感してくれる。

アシュリーは彼女の言葉にむくれ、「遊びじゃないし……」ボソッと口にした。そんなことお構いなしに、エネミー様が僕に向き合う。

「そうですよね。僕はたまたま好きな人と番《つがい》になれて結婚できただけで、本来貴族は感情など関係ないとは知っていましたが……。シリル様のお気持ち、お察しいたします。僕の旦那様にも今日のことは絶対話しません」

エネミー様も僕に寄り添ってくれた。一人で不安を抱え込むのは辛いから、やっぱり聞いてもらえて良かった。僕は二人の手を取って感謝の気持ちを伝える。

「僕の心の内を聞いていただきありがとうございました。友人と信じて打ち明けたことですので、どうかご内密にお願いします」

「シリル様、これからも辛いことがあったら、私たちにお話しください。私はシリル様の味方です」

アンジェリカ様はそう言って微笑み、隣にいるエネミー様も頷いてくれた。ありがたいな。

一瞬蚊帳の外にいたアシュリーが、こちらの会話に割り込んできた。

「でも、これからどうしよう。殿下からはもう会わないと言われたし。今の話を殿下にしたらいけないのでしょう？　シリル様は殿下に興味ないから僕と秘密で会えるよって」

アシュリーは顎に手を当てる。

「そうです。話してはなりません！　今の話を知ってしまったら、お立場を優先される殿下は僕の父を怒らせないために、僕に好意のあるフリをするかもしれません」

今、自分で言って気がついたけど、この間のキスは嫌がらせではなく、そういう策略かもしれない。わざわざ嫌な態度をとられるほど、今の僕は殿下と接点は持っていないし……

「それは困る！」

アシュリーの大きな声で我に返る。

「もしかしたら、殿下は今何かお考えがあるのかもしれませんし、僕たちが話し合いをしたと知ったらお怒りになるかもしれません。それも避けたいので、僕はひたすら大人しくしております」

「わかりました！　では、僕は殿下のお考えを邪魔しないように、二人きりになる方法を見つけます」

「そうです、その意気です。頑張ってください！」

アシュリーの誤解は解けて、無事に和解したのだった。


翌日の昼。

午前の授業が終わりカフェテリアへ向かっていると、また予期せぬ訪問者があった。

「シリル様、殿下よりランチのお誘いがございます」

「え、リアム様……？」

殿下からランチのお誘い？　いったいなぜ。

もちろん僕に誘いを断る権利はないので、リアム様に付いていく。

「殿下は僕にどんなご用件があるのでしょうか？　ランチに誘われるなんて初めてだから、ちょっと怖いです」

もしかして前回リアム様が僕に会いに来たのはそういうこと？　僕が倒れなければ殿下と会うことになっていた？　前の生では起こらなかった出来事がまた一つ増えていく。

「何も怖がることなど。殿下はシリル様とただ一緒に過ごしたいだけですよ」

「機会なら今までいくらでもありました。それなのに、なぜ殿下に恋人がいる今なのか……」

その言葉を聞いてリアム様は驚いた顔をした。

「えっ、殿下に恋人はいません。そのような誤解があると思って、殿下はご説明する機会が欲しかったのではないでしょうか」

「……そうですか」

僕に恋人の存在がばれたから、殿下はそれを誤解だと言って取り繕うつもりなのか。そんなこと気にしないのに。今はそれよりも、僕の大事な学友たちとの昼休みを邪魔されるのが不快だった。

リアム様と話しながら廊下を歩き、王族だけが使える特別な部屋に到着する。

殿下は呼び出したにもかかわらず、そこにはいなかった。午前中の会議が長引いているらしく、僕とリアム様はお茶をして待つ。やった！　リアム様とお話をする時間が持てた！

「シリル様、アシュリーのことでしたら、すべて誤解です」

「え？　ああ、僕はお二人のことをなんとも思っておりませんよ。だから殿下の貴重なお時間を、このように割いていただかなくてもいいのに。でもリアム様とこうしてお話しできたのはうれしいので、そこは殿下に感謝です！」

こんなことでもなければ、リアム様とお茶をする機会もなかったから、たまには殿下も役に立つ。リアム様は素直に話せる僕の癒し。前の生での番《つがい》ということで、誰よりも彼を信頼している。実績って大事だね。

笑顔で、ここまではっきり言ったのだから、僕の気持ちは殿下にないとわかってくれないかな？

「シリル様……どうか、そのような可愛らしいお顔は、殿下に見せて差し上げてください」

「えっ、僕、リアム様から見て可愛いですか？」

可愛いと言われて驚く。

「とても愛らしいです。殿下がいらっしゃらなければ、私が求婚したいくらいに」

「え？」

もしかして、リアム様はこの時から僕を？　前の生と状況は違うのに、彼から優しさと慈しみを感じる。なんて返したらいいのかわからず戸惑っていると、リアム様は失言をしたと思ったのか言葉を重ねた。

「私にそんなことを言われても困りますよね。きっと殿下がもっと素敵なお言葉をくださいますよ」

「あ、いえ、その……僕に対して可愛いと言ってくれる方が、家族以外に存在するんだって思ったら、うれしくて」

「シリル様は尊いですよ。殿下の婚約者ですから、皆そう言えなかっただけですよ」

「……リアム様」

そのセリフは今の僕にとって貴重だった。

アシュリー本人から殿下との事情を聞いて、二人の確かな関係を再確認したことで、自尊心は崩れかけていたのかもしれない。一度は愛した殿下だから、感情が乱れそうになったのも事実だ。その時。

「シリル、待たせてすまない」

待ってもいない待ち人が来た。

リアム様は立ち、殿下に頭を下げる。

僕は殿下を呆然《ぼうぜん》と見ていた。

「殿下……」

殿下は羽織っていたものを従者に渡し、僕の向かいの席に着く。

たちまち僕が残念な顔をしたのを、リアム様は見逃さなかったようだ。こっそり耳打ちをしてくる。

「シリル様、大丈夫ですよ、今の可愛いシリル様なら殿下も……」

はぅぅ……また可愛いって言われた。

「リアム、シリルに近すぎるぞ」

殿下はリアム様が僕に近づくのが不服らしく、イラッとした表情を浮かべる。アシュリーに続きリアム様まで、僕なんかと話すのが許せないのだろう。

「申し訳ございません」

僕の夢の世界が邪魔されたよ、殿下の一声で。

これでは、僕と殿下で穏やかに話せるのか疑問だ。

リアム様は僕にお辞儀をして、護衛騎士の本来の場所である壁際に立つ。給仕、殿下の従者、そしてリアム様が見守る中、僕たちの楽しくないランチタイムが始まった。すでに憂鬱《ゆううつ》だ。

「シリル、お腹がすいただろう。さぁ食べよう」

「はい、ありがとうございます」

出てきた食事は美味しそうなのに、僕の食はあまり進まない。

一方で殿下は美しい所作で食べている。さすが王太子殿下、食事でさえ肖像画にできるくらい尊い。だけどそんなのどうでもいい。

「シリル、こうやって一緒に食事をするのは久しぶりだな」

「……そうですね」

いつぶりだろう？　十歳の頃、オメガ性が確定して正式に婚約者になった時にゼバン公爵家と王家で食事会が多分あった気がする。二人で食事をするのは、おそらくこれが初めて。

「今まであまり時間を取れなくて申し訳なかった」

「いえ、気にしておりません。それに、これからもご無理はなさらないでください」

僕は無意識に目の前の皿を見ながら話していた。

「シリル、こっちを向いてくれないか？」

「え」

そっか、失礼だったな。顔を上げて、殿下を見る。

久々に目が合った気がした。相変わらず王子様というキラキラ感が強い。そりゃこんな人と身体を繋げているなら、アシュリーが夢中になるのもわかる気がする。

「やっと時間が取れるようになった。だからこれからは学園でも気兼ねなくシリルに会える」

「そうですか」

そんな時間作らないでよ！　もっとまじめに仕事するか、アシュリーとデートすればいいでしょ。

「シリルはうれしそうじゃないね？　私と会うのは嫌？」

殿下はなぜだか甘い声音で尋ねてくる。

はい、嫌です。……と言えるはずがない。でも、残り少ない学園生活は自由にさせてほしい。卒業と同時に僕は結婚して、王家という鳥籠《とりかご》で飼われるのだから。

「そんなことはございません。ですが、殿下の貴重なお時間を僕に使っていただくのは申し訳ないので、できれば今まで通りで……」

「どうして？　大事な婚約者だよ。それに、私の時間をシリルが気にすることはない」

殿下は子どもに言い聞かせるように、静かに優しく咎める。

「……申し訳ありません」

大事な婚約者なんて嘘ばっかり。

「別に怒っているのではない。私としては寂しいのだよ。最近のシリルはどうも以前と比べて私に冷たい気がする。もう少し婚約者として距離を縮めたい」

「距離……ですか？」

何を言うのだろう。今まで冷たかったのはそっちじゃないか。自分がしてきたことを棚に上げて、僕が静かになったらそれが冷たい態度になるの？

「そうだ。今まではあまり触れ合ってこなかったが、この間のように口づけくらいはいいだろう」

「え？」

いきなり何を言っているの？　前の生ではこんな会話はなかった。口づけをしたのは、最後の無理やり抱かれた時の一度きり。

驚いていると、殿下は真剣な眼差しで見つめてくる。そして、そっとテーブルの上から手を握ってきた。

ここは殿下と二人きりの場所ではなく、リアム様たちがいる。それにもかかわらず、なぜか恋人同士のような雰囲気だ。殿下がいつにも増して輝いて見える。窓から見える外の木々もキラキラと輝いている。

「シリル、私はお前が大切だ。愛している」

まるで最愛の人を見るような瞳で、愛の言葉を口にする殿下。

「……！」

その言葉に、身体の奥底が震えた。殿下にはアシュリーがいるとわかっているのに、感動している自分がいる。信じそうになる……けれど、前の生の記憶を持つ今の僕にとっては単純に受け入れられない。受け入れてはいけなかった。

「だから、周りのことは気にせず私だけを信じてくれ」

殿下の態度はあまりに真剣で、紳士だった。

でも、僕はその言葉のおかげで我に返った。殿下が言う周りとは、アシュリーのことだろう。いまだに僕が殿下を好きでたまらないのだと勘違いしていて、愛の言葉を囁けば従順になると思っている。それなら殿下の思う通り、僕は騒動を起こさず、静かに結婚の日を待つ。慎ましい婚約者を演じれば、殿下から罰を下されることはない。

心の整理ができた僕は冷静に殿下に答える。

「ありがとうございます。もちろん信じておりますし、前も言った通り殿下の味方です。周りのことは何も気にしておりません。ゼバン公爵家は王家に忠実を誓っておりますので、殿下が何をなさってもご支持いたします」

そっちが演技までするのなら、僕も望み通りの答えをあげる。

「シリル、一体何の話をしている？」

「殿下をお慕《した》いしているという話ですが……。何か間違えましたか？」

「いや、そうか。シリルは私を想ってくれているのだね」

「もちろんです」

即答すると、リアム様はなぜか壁際で頭を抱える。

殿下は腑《ふ》に落ちないという顔をしつつも、僕に笑いかけた。

「だったら婚約者として私を受け入れてくれるか」

「もとより、僕は殿下の婚約者として振舞っているつもりです」

「そうか、じゃあ口づけも受け入れるよね？」

え、なんで？　言っている意味がわからずにポカンとするが、殿下が答えを聞くより前に席を立ち、僕の目の前に来ると唇を重ねてきた。思わず殿下を突き飛ばす。

しかし、それくらいで殿下は倒れない。逆に僕の腕を掴み取られて、そのまま強引に唇を奪われる。無理やりなのに身体は心地よさを感じてしまう。とっさに僕の口からは、感じたことと真逆の言葉が出てくる。

「ん、んん、いやっ、ん」

「私を受け入れると言ったこの口は、嘘をつくのか？」

殿下は僕を宥《なだ》め、そしてまた口づける。今度はもっと激しかった。

激しい口づけの卑猥《ひわい》な水音が、この狭い部屋に響き渡る。唾液まで吸われる音も耳に届く。思わず生理的な涙が目から零れてしまう。

「んっ、苦しい、あふっ」

「この間教えただろう。口を開けて、舌を出して」

何がどうしてこうなった？　またもやリアム様たちの前で強引に唇を奪われ、口内を殿下の自由にされた。決して指示に従っているわけではないが、苦しくて口を開くと、殿下の舌が器用に入ってくる。

「ん、んんん」

「そうだよ、力を抜いて私に身をゆだねればいい」

「はっ、はっ、ん」

うっすらと目を開けると、殿下の顔が間近にあった。いつの間にか殿下の腕の中に収まっていて、きつく抱きしめられている。まるで恋人同士が過ごしているかのような甘い時間が続いたが、少ししてランチタイムの終わりを告げる鐘が鳴る。

「残念。もう終わりの時間だ」

殿下の言葉と共に触れ合いを解かれ、その場を離れた。

自分自身をとりまく状況が前の生と違いすぎて戸惑う。再びキスをしてきた意図がわからない。

教室へ戻りながら、ぼうっとする頭で僕なりに必死に考える。

「ほら婚約者を大事にしているだろう」とリアム様たちにアピールするために、したくもない口づけをしたのだろうか？

それとも、僕を繋ぎとめる演技……？

アシュリーのことは、仮にも婚約者である僕には表立って知られたくないはず。だからアシュリーとの逢瀬《おうせ》を止めたのだと思う。

愛していると言ってキスをしておけば、僕が「殿下に愛されているのはやっぱり婚約者の僕だ！」と都合よく解釈するとでも思ったのだろう。行動って大事だしね。

婚約者として仲がいいフリも必要だろう。

とはいえ、僕からは何も行動はできないので、殿下とアシュリーの流れに身を任せるしかないか。

殿下はさすがの僕も納得したと思って、もうこういった触れ合いはしてこないかもしれないし。

よし、これで問題ないはずだ。

そのはずなのに……なぜかあれから毎日、殿下からランチに誘われ、そのたびに濃厚な口づけをされた。

どうしてキスをするの？　どうして毎日会わなければならないのだろう？

頭は疑問でいっぱいだけど、あけっぴろげに聞くわけにも拒否できるわけもなく、いつも殿下の好きにされている。

「シリル、今日も可愛いよ。いつまで経っても口づけに慣れないところも、可愛くて仕方ないな」

「……」

殿下はまるで恋人に話すような甘い言葉を伝えてきた。雰囲気はとても甘美で、殿下は僕の手を触り、頬《ほほ》を撫で、唇を重ねる。

僕は何も言えず、見つめ返すことしかできない。殿下の青い瞳はキラキラと輝いていて、引き込まれそうになる。……どうしよう、勘違いしそうになっちゃう。

「毎日しているのに、真っ赤になって。毎回初めてみたいな反応をするね」

唇だけでなく身体中が熱を持ち、毎回赤くなる。

どうしたって経験値のある殿下と僕では、口づけの重みがまるで違う。殿下が当たり前のように口づけてくるけど、僕は身体の奥底が熱くなる。

そう、僕の気持ちと対照的に身体は喜びを感じていた。眠っている恋心を起こしかねないほど。

「何か言って？　まだ照れているの？」

最近の殿下は楽しそうによく喋る。

僕は毎回恥ずかしい思いをさせられ、どんよりした気持ちになる。これが世でいう言葉責め？リアム様の前で僕を極限まで辱《はずかし》めようという趣向か。

「シリル、何を難しい顔をしている？　いつまでも見ていたいけど、君の可愛い声をそろそろ聞きたいな。口づけの合間の吐息を私に聞かせたいから、黙って待っているのか？」

そう言って、また甘い顔をする。その顔はアシュリーにも見せているのだろうと思うと、なぜか胸が苦しくなった。

「ち、違います！　こうやって殿下と過ごすのは恥ずかしいから、変な顔になるのです」

「変な顔？　いつもどんな顔もシリルは可愛いよ。でもいい加減に慣れてもらわないと。今は午後のほんのひと時だけど、結婚したらずっと一緒にいるのだからね」

そんな日なんて来ないくせに、よく言う。結婚式までは僕を逃したくないのだろう。何かしら僕に濡れ衣を着せて、アシュリーが王太子妃になれるように。

だって、よっぽどのことがない限り、公爵令息オメガと婚約解消できない。

つまり、僕が何か罪に問われれば、殿下は婚約を破棄できる。そして世論は、横暴な公爵家オメガとの望まぬ結婚をしたかわいそうな殿下とアシュリーを祝福する。

これが殿下の筋書きなのだと思う。

……もう疲れた。僕はどうしたって殿下の描くストーリーから逃れられない。それならせめてできる限り関わらないように、距離を置きたい。

「殿下、正式な妻になってから慣れるように努力しますから、この時間をやめませんか？　貴重な殿下のお時間を、僕なんかに割いていただかなくても……」

「シリル。前も言ったが、私の時間の使い方をとやかく言われたくない。控えめすぎるのも度を越すと憎らしく感じる。それとも何度も言うのは、私と過ごす時間は必要ないと思っている？」

急に殿下が真顔になった。えっ、何？　怖い。アシュリーが現れるまでのお茶会はいつもそうだったけど、最近の殿下はなぜか甘い顔ばかりするから、久々の真顔が怖くて仕方ない。

「出すぎたことを申し上げました。お許しください。やはり僕は殿下の気分を害してしまう存在なので、どうか！」

「黙れ。それ以上言ったら、本当に気分を害する」

今までこんなに怒った姿を見たことがない。怖いよ……帰りたいよ。

「ひぃっ、ひっく」

殿下の怒りを目の当たりにして、怖くて涙が出てきてしまう。公爵家の人間がこれではいけないのに。これまでなんとかやってきたが、断罪の前に不敬罪に問われるかもしれない。

殿下が手で涙を拭ってくる。触られただけでビクビクと震えた。少し手が止まったかと思うと、唇を塞いでくる。

「んっ、んんん」

「んん、ふっ、リアム、しばらく席を外せ」

殿下は僕を抱きしめ激しい口づけをしながら、リアム様に指示した。

「あっ、やだ。リアム様、行かないで……」

リアム様は、僕の呼びかけに辛そうな表情を浮かべ、縋《すが》る声に応じようとする。以前、慰めてくれたくらいだから、僕がもう殿下とこういう関係を望んでいないとわかってくれたのだろうか。

「この期に及んでまだ私を怒らせたいのか。リアム、すぐに出ていけ」

殿下の一言でリアム様は動きを止めた。しかし戸惑いながらも口を開く。

「殿下、なりません。これ以上の触れ合いは禁止されております。それにシリル様は怖がっておいでです」

その声にも顔にも必死さが窺える。リアム様は僕を助けようとしてくれている？

「私のオメガだ。言いつけは守るが、シリルには少し教育が必要だ。私に指図するな、従え！」

殿下がリアム様に怒鳴った。

怖いっ、怖い。それに教育って何？

「失礼いたしました。退出しますが、数分で戻ります。それ以上は譲歩できません。くれぐれも禁《きん》忌《き》を犯さぬように」

「わかっている」

リアム様は切なそうな顔をして去って行く。

部屋には殿下と僕、たった二人きり。今まで、ただの一度も殿下と二人きりになったことはないのに。向き合う形で、殿下の太ももの上に座らされる。

「私はシリルのすべての時間が欲しい。拒絶されると悲しくなる……それはわかるか？」

「……ひっう、うっ、ごめんなさい」

諭《さと》すように言う殿下から先ほどまでの怖い表情は消えていた。抱きしめてくる腕と、青い瞳に力強さを感じる。

「泣かせて悪かった。機嫌を直してくれる？」

「……はい」

良かれと思って言ったことに対して怒ったのはそっちなのに……本当にこの人とわかり合えない。

今後、僕から何か言いはしないと固く誓う。

瞼にキスをされ、涙を舐められ、触れ合いが始まると、自然と手が僕の服の下に入ってきた。胸を直接触られる。首元に殿下の口が近づき舐められて、びくっと身体が跳ねた。

「ふっ、んっ」

「シリル、いい匂いがしてきた。気持ちいいんだね、香りが強くなってきたよ」

殿下は僕を抱きしめながら、ずっと首を舐める。手はだんだんとお尻に下がっていき、さわさわといやらしく触れられた。

前の生での行為を思い出して怖いはずなのに、身体の奥底は熱くなってくる。快楽から僕の香りが強くなると、殿下のフェロモンをいつもより強く感じた。その時、殿下が直接、僕の男根を触る。

「う、うぁっ……。あ、ああっ⁉」

ゆっくりと僕の欲望を擦ってくる。

「シリルはどこもかしこも可愛くてたまらないな」

「あっ、ふっぅ」

もうやだ、もうやだ、もうやだ！　心は拒絶しているのに、身体は殿下の手に反応していた。初めての快感にどうしていいかわからず、縋《すが》るように殿下の肩を掴んでしまう。すると殿下が首元でクスッと笑う。

「ふっ、んんっ」

「シリル、気持ちいい？」

殿下の優しい声と、手の温かさに僕は昇りつめた。

「あっ」

「達したね」

殿下の手に出してしまった。こんな経験がないのだから堪え性がないのは仕方ないけれど、汚してしまったことを謝らなければ……！　そう思うが、身体がだるくて動けない。

「はっ、あっ、熱い！」

変な汗が出てきて、お尻の奥が熱い。

「シリル？」

「怖い、身体の奥が熱い、ああっ」

殿下の動揺した声が聞こえ、心臓の音が大きくなった。

「まずいな。これは……ヒートか。クソッ、このまま抱けないなんて！」

殿下の焦る声とは裏腹に、アルファの匂いが鼻腔に入り僕は何も考えられなくなる。頭も身体も奥底から熱くなって、もう言葉すら理解できない。

――殿下の匂い。たまらなく良い匂いがする。食べたい。

「シ、シリル!?」

「欲しいの。これ欲しい」

殿下の首元をぺちゃぺちゃと舐める。首元から漂う匂いを口の中で味わいたい。殿下の首が僕の唾液だらけになる。

「くそっ、くそっ、リアム！　すぐにベータの従者を連れてこい！」

殿下は外にいるリアム様に向かって大きな声で言う。

「えっ、殿下!?　何事ですか、失礼します」

「だめだ！　お前は入るな。シリルがヒートを起こした」

扉が開く音と同時に、殿下の焦った声。

「……えっ！　外まですこの香りはシリル様の？　殿下、私はここをすぐに離れます。決して暴走なさらないように！」

「わかっている。と、とにかく早くしろ」

殿下の抱きしめる力は強くなり、さらに身体は密着する。

……殿下がリアム様に何か言ってる？　よく聞こえないけど、今は僕に集中してもらいたい。僕以外に言葉を発しないで。

そう思って殿下の頬《ほほ》を両手で挟み、その形のいい唇を僕の小さい唇で塞ぐ。くちゅん、くちゅんと自ら水音を出す。

「シ、リル……今はまずい。よく聞くんだ。今、ヒートになりかけているから、すぐに家に送る。それまでなんとか耐えて……んんっ、シリル」

どうしよう。とても気持ちいい。この人が欲しい！

「はっ、んっ、もっと、頂戴？」

いつも殿下が僕にするように口の中を求めるけれど、初めてする行為はなかなかうまくいかない。

それでも殿下は手伝ってくれない。いつも好き勝手してくるのに、求めれば拒否する。

……やはり僕は嫌われているんだ。なぜか急激に悲しくなって涙が溢れてきた。

「シリル、すぐに家に連れて帰ってあげるから。これ以上、私を揺さぶらないで」

殿下の悲しそうな声がする。僕を抱きしめる強さは変わらない。

殿下の胸の中に囲まれて、僕は子どもみたいに泣いた。

身体は火照《ほて》って仕方がないのに、目の前のアルファは助けてくれない。形だけでも婚約者なのに、アシュリーのことは抱けるのに、僕にはその価値すらないんだ。

悲しみと共に僕は意識を失った。

＊＊＊

あれ、ここどこだっけ。

「シリル様、気がつきましたか？」

「えっ、フィー!? 僕は、どうしたの？」

目の前には綺麗なオメガ男性、フィーこと、セスの母フィオナがいた。そして周りを見渡すと、そこは自室であり、僕はベッドに寝かされていた。

フィーはもともとの身分は低いが、王妃陛下の独身時代からの友人で、王家にとって信頼の置ける数少ないオメガである。王妃陛下の紹介でフィーが乳母として、公爵家に来てくれてからの付き合いだった。

「シリル様は発情期に入られたんですよ。それでこの離れに僕と二人で隔離中です」

「は……っ、じょうき？　あれ？　僕って、結婚するまで発情しないように強い薬で管理されていなかったっけ？」

頭がぼうっとする。初めての発情を迎えてもおかしくない年齢になっているけど、僕に限りそれは来ないように管理されていた。

「殿下の強いアルファ性に感化されてしまったようです。最近お二人は親密になっておいでだと、先程シリル様を送ってこられた殿下から直接お聞きしました」

「親密……あっ、殿下が僕を送ってくださったの？　記憶が曖昧《あいまい》で……」

そうだ。確か僕は学園にいたんだ。どうしてこうなったのだろう？

「発情とはそういうものですよ、大丈夫です。オメガの先輩である僕がしっかり指導しますから、もう安心してくださいね！　母君のリアナ様は女性だし、シリル様もお恥ずかしいでしょ？　それで僕が呼ばれたんです」

「そうなの？　フィーに会えてうれしいけど、ごめんね。こんな用事で来させちゃって」

やはり前の生とは何かが違う。僕の発情期は初夜の時に、薬で強制的に来た一度だけだったはず。

「何言っているんですか、僕はシリル様の乳母です。大事な用事です！　今日から一緒に過ごしましょうね」

フィーは優しく微笑みながら言った。

フィーは気品もあって綺麗で僕の憧れ。何よりも大好きだ。発情期と聞いて不安になったけど、この人が一緒なら大丈夫。

思いっきり抱きつくと、フィーは笑って頭を撫でてくれる。

「あら、発情期だから？　シリル様が甘えたさんになっちゃった。それともシリル様は僕と会ってない間もずっと変わらず甘えん坊さんでしたか？」

「もう！　僕はどうせ甘えん坊のお坊ちゃんだよ。でも、フィーに会えてうれしいな」

「僕もです」

フィーはクスクスと笑った。

「ねえフィー、発情期が来たって言ったけど、僕なんともないよ」

「覚えておられないかもしれませんが、こちらに到着の際は結構なヒート状態でしたよ。殿下が真っ赤な顔をして必死にご自分を抑えていた姿には、同情いたしました」

「えっ、そんな状態だったの！　じゃあ、なんで今は落ち着いているのかな？　ヒートは勘違いじゃない？」

「殿下が口移しで抑制剤を飲ませたので、今は落ち着いただけです。でもヒートは一週間くらい続くので、薬が切れたらぶり返します。今のうちにヒート中の過ごし方について話をしましょう」

フィーが微笑みながら言うけれど、僕は固まった。

「ふふ、それにしても、いつの間に殿下と口づけまでするようになったのですか？　驚きましたよ、リアナ様なんて真っ赤な顔をなさってました。公爵様がご自宅にいらっしゃらなくて良かった。あんなお二人の濃厚なラブシーンを見せられたら、卒倒なさいますね！」

「僕、覚えてない……」

母の前でもそんなことをするなんて、僕を婚約者として扱っているというふうに見せたいのかな？

「それは……殿下おかわいそうに。シリル様が離れたくないーって、ご自分から何度も口づけを迫られていて、殿下から引き離すのが大変でした」

「ええー」

そんなことが⁉　僕から殿下に迫る？　オメガの発情恐ろしい……殿下怒っていないといいな。

「想い合っている恋人同士では止められなかったのですね。触れ合いを禁止されていたのを殿下は破ってしまったので、今頃は叱られていると思いますよ」

「何それ、触れ合い禁止？」

前の生でも知らなかった事実が出てきた。

「こういうことは、オメガ側には伝えられないことだったのかな」

「ん？」

フィーが、丁寧に説明してくれる。

「シリル様は結婚するまで純潔でなければならないので、アルファ性に触れてヒートを起こさないようにしていたのです。たとえ口づけでも、感じちゃうでしょ？　結婚前にヒートを経験しても、誰にも鎮めてもらうことは許されないから」

「え……」

口づけでも感じてしまう。その通りだ。

僕は殿下との触れ合いを気持ちいいと思い始めていた。もしかして、そういう気持ちがオメガの何かを刺激して、オメガの機能が目覚めてしまったの？

殿下はいつだって僕の気持ちをかき乱す。何気なくされる行為でも、僕の中ではとても影響が大きい。

「この話は終わり！　フィー、発情期の指導をしてくれるんでしょ？」

これ以上殿下のことで憂鬱《ゆううつ》な気分になりたくなくて、無理やりこの話を終わらせたのだった。


それから一週間、フィーと一緒に過ごすことになった。

時折、身体が熱くなってどうしようもなくなり、男根もオメガとしての機能を持つ後孔からも、甘い蜜が出てくる。

僕の身体は殿下でしか開通してはいけないので、後ろは触らないようにと言われた。経験のない僕は、後ろなんて言われても想像もつかなかったけど、今まさにそこがむずむずして触りたくて仕方なくなった。

「フィー、僕、もう無理。むずむずするぅ。触りたい！　殿下の婚約者の地位を剥奪《はくだつ》されてもいいから！」

「辛いのはわかります。でも、頑張りましょう。ほら、握ってください。そう、ゆっくりと上下に動かして」

どうやって熱を発散していいのかわからない僕に、フィーは手を支えてくれて指導してくれる。

「あっ、んんんっ、熱いよ」

「大丈夫、上手です。そう、そこでもう少し力を入れて」

フィーに誘導されて手を動かす。

「やだっ、やだっ、あっ！」

そしてフィーの指導のもと、熱を吐き出した。

「シリル様、よくできました。こうやって少しずつ処理していけば、熱は発散されますから。ほら、泣かないで。一緒にお風呂に入ってゆっくり休みましょうね」

だるくて動けない僕をフィーは支え、一緒に湯船に浸ってくれる。

子どもの頃、母親のようなフィーによく抱きつき離さなかった。今もまた、お風呂の中でフィーに泣きつく。

「僕どうしちゃったんだろう？　怖くて不安で」

「シリル様、大丈夫。この甘えたい衝動は発情期なら当たり前です。不安にならなくていいんです」

フィーは優しく僕にお湯をかけて、丁寧に説明する。

湯船の中で温かさに包まれて、フィーに頭を撫でてもらうと少し落ち着いてくる。

「ヒートの間、ずっとあんなに身体が熱くなるの？　むずむずして耐えられないよ」

「薬を飲むし、ずっと続くわけじゃないですよ。ただ、まったく発情しないわけではないので、定期的に吐き出さないといけないんです。その……ご結婚したら、殿下がヒートを共にしてくれるので、こんなに辛いのは独身の今だけですよ」

フィーが気まずそうなのは、ヒート中に殿下に恋人がいることを僕が言ったからだと思う。その時のフィーは驚いた顔をしたけれど、最後まで聞いてくれた。

「アルファと過ごさない方法ってないの？　結婚してもそんな状況は絶対に来ない。だって殿下とは子種をいただくために一度だけ閨を共にするだけだから」

「殿下がそう言ったのですか？」

殿下には恋人がいると伝えたのに、フィーにはそこまで深刻な問題として伝わっていない。

「僕たちはそんな話をする間柄じゃないよ。初夜だって一緒に過ごすかわからない」

「殿下のご意思を直接聞いたわけではないのなら、心配しなくていいです。殿下の恋人というのはきっと恋人ではなくて、その……」

フィーは最後の言葉を濁す。

「フィー？」

「僕からは何も言えませんが、王家は公爵家のご子息であるシリル様を、子どもを産むだけの妃殿下になどしないのは明らかです。以前のように、殿下を信じて差し上げることはできませんか？」

フィーは言いにくそうに、でも殿下を信じろと言う。信じるも何も未来は決まっている。

ただ、そのことは僕が二回目の人生だからだと言わなければいけないので、言えない。

「フィー、困らせてごめんね。もう辛いんだ。恋人がいる人に愛してもらえるわけがない。だからたとえ殿下が僕を妃殿下として扱ってくれようが、関係ないの。愛されたいなんて望まなければ、きっと辛くない。僕は殿下と離縁するために子どもを産む、それだけだよ」

「そんな……悲しすぎます」

フィーの言いたいことはわかる。

僕だってできることなら、好きな人との幸せな結婚を望みたい。

だけど、もう怖いんだ。初夜で大好きな人を待っていたのに、違う人が僕の前に来た時の失望感は忘れられない。もう二度と裏切られるなんて経験したくない。

それに家族のことを考えたら、殿下を信じて進んでいいはずがない。それでは前の生と同じことが起こってしまう。

「ごめんね、僕はとても悪い子だよね。婚約者なのに……こんな考えを持っていて」

「いいえ、シリル様はとってもいい子ですよ。ただ、王家は少し特殊な場所です。一般の貴族とは常識が違うことがあること、心の片隅に置いてくださいね。さぁ、そろそろ湯船から上がりましょうか」

フィーは僕の気持ちを察してくれるけど、殿下のことも考えているようだった。

――すんなり離縁できるか、はたまた子どもさえ産めばいいのか、そんな未来はなく普通に円満な夫夫《ふうふ》生活なのか、勝手に決断できないと。

そして発情期の間、フィーはとんでもないものを持ってきた。

アルファの香りを嗅ぐと落ち着くということから、夜着などの殿下の私物が毎日王宮から届けられたらしい。

殿下の香りを知ったところで、孕《はら》むためのヒートで香りを確認するだけ……一度しか本物を知ることができない。

今だけのために、そんなものに縋《すが》りたくないのに、殿下の香りは心地よくて僕を落ち着かせた。

そうして初めての発情期が終わると、父から書斎に呼ばれた。

父は座って、いつになく真面目な顔をしていた。

「シリル、発情期を迎えてしまったからには殿下と距離を置くのが難しくなった」

「えっ？」

手には王家の紋章のついた手紙がある。発情期を迎えたことで、本格的に結婚に向けて動き出したようだ。

「もともとシリルの発情を遅らせるために、殿下との触れ合いを最低限にしていた。だが、発情を迎えた今そのような措置は必要なくなったと、殿下からお達しが来た」

「そんなぁ……」

何その理由。

「殿下の強いアルファ性に近づくと、シリルの発情が早まると言われ、結婚前に会うのは月一度と決めていたんだ。公爵家としても、嫁入り前のシリルをなるべく公式の場以外では会わせないようにしていた。今まで殿下との接点は極力抑えていたんだ」

その言葉に驚く。父が僕を殿下から遠ざけていた？

それで僕は月に一度しか殿下に会えなかったのか。そういう事情は早めに教えてもらいたかった。

殿下が僕を嫌いで避けているって思っていたけれど、もしかして僕の思い込みかもしれない……？

そこまで考えて、いや、それはありえないなと心の中で首を左右に振る。

「……私の知らぬところで殿下が暴走してしまって、シリルに学園内で近づいていたらしいな。その……リアナから聞いたのだが、シリルは殿下と口づけをしていたと……」

「それは僕の意思ではなく……」

父の鋭い視線を感じて、思わず俯く。父がハッと息を呑んだのがわかった。

「もしや日常的に!?　無理やりそういう行為をさせられていたのか？　正直に答えなさい」

「あ……の、ごめんなさい。僕はしたくなかったんだけど……なぜかある時から、殿下が僕をランチに誘うようになって、それでそのあとは慣れるようにと言われて、毎回されていました」

は、恥ずかしい。親にこんな話をするなんて。

チラリと様子を窺うと、父は真っ赤な顔で怖い顔をしている。怒っている？

「いや、シリルは悪くない。嫁入り前のこんないたいけな子に無体《むたい》を働くなんて、かわいそうに。結婚するまで発情に一人で苦しまなければならないなんて……」

「父様、そういうことなら婚約を解消にできませんか？　結婚まであと数回は発情期がありますから、僕は誰かに抱かれないと発情に耐えられないと報告してもらって」

「えっ、まさかもう？　フィオナ殿と……」

父は顔をぽっと赤くした。いったい何を想像したの⁉

「ち、違います！　オメガ性を理由に訴えれば穏当に解消できるのではないかと思って。僕は純潔である必要があるなら殿下は僕を抱かないわけですから、ほかのアルファに相手をお願いするとかすれば」

「何⁉　シリルをほかのアルファに抱かせるだと⁉」

今度は怒り出した父。席から立ち上がって、興奮している。

……さっきから早とちりだし、焦りすぎじゃないかな？　僕の発情期が予定外で困っているのだろう。

けど、どんな理由でも殿下とお別れする理由にできれば、これからの未来は安泰だから、僕はこのチャンスを逃すわけにはいかなかった。

「いや、そうではなくて。そういう理由で婚約を取り消せないかなって」

「うーん。私のシリルをそんな尻軽オメガみたいな扱いになんて……。ヒートが原因で婚約が白紙になったとすると、これからのシリル、引いては公爵家の評判に関わる」

ああ、そうか。そういう事情が結婚前に出回るのは外聞が悪い？

「そう……ですか。簡単に自分の価値を落としたりしたら、父様たちの評判にも関係しますよね。浅はかでした」

「ヒートを迎えた今、それでも殿下というアルファは嫌か？　殿下の香りのするものを、シリルは大事に抱えていたと聞いたよ。本能では殿下を受け入れているんじゃないか？」

何を聞くの？　あの人は僕を凌辱《りょうじょく》して殺したんだ。今の行動が変わろうが、本質はああいう人間。いつまた断罪されるかわからないまま、一緒に過ごせるわけがない。

「そんなふうに言われると困ります。発情期のオメガなんてそんなものですよね？」

父は考え込んでいた。もしかして僕が婚約を解消したいと言ったあの日は、宥《なだ》めるために離縁できると言った？　本当はこのまま殿下を受け入れることを願っているの？

「リアナが言っていたが、発情期でも受け入れられないアルファの香りもあるようだ。シリルは言葉では殿下を否定しつつも、オメガの本能は受け入れている。きっと殿下と発情期を過ごしたら、今までの考えが消えるということだって……」

言いにくそうに話す父を前に、僕の感情は揺さぶられた。

僕はもう、あんな苦しい想いはしたくない。今の殿下の優しさを感じても、いつも過去のトラウマが蘇《よみがえ》ってくる。愛されないまま、ほかの人の番《つがい》にされたことは心を痛めつけた。

「母様はそうかもしれないけど、僕は違う！　どうして父様もフィーも、殿下との未来を願うの？　僕の望みは？　公爵家に生まれた以上、受け入れなければいけないのはわかっています。でも心くらい自由にさせてほしい」

父は困った顔をした。

僕の気持ちを理解していると思っていた父から、殿下と僕が共に過ごす発情期を望んでいるような発言を聞く。そしてフィーも殿下の気持ちを信じろと言っていた。信頼のおける人たちに僕の想いを否定されているような気がして、悔しくなる。感情が昂《たかぶ》り泣き出すと、父は僕を抱きしめてくる。

「シリル、発情期明けにこんな話をして悪かった。ただ、婚約者という立場の殿下からは、今までのようにシリルを守ることはできなくなった。本当にすまない。今日はそのことを言いたかったんだ」

「父様……」

なんとも後味の悪い、そんな発情期明けだった。


久々に登校する朝、意外な人が我が家の門を叩いた。

「おはようございます、シリル様。お顔色良さそうですね、お迎えにあがりました」

「えっ！　リアム様？」

予期せぬリアム様の登場に驚くと、リアム様はにっこりと笑う。

その笑顔に僕は朝から癒された。この人には裏切られないという思い込みがある。やはり元番《つがい》というのはとても大きい。

「本日から殿下が一緒に登校なさるとのことで、お迎えにあがったのです」

「なぜ殿下が？」

幸せの絶頂から一気に落とされる。すごく嫌な顔をしちゃったのだろう、僕を見てリアム様は驚いたようだった。

「シリル様が発情期を迎えられたので、心配なのですよ。ほかのアルファへの牽制《けんせい》とでも言いますか」

言っている意味がわからない。

「牽制《けんせい》って？　どういうことですか？」

「オメガ性の開花と共に、シリル様の可愛さが周りに知られてしまうのが嫌なのです。男心をわかって差し上げてください」

何それ……毎日殿下と朝から一緒だなんて、どうしていいのかわからない。

「さあ、参りましょう」

「は、はい」

僕は自然にリアム様にエスコートされていた。元番《つがい》という存在に本能は従順だ。

馬車の扉が開くと、そこには朝から眩しすぎる本物の王子様がいた。

「シリル、おはよう」

「……殿下、おはようございます」

強引に手を引かれて馬車に乗り込むと、リアム様により扉が閉ざされた。

殿下の胸の中にすぽっと納まると、その香りに僕の心はときめいてしまう。そして、抱き込まれた状態のまま耳元で殿下が囁く。

「会いたかった」

「……」

殿下の行動の意味をはかりかねて喋れない。すると、殿下は少し身体を離し口づけようとしてくるので、慌てて顔を背けた。

「シリル？　発情期を一緒に過ごせなかったこと、怒っているの？」

「えっ、まさか」

「じゃあ、顔を背けないでこっちを見て」

「……嫌です」

とても近い距離で殿下の声を聞くと、以前のような嫌悪感がなく、かなりドキドキする。殿下のアルファらしい香りが前より強く感じた。僕のオメガ性が開花したせいか、身体が誤作動を起こしているようだ。

「どうして？」

殿下は僕の両頬《りょうほほ》に触れ、無理矢理視線を合わせた。そして、少し困った顔で尋ねてくる。

「殿下が、口づけしようとしているので……」

「口づけ、したらダメなのか？」

「だめ……です」

「なぜ？」

「僕のオメガ性を刺激するから……です」

片言のやりとり。なんだかまどろっこしいけれど、殿下は楽しんでいるようだった。先ほどから表情がよく変わり、朝から眩しい笑顔を僕に見せつけてくる。

「もう遅いんじゃない？　シリルは発情期を迎えたのだから、刺激しても問題ない。むしろ以前よりもっと親密になれる。もう我慢しなくていいだろう？」

えっ、我慢って何？　そう思った瞬間、殿下は遠慮なく僕の唇を奪った。

「んんん！」

「いい匂いだ。ヒートを経験すると香りが違う。ああ、ずっと味わっていたい。発情を早めてしまったのは悪いと思うが、もう正直限界だった。シリル、好きだよ」

えっ、好きって……？　いったいどうしたというのだろうか。頭では殿下をもう想わないと決めたのに、たった一言、好きと言われただけで、口づけが尊い行為のように感じてしまう。

「あっ、はっ、ああん」

無遠慮に、でもとても官能的に口の中を攻略され、快楽を拾い始めてしまう。

ヒート明けだからか、以前より殿下のフェロモンを感じ、口の中が敏感だ。時折、殿下の唾液が入り込み、身体の奥がかぁーっと熱くなって、欲望が引き出されそうになる。発情期を迎えると、オメガの身体はアルファを受け入れる準備ができたということで、敏感になるとフィーに言われた。以前は精を吐き出さなくて良かった身体が、これからは発情期関係なく、すぐに快楽を拾ってしまうから気をつけてと。

殿下は口づけながら、僕の胸をまさぐり出す。そして、ボタンを一つずつ外される。

「殿下、だめっです。服は脱がさないで……あぁ」

「ほら、直接触ったほうが気持ちいいだろう」

胸の突起を撫でられ、快感がこみ上げる。

「ああっ、あぁ」

首からだんだん下へと、殿下が順番に舐めてくる。胸の先端をきゅっと指で握られ、キスを落とされた。

たちまち身体の奥はおかしな状態になる。どう表現していいのかわからないけど、ひたすら気持ちいい。

「シリル、この小粒なものがよく熟れて美味しいよ」

殿下は僕の胸を撫でまわして吸い、息を吹きかけてくる。すると、僕の下は緩く反応した。

「あっん」

「ん？　シリルは胸だけで感じたみたいだね」

息が乱れたところで馬車は止まり、外からリアム様が「学園に到着しました」と声をかけてくる。

すると殿下は僕の服を直してから、笑顔で一言。

「シリル、行こうか」

馬車の中での行為などなかったかのように言った。

いつも通りの殿下に対して、僕はこの短時間で身体がボロボロ。キスと胸への愛撫だけで、触れていない僕の男根は硬くなり服の形を変えていた。蜜が出て後ろと前が濡れ、ズボンにシミを作ったのが感覚でわかる。

それに気がついていないのか、王子様らしく僕に手を差し出す殿下。

「手を取って」

……こんな状態で外を歩けない！

公爵家の人間がこんな無様な姿を晒《さら》すことはできない。もしかして殿下は僕を辱《はずかし》めたいの？

そこまで嫌われているのなら、もう何をやっても殿下から断罪されるしかないだろう。

発情期によって身体が変わり、これからのことが心配でいっぱいの今、不安しかない。

「シリル？」

「ごめんなさい、僕は行けません。殿下はこのまま学園にお入りください」

「どうした？」

殿下がまじまじと見つめてくる。そこでようやく事情に気がついたようで、しまったという顔をした。

「あ、の……ちょっと、ここで休んでから」

殿下はアシュリーと触れ合っているから、これくらい大丈夫だと思った？　こんなに簡単に反応してしまうオメガは知らないのだろう。僕だって知らなかったよ、ちょっと触られたくらいでここまで感じてしまうなんて！

「まさか、ここまでとは。かわぃぃ……」

殿下の声は小さくて聞き取れなかった。手を口に当てて、珍しい生き物を見ているような態度をとる。

「あの、も……うしわけ、ありません。殿下は気にせず行ってください。僕は帰ります。お手数ですが、僕の従者に公爵家の馬車を呼ぶ手配を……ううっ、ぐすん」

泣きたくないけど、限界だ。辛くて顔を伏せた。

「いや、悪かった。このまま帰したら今度こそシリルの母君が卒倒してしまう。学園の私の部屋へ行こう。湯浴みができるし、着替えも用意する」

母にはすでに殿下とのキスを見られてしまった。オメガとして開花したばかりの息子が破廉恥《はれんち》な服のシミを見せたら、母が卒倒するかもしれないというのはあながち間違いではない。

「は、母に見つかる前に自室に行けば……」

「私と一緒に出たシリルが一人で帰ったら、それこそ私の責任だ。シリルは私がこれ以上公爵家から嫌われてもいいのか？　未来の嫁の家族にそんな失態を晒《さら》したくない、わかるね？　誰にも見えないように運ぶから私に従って」

殿下の申し出を断るようなスキルを持っていない僕は従うしかなかった。ちょっとした触れ合いで動けなくなってしまった自分が悪いと、コクリと頷く。

殿下は満足そうに笑うと、リアム様に「私室へ向かう」と告げる。そして、僕を抱き上げ、服のシミを隠すように上着をかけてくれた。

もしかしたらリアム様は何かを察したのかもしれない。きっと僕のフェロモンだって少しは出ているはず。とても恥ずかしかった。

「少し窮屈かもしれないが、顔を誰にも見せたくないから我慢してくれ」

馬車を出る直前、殿下は僕の頭まで上着で覆った。こんなはしたない婚約者の姿を周囲に見られるのは、自分自身の価値を下げると思ったのだろう。誰にも見られたくない婚約者、僕にはそう聞こえた。

大人しく抱えられていると、殿下の香りが溢れる部屋に着く。護衛がいなくても二人きりになるのが許されたようで、部屋に入るなり殿下は顔を覆っていた上着を取り、そのまま大きな椅子に座った。そして。

「はっ、あんっ、はぁっ！」

……どうしてこうなったの？

「シリルっ、会いたかった。発情期を一緒に過ごせなくて寂しかっただろう！」

殿下の表情は見えないけれど、なぜか興奮しているように感じた。殿下の吐息が耳にかかり、中まで舐めてくる。それと同時に手が素早く動き、僕を快楽へ導く。

「あっ、あああ」

「シリル！」

頂点まで昇り、欲望で殿下の手を汚した。

殿下の男らしいフェロモンが強くなる。

「はぁ、はぁ、は。ご、めんなさい。殿下の手を……んん」

達した僕はけだるい身体を少し起こし頭だけ向けて謝ると、殿下の唇で塞がれた。自然と濃厚な口づけに変わる。僕は流れに身を任せて、目を閉じて殿下の甘い誘惑に落ちた。

口づけが終わると、殿下は僕の目を見て、蜜が残る自身の手をペロッと舐める。

「すっきりしたか？　んん、シリルの甘いな」

「殿下ーぁ!?」

なんの嫌がらせ？　欲望を吐き出し、口づけの余韻に浸っていた僕は、すっかり冷めてしまった。

「フィオナ殿がいたとはいえ、肝心の私が発情期にシリルの熱を出してあげられなかったのが悔しい。少しでもシリルの味を知りたかった。寂しい思いをさせて悪かった」

殿下は真剣な顔で言った。

「仕方のないことですし……フィーがずっとついていてくれたから寂しくはなかったです」

「それはそれで悔しいな。ああ、こんないい匂いのシリルを前に止められなくなってしまう」

もしかして僕のオメガの匂いに殿下は反応した？　僕のお尻に硬いのが当たっている。もしかして殿下のアレ……？

ふと、邪《よこしま》な考えが脳裏をよぎる。

もし間違いが今起きたら？

殿下が僕を抱いたら、純潔とは言えなくなる。そうしたら婚約者ではいられない。

……それが最善ではないだろうか。

どうせ結婚したら一度は交わる。怖いけれど早めに終わらせれば、明日から自由の身になる。殿下とアシュリーのその後を見なければ、切ない気持ちを抱くことなく僕は断罪回避できるかもしれない。

「止めなくて……いいです」

「なんだって!?」

殿下は驚く。

最近の殿下はリアクションが大きめだ。それも、こういった雰囲気の時に。

「僕で良ければ、ここで最後まで……」

体勢を変えて、身体ごと殿下と向き合う。

「わかって言っているのか！」

少しフェロモンの香りが強くなった殿下は真っ赤な顔で言う。興奮しているように見える。

「僕、辛い。ヒートの時も辛かった。殿下に一度でも精をいただけたら、これからのヒートも頑張れる……今すぐに殿下が欲しいです」

恥ずかしい。とても公爵令息とは思えない破廉恥《はれんち》な発言。なんてことを言っているのだと自分でも戸惑うが、背に腹は替えられない。

「っく、シリル」

それに、初めて性に触れられる。あの辛い発情期を経験したんだ。怖いけれど、今なら大丈夫な気がする。殿下の手も口づけも嫌じゃない。むしろその先を知りたいとまで思っている自分がいる。

「お願いです。今後はもう言いませんから、ヒートを乗り切ったご褒美を今、頂戴できませんか？」

殿下の硬くなったモノに、上からそっと触れた。

「うっ」

殿下は悶《もだ》えた。

やっぱり駄目かな。引くなら今？　これ以上言い寄って今すぐ断罪されたりしたら困るし、アシュリーの頑張り次第では、これから婚約者変更の可能性があるかもしれない。そこにかける？

「申し訳ありませんでした。出過ぎたことを申し上げました。もう僕は失礼します」

脱ぎ捨ててある服を取りに行こうとすると、すぐに後ろから羽交《はが》い締《じ》めにされた。えっ、まさか殺される⁉

「シリルは、私と交わることを望んだのか？」

「……はい？」

「私に抱かれたいのか？」

どう答えたらいいのだろう。正直に婚約を解消にできるから抱いてほしいなんて言えるわけない。

返答に窮《きゅう》して固まる僕に、殿下は語りかけてくる。

「シリルは困った子だ。こんなにいい香りをさせて迫るのに、少しすると何もなかったかのようにウブな態度に戻る」

「ごめんなさい、ひゃっ」

謝ると同時、殿下はうなじを舐めた。そこは、オメガの弱点なのに！

「いいんだな」

「あっ」

殿下がその気になった⁉　やった！　明日から僕は自由だ！

うれしさのあまり殿下のほうに向き直って抱きつく。

「殿下……うれしいです！」

前の生で殿下は僕と向き合ったことがない。

殿下と肌を合わせたのは、最期のあの時だけ。あれは愛じゃなくて執着だった。

殿下への気持ちを諦めた今、僕を求めてくれる。複雑な気持ちだけど、過去に愛した人とこれからたった一度の交わりが始まる。しかもお互いに望んでいる状況。

これだけで僕は救われた気がする。彼がアシュリーを愛していても、今だけは僕を求めているのだから。

「シリルは、くそっ。どうなっても知らないぞ！」

殿下は一人で葛藤しているように見えた。きっと恋人への罪悪感かもしれない。それに勝るアルファの狩猟本能が、目の前のオメガの身体を欲している。

それでもいい。僕はもう愛情は求めていない、だけど僕はこれから彼に抱かれる。

「殿下のお好きなように」

無言になった殿下は、僕を組み敷いた。ここでアシュリーを抱いているのだと考えたら……辛い。

後ろにくるりとひっくり返され、四つん這いの状態になる。すると、殿下が僕の後孔の周りをさわさわと触る。

「ひゃぁ！」

ぞわぞわすると同時に、羞恥心《しゅうち》でどうにかなりそうだった。殿下の息遣いとアルファの香りを感じる。

「後ろから可愛らしい蜜が垂れている。とても綺麗だ」

どうしよう、見られている。恥ずかしいし、怖いし、でも胸が高鳴る。

「んんっ、あっ、は、恥ずかしい……です」

お尻の周りを触られることで、僕の蜜が中からさらに溢れ出てきた感覚がする。こんなこと絶対にしたくないはずなのに、今だけは嫌悪感はなく、愛おしい気持ちさえ生まれそうだ。

「あっ、ああっ」

後ろに陣取る殿下が、僕の前の兆しているモノと後孔周りをいやらしく触る。しかし、肝心のそこには指一本入れてこない。

「殿下！　もう触らなくていいので、どうかここに直接、殿下のご慈悲をください」

「シリルは、どこでそんな言葉を覚えてきた⁉」

殿下は驚いた声を出した。前を向いているから表情は見えないけれど、香りは僕を求めている気がする。

「シリル、足をぎゅっと閉じて」

「えっ、こ、こうですか？」

よくわからないまま殿下に言われるとおり、四つん這いの状態で足をぎゅっと閉じた。

次の瞬間、足の間に熱くて硬いモノを感じる。どうしよう、今から殿下が僕の中に……

急に緊張でどうにかなりそうだった。

「ああ、そうだよ。シリル……ッ」

殿下が僕の名前を愛おしそうに呼ぶ。

その言葉の温度に、僕の胸はふいに切なさを覚えた。この声の感じ……どこかで聞いた気がする。

――いったい、いつ、僕は殿下からこんなふうに名前を呼ばれた？

疑問が浮かぶが、背中にキスを落とされ、強い香りが鼻腔に入り込んできた。アルファの香りに当てられ……そこからはグダグダだった。

「匂い、強いっ、あんッ、ん、ふっ、んん」

お尻周辺に硬いモノを感じた瞬間、欲望が触れ合う。

どうしよう、とても、とても気持ちいい。殿下が僕を恋人みたいに扱ってくれる。心も身体も満たされる。うれしいのに、これが最初で最後かと思うと切ない。

「シリルッ！」

殿下の色っぽい声が後ろから聞こえる。

もういい。このまま殿下に求められた幸せを胸に今後は一人で生きていくんだ！

「あ、あああ！」

そしてあまりの快楽に、僕の意識は飛んだ。


ピチャンという水音が聞こえる。温かくて気分がいい。誰かが僕の頭を撫で、なんだかまだ殿下のフェロモンに包まれてホワホワするような。……フェロモン!?

「あっ！」

「シリル？　目が覚めたか？」

僕はお風呂の中で殿下に包まれていた。

「えっ、殿下？　えええっ、この状況は⁉」

「たくさん汚してしまったからな。風呂で清めたところだ」

殿下が優しく言葉を発する。いつになく柔らかい気がした。

いっぱい汚したってことは繋がった……んだよね？　どうしよう、どうしよう、僕ついに処女を殿下に捧げてしまった。どこか気持ちが満たされている自分に驚く。

初めてだったのに痛い記憶はない。すごいや、殿下！　殿下の経験値のおかげで、記憶がないうちに初めての情事が終わったなんて、そんなとこまで王子様はハイスペックなの？

これでお別れだと思うと辛いけれど、家族を守れるし、僕は生き残れる！　明日からは安心した未来しか来ない。早くも野望が叶い、思わずにやにやしてしまった。

「シリル、私といたしたこと、そんなにうれしかったのか？」

「あっ、自分でも自然に顔がほころんでしまいました……。ぶしつけな態度で申し訳ありません。でも、とても幸せでした」

これは嘘じゃない。愛されていないとはいえ、一度でも殿下に優しく抱いてもらえた。

「そ、そうか。私もだ」

「えっ、殿下も？　僕と同じ気持ちだったんですか。とてもうれしいです！」

まさか殿下も関係を持ってでも、婚約を解消したかったのか。良かった、これなら円満に縁が切れる。ますますうれしくなった。

……あっ、お礼を言うべき？　こういう時ってどうすればいいのだろう。たしか殿方を褒めるってどこかで聞いたことあるな、よし！

「殿下……。良かった……です」

抱えられて前を向いていた僕は、顔だけ振り返って殿下を見つめた。お湯で濡れる殿下の肌がとても美しく、色っぽさが増している。

「ぐはっ！」

殿下が変な声を出す。そして、鼻血が垂れた。

「えっ殿下!?　大丈夫ですか？　大変、鼻血が」

「ああ、大丈夫だ。少しのぼせたようだ」

それからしばらくして、殿下が落ち着いてから二人でお風呂から上がった。そして公爵家まで送ってくれた。

その日、父が視察で王都から離れていたので、今日の出来事を兄と母に伝えた。

「ですから、今日殿下に抱かれたんです」

僕の話を聞いたあと、母は驚いた顔をし、兄は大きな声を出す。

「なんだってーぇぇ！」

「だから、抱かれ……」

「いや、聞きたくない！　わぁぁぁー」

いつも冷静沈着な兄が耳に手を当てて、挙動不審だった。母はそんな長男を見て呆れる。

「に、兄様……大丈夫ですか？」

「だめ、大丈夫じゃない」

兄は今にも泣き出しそうだが、僕は伝えなければと思い話を続ける。

「じゃ、手短に。えっと、僕は純潔ではなくなりました。だから殿下の婚約者としての立場は剥奪《はくだつ》です。早速陛下にお伝えしたほうがいいかと思うので、まずは母様と兄様にご相談を――」

「ちょっと待って、あっさりしすぎじゃない？　それに、純潔じゃないと結婚できないと二人共知っていたよね……それなのに？　それは同意なのか？　まさか無理やり……」

兄の顔が青ざめる。

「……違います。二人の合意によるものです！　殿下も僕と結婚したくなかったんじゃないかなぁ」

僕の話に驚いた二人は一瞬止まった。

「じゃあ殿下は婚約を解消するために、可愛いシリルを傷物に？　あの男、許せん。母上！　あんな野蛮なアルファは、欲望に負けその場だけの快楽を求めたケダモノです。王太子だとしても、責任感のない男に僕の弟は任せられません」

「アラン、落ち着きなさい」

怒りをあらわにする兄を、母が窘《たしな》める。

よし、兄は僕の味方だ！　王宮に真実を伝えて、婚約破棄をもぎ取ってくれるに違いない。

「母様、結婚前に真実を伝えなければ、王家への反逆になってしまいます。殿下の元婚約者に嫁の貰い手なんてないから、婚約が無事に解消できたら僕、この家を出て平民になる」

「な、何を言っているんだ！　そうしたら兄様が一生シリルの世話をするから、そんなこと言わないで。出て行くなんて許さない、うん。むしろ一生結婚できないくらいがちょうどいい」

兄は僕を深く深く愛してくれている。幼い子どもにするような態度はどうかと思うけれど、愛おしげに見てくる兄が大好きだ。

「アラン、いい加減になさい。シリル、たとえ殿下との婚約を解消してもそんなことにはならないわ。あなたは可愛いから引く手あまたよ」

「母様……それに兄様もありがとう」

母が僕を抱きしめた。兄がソワソワと手を広げているのが見えたので、続いて兄の腕の中に入った。母がやれやれという顔をして兄に向き合う。

「父様はアラン以上に大変なことになるわね……。アラン、今すぐ陛下にご報告に行きなさい」

「はい、母上。シリルをあの野獣から解放させます。シリル、あとのことは兄様に任せなさい」

兄はすごい勢いで出て行った。

「あの子は、シリルのことになるとどうも性格が変わってしまうのよね。父様そっくりだわ」

「ごめんなさい、母様」

母の優しい瞳が僕を見る。そして少し切なそうな表情で語った。

「いいえ、殿下に身体を差し出してまで結婚を阻止したかったあなたの気持ち、あの時もっとしっかりと受け入れていたら良かったわ。私こそ、まだ子どものあなたに辛い思いをさせてごめんなさい」

「……えっ、母様……知っていたの？　僕がそういう理由で身体を差し出したこと」

「そんなのすぐに想像つくわ。ただ父様は悲しむでしょうけどね」

「ごめんなさい」

「まあ、過ぎたことよ。これで順当に進めばいいけど、きっとそんなに簡単じゃないと思うわよ。一応覚悟はしておきなさい」

「はい」

僕は素直に返事をした。しかし、覚悟とはいったいなんだろうか。

殿下は今頃、やっと嫌いな婚約者から解放されて、晴れてアシュリーを召し上げる計画を陛下に話しているかもしれない。……愛されずに抱かれたのは悲しいけれど、これでようやく解放される。殿下を想ったところで辛く苦しいだけだし、今回はのめり込む前に気づけて良かった。

そう考えた自分の思考が悲しくなるけれど、僕の初恋はこれでちゃんと終わらせられる。好きだった人に初めてを捧げることができて、もう思い残すことはない。

第五章　それぞれの思惑

兄という強い味方を得て、僕は清々しい気持ちでいた。殿下も今頃、僕と結婚しなくて済むことになって喜んでいるんじゃないかな？

そう、ついに僕は断罪を免れる道を開いたんだ！

この人生では最後まで生を全うできるかもしれないと、暢気《のんき》に考えていたら、帰ってきた兄から衝撃的の事実を告げられる。

「殿下が言うには、シリルは殿下のフェロモンの影響を受けて気絶して、最後まで身体は繋げていないって」

「えっ、なんで、どういうこと……⁉」

なんと僕と殿下は清い関係のままだと言う。確かになんの痛みがなかったのは、殿下が超絶お上手だったとかじゃなくて……？

「そ……んな。まさか僕の勘違いってこと⁉　どうしよう、陛下に嘘をついてしまった」

「経験がないのだから勘違いするのは仕方ない。それよりも、そんな状況にさせた殿下が悪い。陛下はシリルのことを心配していらしたよ。事実確認として殿下を問い詰めたところ、シリルの思い違いがわかった」

仮に僕を抱いていないにしても最後までしたと言えばいいのに、殿下は何をしているの⁉　せっかくこんなチャンスをあげたのに！

「でも……！　最後までしてないにしても、お互い覚悟の上でそういうことをしようとしたから、結婚はなくなるよね？　そうだよね、兄様～！」

半泣きで兄に泣きつく。決死の覚悟であんな恥ずかしい思いをして誘ったのに、報われないなんて悲しすぎる。

「うっ、それは……殿下は最後までするつもりはなかった、とおっしゃっていた。フェロモンを当てて気絶させたのは、もとから結婚前に抱く気がなかったからだと……言い張っていた」

兄がもにょもにょと言葉を濁しながら話す。まぁ身内の下世話な話はしたくないから、わからなくもない。

申し訳ない気持ちと恥ずかしさでいっぱいになった。

「そ……うですか。でも、でも！　殿下は抱きたくないくらい僕を嫌っているということではないですか？　これを機に解消にしてもらったほうが」

「それはわからない。兄としてはあんな野蛮でゲスな人間にシリルを渡したくないが、今のところ解消に持ち込めるほどの落ち度はないから、公爵家からは何も言えないな」

ううう、どうしてくれよう。殿下を不審がらせただけで、断罪への道をまた一歩進んだのかもしれない。

「だが、シリル。これからは公式の場以外で殿下と会わなくていいと、陛下からお許しをいただいてきた！　最近の殿下の行きすぎた行為を陛下が咎めてくださった。また間違いが起こるといけないから、結婚まであのゲス男を見なくて済むよ」

兄はいい仕事をしてきたという満足げな笑みを浮かべた。さすが、公爵家嫡男！　陛下からそのようなお言葉をもらってくるとは！

「兄様、ありがとうございます！」

良かった。殿下との縁は切れなかったけれど、考えようによっては自由だ。少なくとも結婚まで会わなくていいのなら、これ以上僕の心を乱されなくて済む。

自分の時間が持てるし、友達と一緒に過ごせるんだ。この間にアシュリーをなんとか奮い立たせよう。僕が行動してもいいことないから、あとは二人の愛の強さで頑張ってもらうしかない。

「ごめんね、シリルの希望に添えなくて。結婚自体を白紙に戻すことはやはり難しかったよ」

「いえ、兄様は何も悪くありません。むしろ僕のためにありがとうございました。結婚は昔から決まっていたし、いいんです。なかったことになったらうれしいなって思っただけですから」

そう答えると、兄は頭を撫でてくれた。

ぬくもりに包まれ、今は家族の愛を精一杯堪能することにしたのだった。

翌日、学園に着くとリアム様に呼び止められた。

「殿下から伝言を預かっています。結婚までは非公式の場で会うのは禁止されているけれど、いつも心はシリル様を想っていると、おっしゃっておりました」

「ええっ⁉」

絶対嘘だ。優しいリアム様のことだから僕を気にかけて、勝手にやってくれているに違いない。あれほどアシュリーのことは気にしてないし、殿下の幸せを願っていると伝えたのに。

「あの、お心遣いありがとうございます。いろいろお騒がせしてしまい申し訳ありません。むしろ殿下とお会いできなくてほっとしているので、変に気を遣ってくれなくて大丈夫です」

「シリル様、どうかお気持ちを強くお持ちください。あなたが唯一の王太子妃になるお方なのですから。こちらは殿下からの贈り物です！　どうかお納めください」

リアム様が小さい箱を見せる。

なんで今更殿下から贈り物？　と思うけれど、これを受け取らなければリアム様の仕事は終わらないだろうから素直に受け取った。

「ワー、アリガトウゴザイマス」

思わず棒読みで、遠いところを見ながら言った。

「お開けにならないのですか？　反応を見てきてほしいと殿下はおっしゃっていまして……」

表情でばれた？　こんな反応はさすがに殿下には伝えられないか。

「えっと……。初めての贈り物ですし、一人でじっくり見ます。リアム様、ありがとうございました」

「初めての？　殿下の贈り物を今まで受け取っておりませんか？」

「……ん？　はい、殿下から何か届いたことはありませんが……？」

「だから私に直接……」

リアム様が反応した。婚約者なのに今まで見向きもされなかったことを哀れんだの？

「リアム様？」

考えこむリアム様の姿を見たら、贈り物をこの場で開けなくてはいけない気がして包み紙を開く。

「わっ、これって……殿下の瞳の色ですか？」

殿下のブルーの瞳、それを思わせるサファイアがふんだんに使われていた腕飾りが入っていた。華奢な作り、複雑な細工、何より使われている宝石の数がえげつない。

この国では昔から大切な人への贈り物に自分の色を入れるが、殿下はどうしていきなりこんな品を贈る気になったのだろう。今回のトラブルが陛下まで届いてしまって、僕を想っているフリのために贈り物をする気になったとか？

これまでにないことばかりで思惑がわからない。

チラリとリアム様を見ると、満足気な表情を浮かべていた。

……もしかしてこれは僕のことをかわいそうに思ったリアム様が？

僕を悩ませるプレゼントのことは考えるのをやめた。

それから毎日、リアム様は殿下からちょっとした贈り物を渡してくれるようになった。こんなことをされたことがないから、これはリアム様の独断じゃないかと最近では思うようになっていた。

前の生の記憶でリアム様は顔に似合わず甘いものが好きだと知っているので、プレゼントをもらうたび、僕は彼が好きそうなお菓子をこっそり渡す。微笑みを見られるのはうれしいし、二人にしかわからない秘密の逢瀬《おうせ》っぽくて毎日の僕の癒しだった。

しかし多くの学生から見れば、殿下が僕に贈り物を毎日しているように見えている。結果、学園では殿下が僕を溺愛しているとの噂が広まっていく。

すべてリアム様が用意していた物だとばれると、問題になってしまうだろう。そう思った僕はリアム様に、噂されるのは恥ずかしいので人目につかないところで受け取りたいと言った。

そうして、学園の裏手にある大きな木の下で待ち合わせをするようになった。


そんなある日。

リアム様の貴重な時間を無駄にするわけにはいかないと、待ち合わせ場所に向かって走っていた。

「リアム様、お待たせして申し訳ありません！　……っ、うわぁ！」

足がもつれて転びそうになった僕を、リアム様が素早く支えてくれる。

「あ、ありがとうございます」

「いいえ、私がシリル様に触れたことは秘密にしてくださいね」

「も、もちろんです」

こんなことが殿下に知られたら大変だ。コクコクと頷いた、その時。

「見ちゃった！　シリル様って、リアム様と良い仲だったんですね！」

含み笑いをして現れたのは、アシュリーだった。

密会を見られてしまったような気持ちになり焦るが、リアム様が毅然《きぜん》とした態度で対応する。

「そんなことあるか。お前、いい加減にしないと不敬罪で捕まるぞ。シリル様は殿下の婚約者で、私は殿下の指示のもとお会いしているだけだ」

「ふーん。わざわざこんな人気《ひとけ》のないところで？　お互い未婚のアルファとオメガが？」

「殿下の命令のもと、私とシリル様は会っているだけだ。早くここから立ち去れ」

「は〜い。……リアム様はそう言っているけど、シリル様はどうなのかな？　殿下にそんな可愛いお顔は見せないもんね。それは恋する目だよ。リアム様って相当鈍いよね」

アシュリーは間の抜けた返事のあと、僕を見る。

「ア、アシュリー様！　何をおっしゃるんですか！」

その突拍子《とっぴょうし》のない発言に僕は思わず目を見開いた。この逢瀬《おうせ》は僕の心を穏やかにはしてくれるが、そういうものではまったくない。

「ふふ、シリル様だって恋くらいしていいんじゃないですかぁ？　殿下とは添い遂げられないにしても、それ以外なら僕は応援しますから！」

「黙れ！　お前はもうシリル様の前に現れるな！　そもそも、もうシリル様に近づくなと殿下に言われているだろう」

「わぁ、こわーい。別にシリル様に近寄ったわけじゃなくて、ここで僕はのんびりしていただけだもん。じゃあ邪魔者は退散しまぁーす」

リアム様が激怒して、アシュリーは追われるように逃げていった。

「シリル様、先ほどのアシュリーの言葉は気になさらないでください。自分の想いが叶わないから、シリル様に罪を着せたいだけですよ」

リアム様は申し訳なさそうに言った。

「リアム様にまで、僕と恋仲かもしれないと思われるような不名誉なことを……。ごめんなさい」

「いいえ。シリル様が気になさる必要などございません。それはアシュリーが勝手に思ったことで、誰も恋仲などと疑っていませんから。私だってシリル様に直接お渡しして、その可愛いご様子を殿下にお伝えすることは至福の時間ですから」

その優しい言葉で、殿下から想われなかった過去が救われた心地がする。そんなふうに感じていると、リアム様は困った表情を浮かべて口を開く。

「シリル様、大変申し訳ないのですがハンカチを忘れてしまったので、お貸しいただけないでしょうか」

忘れるなんて可愛いなと思いながら、僕はポケットからハンカチを出す。

するとリアム様は、なぜか手袋をしてからそれを受け取った。そして「……顔に汚れがついておりますよ」と言って、僕の顔を拭ってくれる。

「あ、ありがとうございます、リアム様」

「いえいえ、突然失礼いたしました。こちらは洗ってお返しいたしますね」

「そんないいですよ」

「洗ってお返しさせてください」

用が済んだハンカチを返してもらおうとしたら、リアム様は笑顔を崩さずにそれを厳重に袋に入れてしまった。……なぜ？

その日以降、リアム様は会うたびにハンカチを忘れたので貸してほしいと頼んできた。

不可解な行動はそれだけではない。

しばらくしてから洗濯済みのハンカチが返ってくるのだが、何回かに一回は洗濯に失敗したと謝られるのだ。気にしないでくださいと言うと、「では洗濯に失敗する恐れがあるので、毎回新しいのをお渡しします」と返された。……その新しいハンカチを使えばいいのでは？

そう思うと同時に、別の考えが浮かぶ。もしかしたらリアム様は僕の匂いのついたハンカチが欲しかったのではないか、と。好みのオメガの匂いは嗅ぎたくなるって聞いたことがある。

この時点からリアム様は僕を想ってくれていたのだろうか？　そして殿下の婚約者である僕に好きとは言えないから、せめて匂いだけってこと？

殿下のことでさえわからないのに、リアム様のこともますますわからなくなっていった。


頭を悩ませる日々が続く中、ランチ時、またもや問題児アシュリーがクラスに乗り込んできた。

「シリル様ぁ！」

「はい！」

なんか勢いよく返事しちゃったよ。

アシュリーは僕の顔を見るなり泣いた。

今度はどういう状況なのかと戸惑う僕に、エネミー様とアンジェリカ様が来てくれる。彼らは僕とアシュリーを二人きりにするのは危険と判断したのか、何かあった時の証人になれるようにと言って、一緒に教室を出てカフェテリアの個室に入った。

「あれから僕はお役ごめんになりました。殿下のこと、愛しているのに。相思相愛なのに。ひどすぎる」

「ええっ！　それは困ります！　……じゃなかった、ひどいですね」

お役ごめんって仕事じゃないんだから、その言い方はないでしょう。アシュリーが殿下と結ばれなければ、僕の未来がどうなるのか想像がつかない。卒業にだんだん近づいているというのに思い通りに進まず、不安要素がいっぱいの状況だ。

「誰のせいだと思っているんですか！　僕は卒業したらもう殿下を見ることが叶わない」

アシュリーは泣きながら鋭い目で睨んでくる。恋人でも愛人でもないなら、男爵家のオメガが王族と会える機会なんて今後はほぼない。

まさか殿下は公爵家との繋がりを切らないために恋人を犠牲にした？　僕が婚約破棄騒動を起こしたから、悩みの種になるものを失くそうとしているのかもしれない。

……それとも殿下は僕のことを想ってくれている？

そこまで考えて、心の中で首を左右にブンブン振った。そして、アシュリーに向かって冷静に告げる。

「僕がお二人の仲を邪魔なんて絶対にしません。むしろ僕との婚約が解消されるように、陛下に一度お願いしました」

僕の言葉を聞いてエネミー様が驚く。

「シリル様、そんなことがあったのですか？　まさかミラー男爵子息のせいで？」

アンジェリカ様もびっくりしたのか、アシュリー本人が目の前にいるのにもかかわらず尋ねてきた。

「違います。恋人の存在くらいじゃ覆《くつがえ》せないので、僕自身の問題で」

「ちょっと、恋人の存在くらいじゃって何？」

アシュリーがまた怒る……もちろん僕に。

「あ、ごめんなさい」

「もう！　とにかく、こうなってしまったのはシリル様のせいです！　どうせ告げ口でもしたんでしょ！　婚約者という立場を利用して、寵愛を受けている僕を追いやるなんて最低です」

「お言葉ですが、僕が知る以前に父はアシュリー様のことを知っていました。僕は誰かに言った覚えはないので、おそらく誰かから苦言を呈されたのかもと」

「でも、だったら僕はどうして後宮への出入りを禁止されたの！　殿下は僕と会えなくなって、きっと悲しがっているはずです」

「後宮……？　なぜアシュリー様は後宮との繋がりがあるのですか？」

嫌な予感がしてアシュリーに尋ねる。

するとアシュリーはハッとして、言ってはいけないことを言ってしまったというような顔をした。

「あ……の、その、今の聞かなかったことにしてください」

アシュリーは不安げな表情を浮かべてオロオロし出す。

後宮とは、女性やオメガなど王族と閨を共にする人が出入りするところだ。

王族は血筋を残す義務があるから、側室を持つことは許されている。

しかしザインガルド王国では、側室を持つかどうかは、どんなに頑張っても子ができなかったり夫婦仲が冷めていたりなど、いろいろ事情を鑑みて決めていた。後宮に属するにはそれなりの調査期間と審査がある。

そのため、結婚から数年経過したあとにしか、側室の存在が認められない。

それが今アシュリーは後宮と繋がっている。殿下一人の暴走だと思い込んでいたけれど、アシュリーの存在はすでに王家が認めていたということ。

すなわち公の愛人であり、殿下とアシュリーはずいぶん前から恋人であるということでもあった。

「……っ！」

僕は鈍器で打たれたような衝撃を覚え、その場に膝から崩れ落ちた。苦しくて、悲しくて、吐き気まで襲ってくる。

「シリル様！」

エネミー様とアンジェリカ様が大きな声を上げる。エネミー様が僕を支えてくれた。

やはり今までの殿下の態度は演技で、僕に気持ちなど一つもなかったのだ。殿下はただ恋を楽しんでいたわけではなく、本気でアシュリーとの未来を考えていた。

恋人なのも側室になるであろうこともわかっていたし、それを僕も認めていた。でもどこかで、何かの間違いだと期待していたのかもしれない。

——僕はまだ殿下を愛していた？

自分の気持ちに気づいてしまう。こんな意味のない感情、知りたくなかった。

「うう、ひっく。ご、ごめんなさい。僕と一緒になるはずなのに、僕を遠ざけるのが許せなかっただけで……どうか僕が、後宮に属していることは内密にお願いします！　僕が王家の秘密を漏らしたのが知られたら、僕の家が潰れちゃう」

「あなたね、シリル様のお気持ちを考えず、ここにきても自分のことばかり！」

アシュリーはことの重大さに流石に気がついたようで泣き出すが、その姿を見てアンジェリカ様は憤慨した。

僕は目眩を覚えながら、感情で動いてはいけないと心の中で自分に言い聞かせる。殿下のことをもう信じないと誓ったじゃないか！

家族を守るという目的がある。こんなところで立ち止まっている場合じゃないと、必死に頭を動かして知り得た情報を整理する。

殿下だけの暴走であると思い込んでいたけど違った。王家自ら法を破って、結婚前からアシュリーが側室になると決定していたのだ。

エネミー様の手を借りて立ち上がり、アシュリーに向かって告げる。

「これはゼバン公爵家を冒涜する行為です。陛下は家臣を裏切った。さすがに僕の家がこの事実を知れば、黙っていません。我が公爵家をないがしろにした王家の対応は不快です」

僕は淡々と言葉を繋ぐ。

「アシュリー様は秘密を漏らす恐れがあるということで、お役目から降ろされたのかもしれない。現に、今こうやって秘密を話してしまった」

「ど、どうしよう。僕そんなつもりじゃ」

「これを理由に解消を申し入れれば殿下と縁を切れます。ゼバン公爵家と王家を陥《おとしい》れたアシュリー様のお家だって無傷ではいられません」

「えっ、や、やだ、そんなの」

「ですがそれをしたら我が公爵家の名が傷つきますし、王家の関係悪化により貴族間のバランスが崩れる可能性が高いです。僕は争いの種を作りたくない。それに殿下とアシュリー様に円満に結ばれていただきたいです」

僕は二人を応援しているわけではなく、もう縁を切りたいだけだ。

「シリル様ぁ！　本当にありがとうございます」

アシュリーの不安が和《やわ》らいだようだった。

そこでエネミー様が、僕に問いかけた。

「シリル様、ここでの話は僕たちは絶対に言いません。ですが……本当にいいのですか？　殿下のお相手をミラー男爵子息に任せても」

「いいのです。お二人にもこんなお話を聞かせてしまい申し訳なく思います。仕える身としても、殿下をどうやっても想うことはできません」

王太子妃教育を受け国を想う立場として、僕の取る行動は無責任だと思う。別に期待なんてしていなかったけれど、さすがにこれには堪えた。

「わかりました。これからはシリル様のお心を一番に考えていきましょう。立場とか役割とか、そんなものは考えず、殿下との縁を切れるようにしましょう。この場でミラー男爵子息は何も言っていないし、僕たちも何も聞いていません」

エネミー様の言葉を聞いて、アンジェリカ様が静かに頷く。僕の心はもう修復できないと悟ったみたいだった。気持ちに寄り添ってくれる友人に感謝した。

「わかりました。でも、僕はこれからどうやって殿下と……」

「後宮は政治的判断でアシュリー様を切った。だから後宮に知られずに、お二人が番《つがい》になれば、アシュリー様が殿下と結婚できるかもしれない」

処女ではないが、愛し合う番《つがい》なら例外もあるだろう。

「でも、どうやって彼と殿下が番《つがい》契約を結ぶかですよね」

エネミー様が首を傾げる。

「殿下は責任感の強い方だから、うなじは一度も……。正妃しか噛めないって」

それは責任感が強いとは言えないのでは？　僕を正妃として迎え入れ、世間体を考え番《つがい》にする。しばらくしてから不仲を理由に僕と離縁と番《つがい》解除をし、アシュリーを番《つがい》にする計画なの？

一応今のところ僕の未来のポジションは正妃だけど、この話を聞いた今恐怖しかない。

そんなに好きなら、なんとしてでもアシュリーを嫁にしようと頑張ってくれれば、男気を感じられるのに。殿下の話を聞くたびに残念で仕方ない。

「そういえば、初夜の時に番《つがい》契約ってできるかわからないですよね。そんな都合よくヒートにはならないですし。シリル様と殿下が契約を交わす前に、ミラー男爵子息が番《つがい》になれば、離縁だって可能じゃありませんか？」

ふいにアンジェリカ様が言う。

「僕のヒート時期は後宮に知られていて、その期間は殿下とお会いできなかったです。だから、僕の発情期に殿下と閨を共にするのは難しいです」

アシュリーが反論した。

「そ、そうですか」

殿下とアシュリーは、互いの意識だけでは番《つがい》になれない事情があったのか。

婚約者がいて後宮から番《つがい》になることを止められていても、恋心が強すぎて、殿下と一緒にいたいという気持ちが今までの勝手な行動なのだろう。人を傷つけている自分勝手な人、アシュリーのことをそう思っていたけど、アシュリーだって必死に殿下を想っているだけなのだ。

「アシュリー様はいろんな制限がある中、殿下のことを想っていらしたのですね。僕にはできなかったことです。僕は早々に殿下を諦めてしまいました」

僕みたいに婚約者という立場にあぐらをかいて、愛されることが当たり前という態度や、身分を使ってアシュリーを蹴落とそうとするような、そんなとって付けたようなもので身を守っているオメガは、殿下の心を射止められなかったんだ。純粋に想うアシュリーだからこそ、殿下は惹かれた。

これが前の生の僕とアシュリーの違いだろう。

「これからはお二人が番《つがい》になれる道を探しましょう！」

「シリル様……っ」

アシュリーは涙ぐんでいた。こんなに相手を想っているのに、無理やり周りから会うのを止められたんだ。僕にも経験があるから気持ちはよくわかる。……だが、いい策なんて浮かばず、そこで解散となった。

別れ際、入籍の日までは公の場でしか殿下に会えなくなったと伝えたら、アシュリーは少し安心したようだった。


数日後。

本日は、殿下の生誕祭がお城で開催される。

殿下と一緒に会場入りするため、王宮の殿下の私室に案内された。公式の場でしか会わないというルールのもと、久しぶりの対面だった。

「殿下、本日はおめでとうございます」

「シリル！　ありがとう。会いたかったよ、シリル。とても綺麗だ」

殿下の瞳が輝いている。さすがの王太子殿下、いつも以上に衣装が豪華でキラキラしていた。絵のように美しく眩しい。濃いグレーの正装は、殿下の金の髪と青い瞳をより美しく輝かせていた。

婚約者として公式の場所に出る装いは、いつも通り二人で色を合わせた衣装だった。

「ご用意いただいた衣装、僕にはもったいないくらいです」

「シリル以上に似合う人はいないだろう。この宝石もとても似合っている。私の瞳の色で作らせたんだ。私の色に染まっていてうれしいよ。とても美しい」

殿下は僕の手を取ると、殿下の瞳の色の宝石をあしらった腕飾りを触り、優しく微笑む。

以前リアム様が僕にくれた腕輪は、やはり殿下からの贈り物だったのかとようやく理解した。その輝く腕輪を見てから、殿下を見上げる。

「もったいないお言葉です。それにこのような高価な品、ありがとうございました。お礼が遅くなり申し訳ありません」

アシュリーから王宮の秘密を聞かなければ、また恋をしてしまったかもしれない。

しかし、僕は殿下とアシュリーが一緒になるために使われる脇役であり、ただの婚約者。今はその言葉を素直に喜べなかった。とても惨めで、この輝かしい人の前から早く消えてしまいたいとさえ願った。

殿下は僕の手を取り歩き出し、会場へ入った。そこは各国の主要な人物や貴族たちですでに賑わっている。

陛下の祝福の言葉が終わり、ファーストダンスを僕と殿下で踊った。

「シリルはダンスが随分上手になったね、楽しいよ」

常に周りから見られて、失敗してはいけないと緊張しっぱなしで、さすがに疲れた。

「楽しんでいただけて良かったです。そろそろ休みたいので、次の曲はほかの方をエスコートしていただけますか？　多くの方が殿下と踊りたくて待っておりますよ」

ファーストダンスどころか、もうすでに三曲目。

「そうだな、さすがに喉が渇いた。この曲で終わりにしてテラスで休もうか」

曲が終わりお辞儀をすると、拍手が沸《わ》く。

殿下は僕をエスコートしてその場を離れた。婚約者と二人きりになりたいのだろうとか、婚約者を離さないとか、囁いているのが周囲から聞こえてくる。

殿下は給仕に飲み物を運ばせ、テラスに出ると扉を閉めた。

会場の熱気に当てられていたからか、外の風が心地いい。殿下とテラスにあるカウチに座り、シュワシュワとした飲み物を飲んだ。

二人きりになった今、周りの評判と婚約者を優しくエスコートする殿下の姿に、僕の心臓は大きく高鳴っていた。先ほどは、多くの人に見られて終始緊張していたけれど、殿下と密着したダンスに、心はひそかに喜びを感じていた。

胸は高鳴るけれど、どうしていいかわからず無言でいると、殿下はなぜかそわそわしていた。そして僕の手を取って、まるで本当に愛おしいと思っているかのような表情で髪に触れてくる。

「シリル？　浮かない顔をしているね。私のせいで寂しい思いをさせてすまない。でも、あともう少しでシリルと触れ合える日が来るよ」

「……はい」

こんな顔をされたらどうしたって気持ちが揺らぐ。もうどうしていいかわからない。

「いつもハンカチをありがとう。大事にさせてもらっている。シリルの香りでなんとか凌いでいるんだ。でも実物は想像以上だよ。とても可愛いし、いい香りだ」

殿下が顔を首元に近づけ、匂いを嗅ぐ。

「えっ？」

殿下の香りは魅力的でとても危険だ。とっさに殿下の胸を手で押して、距離を取る。

……リアム様に渡していたハンカチは、まさか本当に殿下にあげるためだった？

「シリル？　今はこれ以上しないから、そんなに警戒しないで」

殿下に呼ばれて、ハッと我に返った。

「あのハンカチは捨ててください」

「香りが消えてからも大事に取ってあるよ。一つ一つに丁寧な刺繍が施され、とても美しい。あれはシリルが？」

オメガの嗜《たしな》みとしては刺繍が一般的である。僕を気遣ってくれるリアム様への感謝の気持ちを込め、ハンカチに花や動物、ゼバン公爵家の紋章などを施していた。

「あれはただの遊びです。人に差し上げるようなものではないので」

「今度は我が家紋を入れてほしいな」

「王家の？　僕なんかが恐れ多いです」

「どうして？　私の嫁になり、いずれはシリルが背負う紋章だ」

「まだ違います。それにこの先はまだわかりませんから」

アシュリーに本気のくせにどうして僕を求めるフリをするのだろうと、冷たい態度をとってしまう。おそらくわざと距離を置こうとしていると気がついているはず。

「どういう意味？」

「申し訳ありません。ですが王家の未来です。何が起こるかわからないし、周りに聞かれたら、すでに王家の一員気取りだと言われかねないので……」

心苦しい言い訳かな。

優しくされるたびに、嫁だと言ってもらえるたびに、その言葉を受け入れ、本気で愛をもらえるかもしれないと浅はかに想ってしまう自分がいる。殿下はアシュリーと一緒になるって、わかっているのに、それなのに僕はまた夢を見そうになる。現実に戻るには、僕が本気で殿下と結ばれたいと思われないように言葉を選ぶ必要がある。

「シリルは慎ましいね。何も起こらないよ。シリルが私の嫁になるのは決定している」

「……はい」

殿下は自信を持って言う。

嫁になるのは決定している。でもそのあとは？　僕をいったいどうするつもりなの？　そんな不安しかなくて僕は自信なさげに返事をした。

「ちょっと会わない内にシリルはすぐ心を閉ざしてしまうね。ますます手放せないな」

「殿下、そろそろ主役はお戻りになったほうが――」

「いや、いい。シリルと会える時間は今の私にとって有限だ。大事にしたい」

解放されたくて言ったけど、拒否された。王家の秘密を知り、殿下を諦める決意をしたのに、こうやってすぐに僕の心を奪っていく。大事にしたいなど、どうしてそんなことを言うの？　これ以上心を乱されたくないのに。

笑顔の殿下はカウチから立ち上がり、テラスの手すりに手をついて背を向けたまま話し始める。

「シリル、私を誤解していないか？」

僕はその言葉に戸惑った。誤解なんてしていないし、むしろ殿下を理解している。殿下がアシュリーを愛していることを、婚約者の立場であるにもかかわらず認めているのだから。

「……僕は殿下のお心に従うだけです。今はまだ何も言えないのなら言わなくていいですから、僕のことは気にしないで殿下のやりたいようになさってください」

「そうじゃない。私は、シリルにも私と同じ気持ちを望んでいる。受け身ではなく、心から動いてくれないか？」

「心から？」

いったいどういう意味だろう。まさか自発的に動いてアシュリーを断罪し、公爵家のメンツを潰して自ら堕ちてくれと言っている？

「殿下のお願いでも、それだけはできません。殿下自ら動かれるのと、僕が動くのではまったく違います。僕の行動については僕の家が責任を取ることになるので」

「どうして？　婚約者が私を求めるのに何の責任が生じるのだ。公爵家に責任はないだろう。私は父上の命により動けない。私はもっと逢瀬《おうせ》を重ねたいが、これが限界だ」

まさか、僕を動かしてアシュリーと会う機会を得たいってこと？

陛下はアシュリーが側室だと公爵家に知られたら取り返しがつかないことをわかっているから、彼と殿下を引き離した。それなのにアシュリーと会いたいからって僕にそんなお願いするなんて……

「いったい殿下は、僕をどうしたいとおっしゃるのですか」

殿下の言葉の意味を読み取った僕は、悲しくなって涙が溢れてしまった。

「もっとシリルとわかり合いたい。どうか泣かないで」

アシュリーと殿下の仲を、アシュリーを想う気持ちを僕にも理解しろと？　僕の立場では大っぴらに協力できないのに、恋とはそんなに盲目になるものなのだろうか。

涙が止まらない。どうやっても何を言っても殿下とはわかり合えない。

その時、殿下は僕の前に跪《ひざまず》いた。王太子にそんなことをさせるわけにはいかず、カウチから立ち上がり、殿下に歩み寄った。

「殿下、おやめください。身分の劣る者に膝を折るなど」

「お前は、そうではない」

では僕はいったいどのような位置にいるのだろうか。

震える僕の手を取り、殿下が甲に口づけをした。な、何、これはいったいどういう状況？

「シリル、私と結婚してください」

「……」

身体は先ほどからずっと震えて、涙が止まらない。

これは歓喜の涙でなければ、プロポーズを受けた喜びの震えでもない。アシュリーと殿下が結ばれるために、僕に道化を演じることを望む殿下への失望。まるでプロポーズするかのような姿勢をとっている、目の前の男が怖くてたまらない。策略がわからない。

「愛している」

「……」

「どうか、答えて」

どういうこと？　どうして僕に愛を伝えるの？　殿下の言葉に、バカな僕は一瞬胸が高鳴るけれど、その時はっとした。テラスとはいえ、室内から僕たちのやり取りは見えているはず。招待客を騙《だま》すために婚約者に膝を折った姿を見せているだけ？

「僕は殿下の婚約者です」

「では、私のプロポーズを受け入れてくれる？」

「殿下が望むなら……」

「シリル、ありがとう」

華やかな音楽が聞こえる。夜の帳《とばり》が下りるロマンティックなひと時、場内の明かりが僕たちを照らす。

殿下は立ち上がり、僕の涙を拭って触れるだけの口づけをした。

僕の心は終始冷えていた。

翌日、僕は変わらず学園に来ていた。

殿下自ら僕に動けという話をしてきたけど、どうやってアシュリーと殿下を番《つがい》にしたらいいのだろうか。とりあえずアシュリー、エネミー様、アンジェリカ様と集まった。

「殿下が、アシュリー様と会いたいと僕に言ってきました」

「えっ！　本当に？」

「直接は言っていませんが、愛する人と会いたいから協力してほしいというような話をされました」

「うれしい！」

やっと答えを持ってきた僕に、アシュリーは満足そうな顔をした。

「シリル様、殿下は本当にそのようなお言葉をお使いになったのですか？」

エネミー様が信じられないというような表情でそう聞いてきた。アンジェリカ様も何も言えないでいる。

「殿下の言葉の選び方は難しくて、たぶんそのような意味だったのだと思います」

「そ、そうですか」

エネミー様は切なそうな表情で僕を見ていた。裏切られた婚約者が哀れなのだろう。

「ただ、僕が動いて公爵家の立場が悪くなるのは避けたくて……。僕と殿下は今ある事情から会うことを禁止されているのです」

「シリル様は今、リアム様と親しいですよね。リアム様に取次をお願いしたらやってくれるんじゃないですか？」

アシュリーが提案してきた。

「リアム様が？　でも殿下第一のリアム様がそんなことするかなぁ」

「僕が見るに、リアム様はシリル様に特別な想いをお持ちのようだし、シリル様のためなら無理なことも叶えてくれるかもしれませんよ」

「ミラー男爵子息は、騎士団長のご子息を反逆者にでもしたいのですか？　シリル様とリアム様にそのような関係があったとしたら、お二人共罰せられるのですよ」

アンジェリカ様がすかさず正しい方向へ導いてくれる。

「でも、お二人は秘密で逢瀬《おうせ》をする仲ですよね？」

「アシュリー様。あれは秘密の逢瀬《おうせ》ではなくて、王家から預かった物を持ってきてくださっただけです」

「苦しい言い訳だなぁ。オメガの僕は騙《だま》せませんから」

「コ、コホンッ」

僕たちの会話をまずいと思ったのか、アンジェリカ様の咳払いが入った。

「で、では仮にお会いできるとして、今まであなたを番《つがい》にしなかった殿下を、どのようにその気にさせるというのでしょう。まさか無計画で会いたいだけとか言わないですよね？」

アンジェリカ様、さすが。そうだよ、会うだけなら今までと変わらない。

「殿下は結婚が近づいて、シリル様との番《つがい》を避けるために悩んでいらっしゃるはず……。実は後宮に一人だけ協力者がいて、その人から教えてもらったのですが、発情誘発剤という王家の強力なお薬があるんです」

「ええ⁉」

「愛せない婚約者と、どうしても閨を共にしなくてはいけない場合に使用されるらしいんですよ」

「まぁ！」

何気なく会話をしているアシュリーとアンジェリカ様だが、発情誘発剤の説明に傷ついてしまう。前の生でも結局殿下は僕を愛していなかったことが確実となったのだ。愛していたら、薬を使用しなかったはず。

「結婚式の日に発情誘発剤を使い、殿下が僕を番《つがい》にする」

「えっ、わざわざ結婚式の日に？　その前に番《つがい》になったらいかがですか？」

アンジェリカ様が呆れた声で問いかけた。

「結婚式の日にシリル様を裏切ることこそ大事《おおごと》なのです。それを皆が知れば、僕こそが王太子妃になれるかもしれない」

愛している相手の発情に初めて出くわしてしまったら、殿下がラットを引き起こしてハプニング番《つがい》は成立する。殿下の威厳は損ねるかもしれないが、よく考えたものだ。

アシュリーは立派にシナリオを完成させていた。

「わかりました。では、明日リアム様に取次ぎをお願いしてみます」

「よろしくお願いします！　僕と殿下の未来のために」

僕はお互い頑張りましょうねとアシュリーに答えたのだった。


翌朝、リアム様との逢瀬《おうせ》。

「リアム様、ダメだってわかっているんですが、結婚前に一度殿下とお話がしたいんです。殿下にお取次ぎをお願いできませんか？　陛下に知られずに秘密で……」

「それは、どのような内容でしょうか……。差し支えなければお聞きしてもよろしいでしょうか？」

僕から殿下に会いたいなどと最近は言ったことがなかったから、リアム様は怪訝《けげん》に思ったかもしれない。良からぬことを企んでいるのかと疑われたくないけれど、これをしなければ僕の未来はない。

「結婚について殿下のご意見をお聞きしたくて。恥ずかしながら政略結婚のため、今までご意思を聞いたことがなかったから」

「政略結婚だなんて、お互い想いあっておいでじゃないですか」

リアム様は何を見ているのだろうか。アシュリーとの仲だって知っているのに。

「そうでしょうか？　とにかく結婚前に不安を除きたいことがあって」

「確かに、お二人は少しお話をしたほうがいいかもしれませんね。誕生祭の日、殿下が正式にプロポーズなさったそうですが、そのあとシリル様の顔色が優れなかったと心配していらしたので……」

あの演技のおかげで周りを見事に騙《だま》せたようだ。アシュリーとの逢瀬《おうせ》を僕に頼んだ殿下はのぼせ上っていたけど、僕の不安が伝わってしまったらしい。

「ありがとうございます。頼れるのはリアム様くらいです」

「いえ、今お二人は正式にお会いできずお互いにお辛いでしょう。それくらいでシリル様の憂いが取り除けるのなら」

騙《だま》しているようで申し訳なく、まっすぐリアム様を見ることができず俯いてしまう。こんなふうに優しい人を騙《だま》す自分に嫌気がさした。いや、騙《だま》そうとしているのは、僕の心？

殿下に会うたびに、正直惹かれていく。恋心を抑えようとすると、殿下はなぜか僕を魅了していく。

会うたびに、ドキドキと裏切られたという感情が交差して辛い。

僕はいったいどうしたいのだろう。家族を守るために、殿下との未来を夢見てはいけないことを頭ではわかっている。

それなのに心は騙《だま》されてくれない。言葉に出すたびに、自分自身を騙《だま》していくことに気がついてしまう。そうしたらどんどん気持ちが重くなって、涙が出てきた。

「シリル様⁉」

「つぐす、ごめんなさい。なんか僕、いろいろ限界みたいで……」

「シリル様、大丈夫ですよ。何も辛いことなど起きません。これを使ってください」

リアム様は僕にハンカチを差し出してくれた。

いつもハンカチを強請《ねだ》っていたリアム様を思い出して、思わず笑ってハンカチを受け取った。

「ふふ、ありがとうございます。今日は僕が遠慮なくハンカチを使わせていただきます」

「あっ、それを言われると、その」

そうしてハンカチを口元に持っていった途端、急にふらついた。前の生で感じた元番《つがい》の匂いで僕の身体が異変を起こす。

「あっ、リアム様、急に身体が熱くなって」

「シリル様！」

倒れそうになる身体を、リアム様が支えてくれた。触れ合った部分がもっと熱くなっていく。

「これは……まずい、ヒートですね」

「えっ。ヒート？　ンっ、あ、熱い」

朝からぼうっとしていて何か違和感があったけど、ヒートの前兆だった？　初めてのヒートから三カ月経過していないので、予想していなかった。まだ、発情期が安定してないのかもしれない。

「すぐに従者を呼びます。あっ、でもお一人では危険だ。お嫌だろうけど、今だけ失礼します」

リアム様が僕を抱きかかえた。

「あっ、あんっ、リアム様ぁ」

密着した身体からリアム様の熱を感じ、ますます香りが鼻に入り僕はすでにグダグダだった。

「お辛いと思いますが、すぐに医務室へお運びするので今だけ耐えてください」

リアム様が辛そうに僕を宥《なだ》める。

僕はすでに兆し、リアム様の股間も硬くなっているのがわかる。リアム様は僕の匂いに発情している？

「リアム様、すぐに僕を、お願い……抱いて」

発情の熱でとんでもないことを言ってしまう。

それでもリアム様は僕を早く安全な場所に運ぼうと、足を止めずに前を見て話す。

「シリル様はまだ番《つがい》がいないので、アルファの香りに敏感になっているだけです。あなたは次期王太子妃。今はそれを忘れるほどお辛いかもしれませんが、不用意な発言はあなたを傷つけます。だからどうか耐えてください」

ここで間違いを起こしていいはずがない。オメガとは恐ろしいものだ。立場や振る舞いを気にする僕なのに、本能に抗《あらが》えなくなっている。

医務室へ運ばれ隔離されたあと、すぐに迎えが来た。僕はリアム様のハンカチだけはずっと握ったまま離さなかった。

そして発情期に入り、七日間の休暇を余儀なくされたのだった。

初日はひどいヒート状態で、フィーの前でリアム様の名前を何度も言ったことをなんとなく覚えている。元番《つがい》の香りを思い出したのだろう。

でもそれはきっかけに過ぎない。多分この間のプロポーズから殿下のことをずっと考えていて、心を騙《だま》せずに彼を想いヒートを引き起こした。だけど殿下に裏切られた心はそう簡単に治らず、今回は元番《つがい》を求めてしまい、殿下を愛さないと自分に言い聞かせようとしたのかもしれない。

そして、そんな僕を見てフィーが驚いていたことは理解できた。だけど責めたりせず、ただひたすら僕を撫でて慰めてくれた。


そしてヒートが明けた日。

念のため数日は学園を休んで身体を慣らすことになり、私室でフィーと一緒にいた。

「シリル様、ヒート中は思わず本音が出てしまうことがあります。オメガなら誰でもそうです。だからヒートを共にする相手に、シリル様のお心を隠すことはできません。それでもシリル様のお心はシリル様だけのものです。それもまた大切な気持ちだから」

フィーは優しく微笑んで、僕を抱きしめた。

「……うん」

「どうかご結婚までに、お心にご決着をおつけください」

これは、多分それまでに殿下を受け入れろということだ。

「あなたは敏い子です。ですからお心を隠そうと、今まで頑張ってきたのでしょう。ヒートがなければ明かさずに済んだこと。されどオメガの気持ちは裸同然です。秘めた心は理性が利かなかった時、明るみに出る」

「どうしよう」

「無理なら逃げ出していいと、僕は思います。その瞬間までに決着がつかなかった場合は僕に言ってくだされば、王妃陛下に僕が直談判いたしますから」

フィーは僕の目を見て、微笑みながら言った。フィーはこれから起こることを知らないから、僕の気持ちを一番に考えて、聞いてはいけないような確認をしてくれた。

「フィー、何言っているの。子どもの頃から決まっていることだよ。いいに決まっているでしょ」

しかし、これからの計画は言えない。人任せにはなるけど、なんとかアシュリーに頑張ってもらうしかない。

殿下はアシュリーを番《つがい》にする。計画通り僕は殿下の番《つがい》にはならないし、きっと父が怒って僕を妃殿下の立場から救ってくれると思う。

そんなことを考えているとは知らないフィーは感極まったのか、涙を流していた。

「ありがとう、僕の大切なお母さん」

「うっ、シリル様！」

泣いているフィーをきつく抱きしめる。

「いつもと立場が反対だね、泣く人の相手ってこんな気持ちになるんだね」

「シリル様が大人になられたからです。僕の気持ちをわかってくれました？」

「うん、フィーが愛しくて仕方ない」

二人でクスクス笑っていたら、そこに母が登場した。

「まあ！　本物の母様を放置して、二人してずるいわ」

「ふふ、母様もおいでよ」

「シリル……」

なぜか母も涙ぐんで、僕たち二人を抱きしめた。

母は公爵夫人として自由な発言はできないし、僕を殿下に送り出すしかない。だからこそ僕の心の内を話せるように、ヒート明けの時間をフィーと二人にしてくれたんだと思った。

「フィオナ、私たちが育てた息子はこんなに逞しくなった。あなたのおかげよ」

「リアナ様……こんなに可愛いシリル様をもうお嫁にやらなきゃいけないなんて」

「まあまあ、フィオナ。そんなに真っ赤な目をしていたら、私、あなたの旦那様に怒られてしまうわよ」

僕を抱きしめながら母が言うセリフに僕はぞくっとした。フィーの旦那さんは僕のことも可愛がってくれるけど、それはあくまでもフィーが面倒を見ている子どもだからで、フィーを泣かすような人を許すアルファではない。それほどフィーは愛されている！

「違う、怒られるとしたら僕だ！　フィー泣き止んでよ」

「ふふ、夫が言っていましたよ。公爵様はシリル様に甘いから、番《つがい》のいるアルファの恐ろしさを教える人がいないって。将来シリル様も番《つがい》を持つ時、番《つがい》を妬《や》かせると周りに迷惑がかかるというのを、自分が教えるとかなんとか」

母がフィーの言葉に笑いながら頷いた。

「うちの人は我が子には甘いからねぇ。長男も弟にデレデレで、シリルはアルファの恐ろしさを知らずに育ってしまったものね。彼はいい教師ね」

「肝心のシリル様が理解していらっしゃらないのがちょっと……」

二人に残念な子みたいに扱われた。

「うー。息子と思って教育してくれるのはうれしいけど、怒られるのに慣れていないんだよね。それに、その番《つがい》の愛情も僕には理解不能だよ」

「いつかわかりますよ」

その言葉に胸が痛む。けれど、フィーと母の優しい笑みで、僕はとても愛されていると実感し、温かい気持ちになった。そうして、二人の母と幸せな時間を過ごした。

数日後、学園に行くと、リアム様は殿下との逢瀬《おうせ》の約束を取ってくれていた。授業中に、学園にある殿下の私室で二人きりになる時間を作ってくれるとのことらしい。

完全に殿下とアシュリーの二人きりになるから、結婚式でどうやって番《つがい》になるのかという策略をゆっくり練ってくれたらいい。

僕はそれに踊らされたフリをして、式当日に捨てられた花嫁を演じる。ただそれだけだ。

約束の日時を伝えた後日、アシュリーは殿下と会った時の報告をしてきた。薬を手に入れるつもりなら自分でもらえと言われたと喜んでいた。

――殿下はアシュリーを番《つがい》にする。

それを知った今やっと救われた気持ちになった。これで家族を守れる。

そして僕たちは学園を卒業し、ついに運命の日……結婚式の日がやってくる。

最後の我が家での晩餐は、家族水入らず四人で楽しい夕食の時間となった。父と兄は最後まで泣いてなかなか離してくれなかったけど、母が式の前日に夜更かししてお肌が荒れたら大変ですよって、二人を宥《なだ》めてくれた。

そして最後の夜は母と一緒に寝た。しかし、明日の夜もこの公爵家に帰ってきて、このベッドで寝ることになる。

僕は心の中で「ごめんなさい」と謝りながら眠りについたのだった。

第六章　運命のわかれ道

今日は僕と殿下の結婚式。家族に見守られゼバン公爵家を出て、朝早くから嫁ぎ先である王宮に来ていた。

「シリル、ついにこの日が来た」

準備の整った僕に殿下が会いに来た。僕と殿下は純白の衣装を纏っている。

「はい、殿下！」

そう、ついに僕と殿下のお別れの日が来た。

今日ですべてが終わる。

僕は愛を失ったけれど、大切な家族とこれからもゼバン公爵家で幸せに過ごせるのだから、こんなに輝かしい日はない。そう思うことにして、僕と殿下の最後の日を、辛いものにしないように、楽しく過ごすよう心掛けた。

殿下はアシュリーと念願の番《つがい》になれるのだから、うれしくないはずはない。いつになく柔らかい穏やかな笑顔だった。

「こんなに美しい花嫁は、見たことがない」

その笑顔……僕が作りたかった。本当は、僕を想って欲しかった。矛盾する心を隠すように、殿下に笑顔を見せた。

「……ありがとうございます」

殿下は本心からそう思っているかのような温かい笑顔だ。

「幸せにするよ」

ここには僕の衣装を整えた従者や、式を執《と》り行う教会の方も出入りしている。二人きりになっているわけじゃないから、殿下は最後の演技に熱が入っている。

「はい」

僕も合わせて笑顔で答えて、仲睦まじいカップルを演じる。

殿下の衣装は豪華で眩しすぎるし、かなりの男前が見たことのない笑顔を振りまいているから、僕はちょっとクラクラしてしまった。

「殿下も今日はとても素敵です。僕……ちょっと緊張してきました」

「ふふ、すべて私に任せていればいいからね」

なんて頼もしいのだろう、こんな殿下は初めてだった。

アシュリーとの打ち合わせがうまくいったのかな？　あの時、リアム様を騙《だま》してまで殿下と会わせる機会を作って本当に良かった。恋人と会わせてくれてありがとうくらいの気持ちで、今日はこんなに笑顔のサービスをしてくれるのだろう。最後に、この素敵な人と共にいられる時間をもらえたことに、感謝した。

その後、控室から教会へ移動する。打ち合わせ通り国王陛下と王妃陛下、僕の家族や貴族が見守る中、教会で愛を誓う。

隣には幼い頃から恋をしていた相手がいる。

「シリル、あなたを生涯大切にする。あなただけを愛し続けることを誓います」

フリだけでいいのにと思うが、そうはいかず殿下から永遠の愛を誓う言葉をもらった。

神聖で厳かな雰囲気が漂う。次は僕の番だと口を開いたその瞬間。

「……あっ、僕……」

神を冒涜《ぼうとく》することになるのかもしれない。嘘を誓うのだと思った途端、頬《ほほ》を涙がひと筋伝う。

「シリル？」

僕がうまく言えないことに殿下は困ったに違いない。

その時、司祭が優しい言葉をかけてくれた。

「シリル様、幼い頃から殿下に思いを寄せて、ついにこの日が来たことに感極まってしまったのですね。大丈夫です。ここには、この式を邪魔する者など一人もいませんよ」

「あっ、あの」

涙が止まらず言葉が出てこない。

「緊張して言葉をお忘れになったらしい。特例として頷くだけで良いですからね。殿下、それでよろしいでしょうか？」

「ああ、私の可愛い花嫁は慎ましいから、愛の言葉は二人きりの時に聞くとする」

司祭と殿下の言葉に僕が頷くと、司祭は微笑み、参列者に向かって声をあげた。

「では、教会はこの時をもってお二人の結婚を祝福いたします」

そして今、僕は幼い頃からずっと望んでいた殿下の花嫁、王太子妃となった。

式が終わり教会の外へ出て、国民へのお披露目《ひろめ》が行われる。祝福の言葉や拍手はずっと鳴り止まず、感動してしまう。

ほんの数時間の花嫁だけれど、今だけは誰からも認められた殿下の唯一の相手としてここにいられる。殿下の隣にいる最後だからこそ、ただこの祝福を心から受け止めて幸せを味わっていた。


その後、晩餐会が開かれ、会場はお祝いムードで賑わっていた。

終盤に差しかかった時、遠くから甘い香りがしてきた。

予定通りアシュリーが発情誘発剤を使用したとすぐにわかった。まさかこんなにたくさんの人がいる中で？　と驚くが、アシュリーの執念を感じる。

それは僕の恋が終わりを告げる時間だった。今まで散々殿下を諦めたフリをしたけれど、この人の隣で、わずかな時間の妃殿下を経験して、僕の幼い頃からの夢が叶った。やはり、僕は殿下が好き。最後の最後で、一瞬でも幸せを感じられた。それだけでも、僕の前の生の辛い想いが少しは報われると思うことにする。辛い気持ちを隠して、最後の演技をするんだ！

僕は何もしらないフリをして、隣にいる殿下をチラリと見た。

「殿下、もしかしてこの香り……」

殿下もいつも嗅いでいる愛おしい相手の香りに気がついたみたいだ。

一瞬怪訝《けげん》な顔をしたのは気になったが、これも計画通りなのだろう。すぐに普段の冷静な表情に戻り、僕に優しく微笑んだ。

「すぐ戻るからこのままここは任せていい？　できるね」

「はい」

そう答えると、殿下は近くにいるリアム様と数名の王太子直属の騎士たちを連れて、匂いのほうへ駆け出す。

――さようなら、僕の初恋の人。

心の中で僕はお別れを言った。

突如発生したオメガの発情した香りを収めるため、殿下が場を離れたと周囲は思ったようだ。どうやら僕は取り残された花嫁という惨めなポジションには見えていないらしい。

その後も何事もなかったかのように夜会は続き、最後まで殿下は戻ってこなかった。

大勢の前で二人が運命的なヒートで結ばれる……という劇的な結果とは違うけれど、今頃二人が番《つがい》になっているのなら問題ない。

よし！　アシュリーは期待以上の働きをしてくれた。僕の手元に例の薬が来ないのは、僕には必要ないとみなされたということ。これで僕と殿下の初夜はない。番《つがい》契約をしないのであれば発情する必要がないし、閨を共にする必要もない。

殿下が僕を裏切ったことを世間に隠しているのは、何か考えがあってのことだろう。アシュリーとの結婚が成立したあとで、僕の役目が終わる運びなのかもしれない。今日は家に帰れないけれど、すぐに公爵家に戻されるだろう。

そう考え、流れに身を任せることにした。

王太子妃の部屋に案内され湯あみを終え、ゆっくりと過ごそうと部屋でくつろぐ。そんな僕に、王太子妃付きの侍女が話しかける。

「シリル様、香油はどれになさいますか？　今夜は記念すべき夜ですもの。催淫効果のあるイランイランの香りなんていかがでしょうか」

「どれも要らないよ」

侍女が初夜準備の仕上げに取りかかろうとするが、そんな必要ない。だって今夜殿下はこちらに来ないから、僕の肌をさらすことはない。

「そうでしたね、シリル様はとても可憐ですから、このようなものがなくても問題ございませんね！」

侍女の言葉に曖昧《あいまい》に頷きながら、ハーブティーを飲む。その時、ドアがノックされる音が響く。

「シリル様！　いらっしゃいましたわ」

「うん？　こんな時間に誰が来たのだろう」

「まぁ！　そんな方は一人しかいらっしゃいませんよ。照れなくてもいいですよ」

興奮気味の侍女がドアを開けに行く。

「えっ！　リアム様？」

侍女の声に僕は慌てた。

リアム様が来た？　これでは前の生と同じことが起きてしまう。僕は断罪から免れていなかったの？　いや、もしかしたら殿下が一番の家臣に下賜《かし》した？

それならそれでいい。前の生で番《つがい》になったリアム様なら僕を不幸にしないだろうし、家族が幸せで、凌辱《りょうじょく》されない未来が確約されるならば。そして、これで殿下が幸せになれるなら。

……番《つがい》ができれば、殿下への恋心が消えるかもしれない。実際に前の生ではそうだったと、僕のずるい心が現状を受け入れようとする。

「リアム様！」

虚しさと悲しさで胸がいっぱいになるが、それを打ち消すようにわざと明るい声でリアム様のところに駆け出した。僕はドアの前で待機しているリアム様に抱きついた。

「えっ、シリル様⁉」

それを見た侍女が慌てる。そりゃそうだろう、夫が初夜に一番の家臣に自分の妻を捧げたのだから。抱きついた僕を、驚きながらしっかり受け止めたリアム様。その顔がとても優しくて、安心した。

「そんなに不安だったのですか？　大丈夫ですよ」

「リアム様が初夜のお相手をしてくれるのですか？　殿下はアシュリー様と番《つがい》になられたのでしょう？　だから僕をリアム様に下賜《かし》したのですよね」

感情を殺して、リアム様の胸に顔をうずめる。

大丈夫……この人は過去に一度は好きになった人。

だから受け入れられると自分に言い聞かせた。殿下の香りのほうが好みだけど、リアム様の香りが嫌いなわけじゃない。

「えっ……？　シリル様、いったい何をおっしゃっておられるのですか……？　これから殿下が来られます。そのようなこと決して殿下に聞かれてはなりません」

戸惑うリアム様が、僕を引き離そうとした。

「えっ、どうして……？　だって、殿下は今アシュリー様と発情期をお過ごしなのでしょう」

リアム様だって、殿下がアシュリーのもとに行ったのは見ていたはず……だよね？

「いったい誰が、そのようなことを？　先ほどの騒ぎの処理で準備が遅れているだけです。シリル様が不安になっているかもしれないから、安心して待つように知らせよと殿下はおっしゃって、私はそれを伝えに来たのです」

僕の肩を掴んで、必死に説明するリアム様を見上げた。

「どういう……こと？」

「シリル様、お離しください。殿下にこんな場面を見られたら大変なことになります」

もしかして僕が発情していないから、リアム様は僕を抱かず番《つがい》にしないということ？　前の生でリアム様がこの部屋を訪ねてきた時、僕が発情していて彼がラットを起こした。しかし、今は二人共興奮していない。

「殿下は今夜ここに来るのですか？」

「ご結婚したのですから、当然です」

リアム様から身体を離し、僕は一体どういうことかと考えを巡らす。

アシュリーを正式に迎え入れる準備が整っていないから、それまでの繋ぎとして殿下は僕を王家に留めたいのかもしれない。だからこそ、初夜に妻のところに訪問したという事実は残したい。

そう判断し、自分を落ち着かせる。

「そういうことですか……。でしたら一緒に殿下をお待ちしましょう。そして殿下が訪問を終えたら、リアム様と一緒に過ごせばいいですよね」

「シリル様!? な、何か誤解をなさっておりませんか？」

誤解なんてしていない。

僕はこれから、最後の失恋をする。これまでも散々辛い想いをして、殿下を諦めてきた。最後に、たとえ仮初《かりそめ》でも愛する人の花嫁を経験できたことだけが、僕の中での唯一の救いだと思うことにする。

殿下を好きな気持ちは、きっとこれからも変わらない。だけど、それを誰かに見せるつもりはもうない。この恋心は一生この胸に抱えていくけれど、愛していない人の番《つがい》になって、殿下を心から安心させてあげる。

「大丈夫ですよ。さあ、お部屋にお入りください」

「妃殿下の部屋に入ることまでは許されておりません」

リアム様は慌てた様子でいる。殿下をいつまでもかばわなくていいのにと、僕は少し苛立ってしまう。

「妃殿下なんて言わないで。どうせ形だけなのですから」

そんな押し問答をしていると、そこに殿下が現れた。この状況に困惑していた侍女はさっとお辞儀をして部屋から出て行く。

「シリル。遅くなってしまってすまない」

殿下はすでに夜着を着用し、髪が濡れている。おそらくアシュリーとの情事がいったん落ち着いたのだろう。

「いえ殿下、大丈夫です。僕のところはこれでもういいので、アシュリー様のところにお戻りください」

アシュリーの香りはしないので、少しだけ冷静になれた。アシュリーのヒートの香りを嗅いだら、僕はまた嫉妬に狂ってしまったかもしれない。

そんな僕の心情なんて知りもしない殿下は怪訝《けげん》な表情を浮かべた。

「はっ？　何を言っている」

「番《つがい》になったばかりで離れたら、アシュリー様がかわいそうです。僕にはリアム様がいますから、心配しなくて大丈夫です」

この状況を受け入れていると殿下に伝え、安心してもらうことこそ、今の僕の役目だ。

「リアムが……なんだって？」

「僕の初夜の相手をリアム様にお願いしたのですよね？　お気遣いありがとうございます。殿下、念願のアシュリー様との番《つがい》契約おめでとうございます」

僕は心を閉ざして微笑み、殿下にお祝いの言葉を述べた。しかし、殿下はひたすら困惑していた。

「な……にを、言っている」

「もう秘密になさらなくて大丈夫です。僕は殿下の味方ですから。それにリアム様に下賜《かし》してくださり感謝いたします」

そう言うと、殿下は呆然《ぼうぜん》とする。なぜだろう、自分で下賜《かし》したというのに。

「シリル様！　すべてシリル様の誤解です。シリル様を、自分の妻を下賜《かし》など、殿下はなさっておられません」

「えっ、どういうこと？」

かなり焦った様子で告げるリアム様に、僕は尋ねる。この状況を理解できていないし、殿下は心ここにあらずといった感じだ。

「まさかアシュリーが殿下の番《つがい》になると誤解しておられたのですか？　お二人の誤解は解けたのではなかったのですか⁉　殿下！　しっかりなさってください」

「あ、ああ……。……リアム、悪かったな。……もう下がっていい」

リアム様の言葉に、殿下は我に返ったように返事をした。

「では、失礼いたします」

「え！　リアム様、どこ行くの？」

リアム様は僕に申し訳なさそうに、少し辛そうな顔で出ていった。

王太子妃の部屋でついに殿下と二人きりになる。

しかし、これは待ち望んだ状況ではない。

「まさか、結婚したその日にほかの男と番《つがい》に、と言われるとは……な」

殿下はそう言って、僕の手を掴む。そして、乱暴にベッドまで連れて行く。

僕の断罪がこれから始まるのだろうか。殿下の雰囲気が、前の生で僕の命を削るあの行為をする前の感じに似ている。

「で、殿下？」

ベッドに仰向けに倒され、殿下が覆いかぶさってくる。見上げると、殿下は今までしたことのない激しいキスをしてきた。

「えっ、んんん」

殿下の舌が器用に僕の舌を追いかけてくる。息継ぎがうまくできず、息苦しくて逃げようとするけれど、上から押さえられて身動きが取れない。歯列を舐めつくされ、舌を絡められる。

唇が少し離れた瞬間、慌てて息を吸い込む。

「ぷはっ、はっ、何？　殿下、どうしてこんなことを！」

「お前の伴侶《はんりょ》は私だ」

殿下はキスを再開し、僕の夜着を脱がせる。そして素肌が丸見えになった胸を触り始めた。

「あっ、あっ、嫌」

「身体は清いと証明されている。リアムにはどこまで許した？」

「えっ、許すって何を？　殿下、どいてください」

両方の胸にある頂《いただき》を二つ同時に殿下がきつく指で握ってくる。

「あっ、痛い」

「リアムと口づけはしたのか？」

今度は口の中に指を入れてきた。ぴちゃっ、くちゅっ、僕の口内から水音がする。

口の中を指でグチュグチュっと掻き回されて苦しい……殿下は一体どうしたの？　上顎を擦られると、身震いしてしまう。

「んん!?　はぁんっ、しておりません！　や、やめてください！」

「そうか……では、身体ではなく心を捧げたか」

心を……そんなもの、殿下にしか捧げたことはなかった！

殿下だけを想って生きてきたのに、諦めてアシュリーのことを認めたのに！　悔しくて、悲しくて、言葉が出ない。僕は自分の気持ちを無理やり抑えてこの日を迎えたんだ。

罪を擦《なす》り付けて、それを表向きの離縁の理由にするつもり？　僕のことを信用していないにしても、ここまでの言いがかりをつけられたことが悲しかった。

「否定しないのか？」

「何もしておりません。僕は潔白です」

殿下に冷めた目を向けられ、また唇を奪われる。リアム様との関係を疑われ、責められるなんて、心が限界を迎えてしまう。いくら否定したところで殿下の僕を見る目は変わらず、信用しないまま。

殿下の手が僕の肌をすぅっと触り、下に移った。

「ふっ、あぅ、そこは！」

「ふっ、少し触るだけで兆しているな」

僕の身体は、初めての発情期や結ばれたと勘違いした時、彼のフェロモンを覚えてしまった。怒りに任せた行為だとしても、それらの経験から殿下とのキスだけで、十分感じてしまう。

「や、やめて。触らないで……」

――心が伴っていない状態で、身体だけの快楽を引き出される。

この断罪の日を逃れようと、僕がどれだけ必死に抗《あらが》っても結局は同じ時を刻んでしまう。

「殿下……もうおやめください。ああっ！」

殿下は僕を戒めながら、手を動かす。ヒートを迎えてから、快楽に忠実なこの身体は堪え性がなく、殿下の手で達してしまった。

「ううっ、ひっ、ごめんなさいっ。殿下の手を汚してしまいました。ひっく、申し訳ありません」

「何を謝る？　シリルは私のしていることを咎めるのか？」

殿下は怒りながら、官能的な手つきで触れてくる。強いアルファの香りに酔い、頭では拒否しているにもかかわらず身体は快楽を認めてしまう。

「ひっ、僕は殿下のなさることに口を出すつもりはございません！　どうかもう、お許しください……ひっ、あんっ」

涙を流して謝ったところで、殿下はいまだ怖い顔で怒りをぶつけてくる。

「許すとは何を？　シリルは私に何を許されたい？」

「ん、うわぁ、え？」

両足をパカッと広げられ、殿下にすべてをさらけ出す格好になる。

羞恥《しゅうち》と疑問でいっぱいいっぱいになってしまう中、殿下に小さな蕾《つぼみ》をそっと触れられた。その途端身体が一気に震え出す。

しかし殿下はそんな僕に構わず、小さな入れ物を開いてトロッとする液体のようなものを指ですくう。そして、僕の蕾《つぼみ》に押し入れた。

「優しくするから、すべて私に任せて」

殿下の声が急に優しくなる。

「待って、待ってください。そんなところに何を入れて！　な、何をなさるおつもりですか⁉」

「ここを使って交わるという話は知っているだろう。まずは解そうと思って、滑りをよくするためにこの薬を入れるところだ。そんなに怯えずとも時間をかけてゆっくり行うから大丈夫だ」

理解が追いつかない。

なんで僕と殿下が繋がるの？　今したって僕は発情してないから妊娠さえしない。それに、アシュリーと番《つがい》になったのなら、僕との子どもだってもはや要らないはず。好きな人に無理やり身体だけ奪われるなんて辛いだけ。

「殿下、おやめください。発情期ではないので、子を授かることはできません。今はそういうことをする必要がないのです」

「今日は初夜だぞ。何も交わるとは、子を作るだけの行為ではない。愛をお互いに身体と心で伝え合う尊い行為だ。シリルはそんなところまで純粋なのか、可愛いな」

先ほどまでの怒りは少し和《やわ》らいだのか、殿下が笑った。まるで愛おしい相手を見るような顔を僕に向け、唇を奪われるが、すぐに言葉を返す。

「だからこそです！　僕と殿下は、そのような感情は持ち合わせていないではありませんか！　お飾りの王太子妃の義務として、殿下が望むならお子を産みます。ですが、こういう行為はその時の一度でいいはずです」

ここには二人しかいないし、僕と結婚してゼバン公爵家の後ろ盾は確実なものとなった。それに、子を産む時には身体を捧げて裏切らないと約束した。

結婚前なら僕を逃さないために殿下はいくらでも演技しただろうけど、これ以上続ける必要はない。

「……お飾りだと？　まさかお前は私を愛していないと言うのか……そんな」

殿下は、驚きの表情と共に僕の言葉を理解できないという顔をする。少しすると、今度は絶望するかのようなそんな悲しい顔をした。

いったいどうしてそんな表情を見せるの？

僕からの愛が、当たり前にそこに存在していることを疑っていなかったように見える。殿下の今の顔は演技には見えないし、僕のほうが悪いことをしたみたいに思えてしまう。でも……

「愛している」なんて言えるわけがない。

かつて愛した人。だけど、絶対に愛してはいけない人だと回帰を遂げて理解している。だからこの心をずっとしまってきた。今更それを元には戻せない。

それなのに、どうしてまだ僕を愛している演技をするの？　愛されていなくても殿下を責めたり、結婚初夜に騒ぎ立てたりしないのに。

「……愛してなどおりません。恐れ多くも恋人、いえ、番《つがい》のいる殿下をそういうふうには見られません。もちろん殿下の愛は望みませんので、ご安心ください」

「私に番《つがい》がいるとは、いったいどういうことだ。シリル……何かおかしい。私は散々愛を語ってきたし、シリルもそれに答えていただろう」

殿下が不安そうな表情を浮かべた。

アルファの強い圧を感じて身体が震えてしまうが、殿下の目をまっすぐに見て告げる。

「殿下、もうアシュリー様のところへ行ってあげてください。アシュリー様とお幸せになってください。あとは都合のいい時期《とき》に僕と離縁してくだされば――」

「シリル！」

大きな声で言葉を遮られた。

殿下に身体を起こされ、向かい合って座る。僕は裸、殿下は夜着という心もとない恰好のまま。

「シリル！　よく聞け。お前はすべてを誤解している」

怖い、なんで？　すごい剣幕で殿下が怒っている。

すべてって何？

「えっ？　だ、だって、アシュリー様と番《つがい》契約するために、あえて結婚式でヒートを起こさせたんですよね？」

「それで誤解したのか？　第一、アシュリーとは番《つがい》にはなっていない。アシュリーは王家から発情誘発剤を盗んだ。愛のない結婚において使用するものらしいが、私たちにそれは必要ないだろう。それをあいつは勝手に自分に使ったんだ」

「……え」

な、何、何、何を言っているの？　アシュリーを番《つがい》にしていない？　前の生では番《つがい》になっていたはずなのにどうして？

断罪回避のために奮闘してきただけに、こんな結果が待っているとは夢にも思わず、自分が信じてきた道がわからなくなる。

「勘違いしているようだから言うが、今頃は騎士団の宿舎で私の選んだ騎士たちと楽しく交わっている」

「えっ」

「勝手に発情薬を使用して、王族の大事な場を乱したんだ。極刑に処すことになるだろうが、その前に興奮状態で手がつけられない状態だ。市井《しせい》に放り出す案もあったが、不特定多数に犯されては刑に処す前に廃人になる可能性もある。だから、信頼のおける騎士たちに任せた」

え、どういうこと？　頭の中は疑問だらけで、言葉を返せない。どうして僕が前の生で受けた罰をアシュリーが？

しかし、殿下はそんな僕を気にする様子もなく、続けた。

「しかし、それほど凶悪な薬だったとは本当に驚きだよ。王家の秘薬というからには、しっかりと守られているはずなのに、どうやって手に入れたんだろうか？」

「な、んで……？」

アシュリーに後宮から薬を受け取るようにと、殿下が言ったんじゃないの？

殿下にとって前の生での僕は憎い相手だったけど、アシュリーは愛している人でしょ。それなのにどうしてそんなひどい仕打ちができるの？

「これで私への誤解は解けたか？」

僕が呆然《ぼうぜん》としている様子を受け入れたと誤解した殿下は、コトを進めるために自分の夜着の前を開く。すると、とてつもなく凶悪なモノが見えた。

無理だ!!　一日やそこらでは受け入れるのが困難とアシュリーに言われた殿下の宝刀。前の生での僕はすでに処女じゃなかったし、散々見慣れたモノだったけれど、この人生では初めて。

「殿下……無理です。そんなの、僕には無理です」

「泣かないで、シリル。大丈夫、優しくするから。シリルのすべてが欲しい。愛している」

殿下は僕の涙をぬぐって優しく言葉をかける。

「殿下は本当に、ひっく、ぼ、僕を愛しているのですか？　もし僕を想う気持ちがあるのなら、僕を貫かないです……そうですよね？　好きだって言ったのは嘘ですか？」

殿下が僕を好きだなんていまだに信じられるはずもなく、口調が弱々しくなってしまう。

「好きだから、愛しているからシリルに私の愛をたくさん入れるんだ。むしろ愛していなければ、できない行為だよ」

優しく甘い声で囁く。そして、僕のお尻に指を入れてひと混ぜするように縁《ふち》をなぞった。

「あぅんっ」

色っぽい声とその指の温もりに、僕のお尻がまた快楽を拾う。でも、これは嘘だ、嘘だ、嘘だと自分に何度も言い聞かせる。

「今言ったことが本当なら、殿下はアシュリー様を愛しているはずです。僕という婚約者がいてもアシュリー様を抱いたんですよね？　愛しているからアシュリー様と閨を共に――」

「閨を共に？　シリルは、いったい何を知ってい……る？」

殿下が驚いた顔をした。まさか、僕がアシュリーとのことを知っていると知らないの？

「と、とにかく、お許しください。僕のことはどうかそのままお飾りの王太子妃で」

「シリル、いい加減にしてくれ。私が愛しているのはシリルだけだ。確かにこの行為は愛がなくてもできるが、シリルのことは本気だ、信じてくれ」

そんな都合のいい話、信じられる人いる？　僕の頭はそんなにおめでたくない。

「信じられません！　愛がなければできないとか、愛がなくてもできるとか。僕だってバカじゃないんですから、殿下が僕を大切に思ってないことだけはわかります」

「シリルは何もわかっていない。……婚約中にお前を信じすぎた私が愚かだった。シリルなら何も言わずとも、私の忍耐をわかってくれていると、どうしてそんな高慢なことを思っていたのだろうな？」

「え？」

「私がアシュリーを好いているような態度を取ったことがあったか？　シリルをあんなに大切にしてきた私の愛を疑うのか？　シリルの発情期に耐えて……ずっとこの日を待っていた私に、残酷なことを言う。婚約者だからといって美化しすぎたようだ。すべては言葉が足りなかった私のせいだが、私の心を勝手に決めるな。お前以上に大切なものなんてこの世にない！」

アシュリーのこと好きじゃない？

好き同士ではなくて、アシュリーの一方的な片思い？

確かに僕が見た二人は、いつもアシュリーだけが笑っていた。

僕が信じて進んできた道は、どこかから間違っていたのだろうか。これまでの僕の行動は、二人が両思いということが大前提。もし殿下が僕を愛していたと言うのなら……それなら、僕はいったい今まで何を？　彼から愛されているなら、このまま……

それでも、何度も裏切られてきた心は、簡単に殿下を信じることができない。だってアシュリーは、抱かれるまで日数をかけて大切にされたと言っていたじゃないか！　殿下の口調が強くなって怖いけれど、僕だってここは一歩も引けない。

「だったら……僕を抱かないで」

「どうして？　私は今日まで耐えたのだ。それなのにどうしてシリルはそんなことを言う」

「だって、アシュリー様の時は抱くまで何日もかけたって。大切にしているなら、その場ですぐに入れないって。殿下がいきなり最後までするなら、僕は大切にされていないことの証明になります」

「そんな話、一体どこで？　なんでシリルがアシュリーのことを、そこまで知って……」

殿下は本気で僕がアシュリーとの関係に気がついていないと思っていた？　いや、そんなわけない。二人を応援して関係はわかっていますっていう雰囲気を出して、散々伝えていた。この期に及んで、身体の関係は知らないとでも思っていたのだろうか。

「公爵家に生まれただけで、僕だってアシュリー様と同じ、初めては好きな人にと願うただのオメガです。だから少しでもお心をいただけるなら、僕の身体はその時のために、守らせていただけませんか？」

「好きな人……。まさかリアムか？　私がお前をリアムに下賜《かし》したと思い込んでいたようだが、それが本音だったのか？」

「えっ」

僕の動揺と同時に、殿下が僕を離した。

リアム様の件は僕の勝手な勘違いだとわかったが、殿下が何か考え込んでいるので、その隙に急いでベッドを降りる。そして、よろけながらも必死にドアに駆けた。

「開けて！　お願い、誰か、ここを開けて！」

ドンドンとドアを叩く。

だが、ドアは固く閉ざされてびくともしない。

「妃殿下？」

誰かが僕の声に答えたけどそれだけで、いつの間にか殿下が背後にいた。

「扉は私の許可がないと開かない。初夜の警護のために護衛が見張っているから、シリルの声は彼らに届いているよ。……ここで続きをしたらシリルのいやらしい声、聞こえてしまうね」

ドアと殿下に挟まれ、耳元でそっと囁かれる。そして殿下はドアをコツンと叩くと、ドア越しに護衛に声をかけた。

「妻が少し取り乱しただけだ！　お前たちは引き続きそこをしっかり固めておけ」

「「はっ！」」

外から二人の男の声が聞こえた。僕の声には応じてくれなかったのに、殿下にはきちんと返事をした。

殿下は僕のうなじを舐めて、乳首を摘《つま》む。もう一つの手は後ろの孔《あな》に入れた。

「……殿下、おやめください」

「こんなにいやらしい香りを出して……。ここがぐちょぐちょのシリルは、彼らには見えないけど、声だけはしっかり届くよ。私に可愛がられて鳴いている声、聞かせたくてここに来たの？」

「んっ、ちがっ、んん」

声が漏れるのが恥ずかしくて、手で口を押さえる。身体に力が入らず、自然と殿下に寄りかかってしまう。

「じゃあ、ベッドに戻れるね？」

そう言われると同時に、後ろの指を抜かれた。

「あっ！　いやあぁっ」

その刺激で身体が震え、声が思った以上に大きく出てしまった。羞恥《しゅうち》と触られるままに感じてしまう自分の身体へのもどかしさに、涙を流す。殿下に抱きかかえられると、またもやベッドの上に戻ってしまった。

「ひ、一つだけ教えてください……僕はこのあとどうなるのですか？」

「どうなるも何も皆の前で神に誓ったとおりだ。私の妻で番《つがい》になるのもシリルだけ。二人で世継ぎを作り、お互いに唯一無二の存在として命が終わるまで離れない」

だめだ、殿下の言っている意味がわからない。これまでの殿下の行動とまったく辻褄《つじつま》が合わない。どうして今そんな言葉を？

「あと先ほどの話だけど、初めてを好きな人とって言ったね。それが私以外だったらどういうことになるかわかるね。シリルの裏切りは、公爵家が王家を裏切ったということになる」

「ちがっ、違います。違うんです、違くて、僕はただ」

殿下が僕の上にまたがって、怖い顔で笑う……いや、これは怒っている？

「何が違うの？　シリルは私という婚約者がいながら、今までの私の言葉を信じずに、勝手にシリル以外の想い人がいる私を作り上げた。そして家臣に下賜《かし》すると決めつけ、ほかの男と番《つがい》になることを受け入れていた。初夜でそれを聞かされる夫の気持ちをどう思う？」

殿下の言葉だけ聞くと、本当にひどい婚約者だと思う。僕の行動は殿下を裏切る行為に見えなくもない。

だけど、僕は前の生で殿下のしたことを知っている。それは今の殿下には関係ないことだけど、こんな話は誰にもできない。

「言い訳を考えられないみたいだね。いいよ、見逃してあげる。その代わり身体は私に差し出してくれるね」

「……っ」

僕はまだ誰かの番《つがい》ではないから、おそらく死ぬことはないはず。

貴族だから家のために嫁ぐことくらい義務として受け入れていたし、殿下と閨を共にするのは初めから計画の上だった。

……殿下の怒りのままに身体を貫かれて傷つく程度だ。少し我慢すれば、この時間は終わる。

「シリルが考えている策略など存在しない。何がどうしてそうなったのか、あとでじっくり聞く。だが、私が愛する者はシリルだけで、シリルが愛するのも私だけだ。生まれ変わってもまたお前を捜して愛する。これだけが真実だ」

殿下は僕を見下ろしながら、真剣な顔をする。

「愛している、シリル。一生あなただけだ」

殿下は悲しそうな表情でそう僕に言った。

とても愛の告白をするような顔ではない。僕が彼をこんなに悲しませているのだろうか。一度目の人生からずっと待っていた言葉を初夜で言ってもらえているのに。

怒りのままに一気に貫かれる……と思いきや、優しく触れて僕の熱情を引き出していく。抵抗がなくなると今度は足の間に殿下が顔を埋めて、手と口で僕を貪りはじめる。あろうことか後ろの孔をぴちゃぴちゃと舐めている。

「あ、そんなところ、や、やめて、ください」

そんなところ、当たり前だけど誰にも舐められたことなんてない。殿下は舌と指でこじ開ける。

「抵抗するのか」

怖い声で尋ねられたら、もう否定なんてできず、ひたすら耐えるしかない。

「……っく、ああ」

「綺麗だ。可愛いよ、シリル。とても甘い」

「あ、はぁ、あ、あああ！」

殿下の言葉と僕を惑わす数々のいやらしい行為で、僕の前も後ろもしっとりと濡れてしまう。中からずっと蜜が垂れてくるのが自分でもわかる。

その溢れる蜜を殿下は吸う。

「ふっ、んんん、あんっ」

思考が停止し、すでに何も考えられなかった。

僕の無言を受け入れたと思ったのか、殿下の愛撫は一層深くなっていく。

そうして、どれくらいの時間が流れたのだろう。殿下は宣言通り深いキスと愛撫を交え、ゆっくり後ろを解していった。

「あっ、あっ、いやいや、いやぁ！」

「シリル、愛している、愛している。たとえシリルが私を愛してくれなくても！」

いまだ繋がっていないのが不思議なくらいに殿下は僕を昂《たかぶ》らせる。

後ろの孔には殿下の指が三本入っていて、殿下がこじ開けるのを待っているかのように、自分の身体がだんだんと開花し始めた。

「あっぁ、いっちゃう、いっちゃうよぅ」

「何度でも、と言いたいが、さすがに身が持たないだろう。そろそろ挿《い》れようか」

「んっ、ん、ん」

「これだけ解せば大丈夫だよ。処女だから最初は少し痛いかもしれないけど、必ず気持ちよくさせてあげる。愛している……シリル」

殿下が僕の両太ももをしっかりと持つ。

「はぁんっ、はっ、こわいっ」

ついに断罪の時が来た。怖くて、思わず手で顔を隠す。

「シリル、その手を退けて、こっちを見て。初めて繋がる時は私を見ていてほしい。見ないと優しくできないかもしれない」

僕はそっと視線を向けると、そこには高揚する肉食獣のような殿下の青い瞳がある。僕を求める熱さえ感じる。

――その眼差しは、前の生でも見た気がした。だけど思い出せない。心がなぜか苦しい。どうしてだろう……

「愛している、挿《い》れるぞ」

宙に浮いた僕の手を殿下が握る。

「ああっ」

殿下がゆっくりと僕の中に挿入《はい》ってくる。

「あ、あ、あ、あ、痛いっ、あっ」

「大丈夫、あと少し」

絶対無理というように身体が拒み、目からは涙が溢れて止まらない。思わず目をつむろうとすると、殿下に瞼を舐められ、開けろと催促される。

痛みでくらんだその時。

「ふあぁ!?」

「ふっ、いいところにあたったね」

軋《きし》みながら進む先、どこかにかすったソレがたまらない快感を引き出した。萎《しぼ》んでいた僕の小さな男根が再び顔を上げる。

「まだ全部じゃないけど、シリルはきちんと快感を拾っている。ああ、気持ちいいよ」

「あっ、ああ、や、あ」

「もう少しだ」

まだなの？　まだ収まらないの？

拷問のような痛みと快楽が交代にやってくる。

「ひっ、うう、ひっ、あんッ」

殿下にキスをされ、唇の中に快感が広がっていく。キスの時に目を閉じるのは許されているようで、それなら最後までずっとキスをしてほしい。

そう思って唇が離れそうになった瞬間、自分から殿下の首に手を巻きつけてキスを強請《ねだ》る。

「シリル……っく、煽ったな、もういくよ」

「あああっっっ」

グポッと、すべてが収まった。同時に、自分と殿下のお腹に白濁を吐き出す。

「挿入《はい》った途端？　これで終わりじゃない、動くぞ」

殿下はゆっくりと少しずつ腰を揺らす。

「え、あ、あっ、んん、はっ、あっ」

殿下の動きに身体が不安定になり、自然と身体を強く引き寄せて思いっきり密着した。僕の喘《あえ》ぎ声と殿下の出す吐息が響く。

「シリル、シリルっ、一生大事にする、愛している！」

「あっ、ああ、あああッ」

だんだんと動きが激しくなり、僕自身の身体が揺れる。何度も僕だけが白濁をまき散らしていた。

「あっ、出る、殿下っ、出てる、からぁ」

「あああ、私も。シリルの中に、くっ」

欲望を僕の中に吐き出した瞬間の声が耳に直接入ってきたことで、僕の身体はピクピク震えた。

殿下が強く僕を抱きしめる。

「はっ、うぅ、あああァ！」

そこから殿下の精液が入り込む。アルファの吐精は長いので、しばらくこのままの状態。吐き出されている最中、ずっと身体も心もふわふわとしていた。

「シリル、愛している……」

今回も、結局、僕の意志で初めてを捧げることはできなかった。あんなに好きだった人に抱かれたのに、それなのに……どうしてこの心はこんなに苦しいんだろう。

僕は殿下を感じながら、瞼を閉じた。


数日後。

結婚から七日間は愛を誓う期間と決まっているらしく、王太子も王太子妃も一切の公務がなく、初夜からずっと殿下と一緒に過ごしていた。

王太子と王太子妃の部屋は内扉で繋がっており、二つの部屋のベッドを交互に使っている。

「う……ん、殿下？」

「あぁ、シリル。起きたのか？　先ほどやっと寝ついたんだ、もう少し休むといい」

「ん……」

殿下の腕枕で眠っていたようだった。

殿下は腕枕をしている反対の手で、僕のお腹から胸をさすっている。初夜の激しさが嘘かのように、あれから殿下は穏やかに僕を求めていた。

「おやすみ、シリル」

殿下は僕の頬《ほほ》にキスをする。

「んん」

僕は寝ぼけながら殿下の首元に鼻を寄せ、香りを嗅ぐ。耳元で「可愛い」と言う殿下の声が聞こえる。そして僕はまた殿下の胸に包まれ抱きこまれた。

この数日、殿下以外の人に会っていない。

食事はドアの前に置かれ、行為によって一人では歩けないくらいに疲弊してしまう僕のために、風呂やトイレなどのすべての世話を殿下がしてくれていた。

そんなこと殿下にさせられないし、恥ずかしいから侍女を呼んでほしいと言っても、聞いてはもらえない。たとえ侍女だろうと、オメガだろうと、色気のある状態の僕を見せられないと言う。

そうして二人だけの空間で何度も交わった。

毎回力尽きるまで行為は続き、眠りに落ち、寝ている間でさえ離してもらえず、終始くっついていた。

目を覚ますと、殿下がいる。

目が合うと、殿下は誘うような瞳を向け、キスが始まる。すると、たちまち僕の後ろが熱を持ち始め、小さな乳首がツンと立ち上がる。そして、僕の男根はむくむくと反応する。

すっかり快楽に慣れてしまったオメガの身体が悩ましい。

そんな日々を過ごし、僕は不思議な感覚に包まれていた。

ふと目覚めた時、自然と目が殿下を捜してしまうのだ。自分が自分じゃなくなり、常にアルファの熱を求める。まるで雛鳥が親鳥を求めるように、本能が殿下を求め続けていた。

そんなことを考えていると、殿下がポツリとつぶやく。

「シリル、なんて顔をしているの。そんな顔は夫である私にしか見せないでね」

「……どんな、顔ですか？」

「安心しきった顔……かな。そんなシリルの表情は初めて見た。ここが自分の居場所だってこと、やっと自覚してくれた？」

殿下の言葉に恥ずかしくなって目を逸らす。初夜から求められ続け、まるで本物の妻になったような感覚に酔いしれてしまう。

「どうでしょうか、自分じゃよくわかりません」

この穏やかな時間は期限付き。新婚の隔離期間が終われば、僕はお飾りの妃殿下となり、殿下と妃殿下の部屋を繋ぐ扉は固く閉ざされるだろう。

だから今だけとはいえ、こんなに優しくしないでほしい。殿下なしじゃ生きられない僕になってしまったら、これから先どうすればいいのかわからない。

殿下を信じきれない今、こんな快楽に浸かりきった日々に戸惑う。

「口づけを、して」

「えっ？」

「起きているシリルから、口づけをもらいたい」

なぜ？　なぜ僕からしないといけないの。殿下は手を伸ばし、僕の顎を掴む。

「……お許しください」

「だめ、許さない。妻なら夫に応じてくれないと」

殿下にまっすぐに見つめられる。

今しないと、また怒らせてしまうかもしれない。初夜の怖い殿下を思い出して身震いする。ここ数日せっかく殿下の雰囲気が穏やかになったのに、自らその空気を壊す勇気はない。

すべて殿下からの行動だったけどキス以上のことをしてきたと、意を決して少し起き上がる。見下ろす状態になると、殿下の手が僕の顎から首元に移動し、下から身体を引き寄せられた。

唇を目指してゆっくりと顔を近づける。そして軽く触れた瞬間。

「んんん！」

殿下にぐっと引き寄せられ、これでもかというくらい唇が密着する。

「動いて、口を開けて。私の舌を舐めて」

「ん……」

「ふっ、そう、いいね」

――そのキスを皮切りに、また淫《みだ》らな行為が始まった。

これまでで一番殿下と一緒にいる時間が長いのに、一番会話らしい会話をしていない。行為について気持ち良さを話すだけ。

結婚式からの殿下の行動を何一つ理解できない。それでも、これから側室を持てるようになるまでの数年間、性欲を発散する相手として僕を抱き続ける。

身体は開いているけれど、心までは明け渡さない。もう二度と信じない。

そうしないと、僕の心が壊れてしまうから。

そんな隔離期間がようやく終わりを告げた。

第七章　殿下の真実

殿下と二人きりの生活からやっと解放されたあと、改めて殿下と共に両陛下へ挨拶に伺う。

謁見の間ではなく、王宮内にある王妃陛下のサロンに案内された。

そこは生花や植物に囲まれた優しい雰囲気の部屋だった。

王妃陛下のサロンなのだから豪華絢爛なのかと思いきや、目に見えて輝かしい調度品はない。しかしよく見ると、匠《たくみ》の技だと思えるような繊細な模様が刻まれた品の良い家具が配置されている。

両陛下は、すでにお茶をしてくつろいでいた。穏やかに笑い合い、とても仲睦まじい様子が伝わってくる。

殿下と同じ金髪と青い瞳のディートリッヒ・ザインガルド国王陛下は、殿下が年を重ねたらこうなるのだろうという見た目をしている。

陛下の隣には、噂通りのとても美しい男性オメガ、シン・ザインガルド王妃陛下がいる。身分の低い男爵家に生まれた彼は国王陛下との大恋愛の末、爵位の高い家の養子となり、無事に二人は結ばれた……という話を聞いたことがある。

赤茶色の長い髪の毛を一つに束ね、緑の透き通る瞳は美しく、一般的なオメガよりも背が高くすらっとしていてカッコいい。

殿下と親子には見えないくらい、王妃陛下は美しく若々しかった。

婚約が決まった時に両家の集まりで会ったがそれきりで、晩餐会や公の場で見たことも個人的に言葉を交わしたことはなかった。貴族社会には滅多に姿を見せないという、謎めいたお方だ。

「シリル、王宮には慣れた？　といってもまだ二人の私室でしか過ごしてないよね。これからは俺たちに家族として接してほしい。さあ座って」

ここは王宮でも信頼のおける人しか出入りしないらしく、王妃陛下は微笑みながら話しかける。

「王妃陛下、ありがとうございます」

僕と殿下は両陛下の向かいに座る。すかさず僕たちの前に香りのいいお茶が置かれた。

「そんな堅苦しくしなくていいよ。俺はこんなだしね。母と呼んでほしい」

「わ、わかりました。では、こちらの席ではお義母様と呼ばせていただきます」

それを聞いた王妃陛下は、楽しそうに笑った。

「こちらの席ではって、ははっ。いつでも俺はもうシリルの母だよ」

王妃陛下の気さくさに驚いていると、普段の厳しい雰囲気からは想像がつかないくらい優しく国王陛下が微笑んでいた。国王陛下が王妃陛下を見る目は溺愛するアルファそのもので、本当に愛しているんだなというのが、わかりやすく伝わってくる。

「私のことも陛下ではなく、父と呼んでくれ。改めてシリル、フランディルの嫁になってくれてありがとう。可愛いオメガの息子ができてうれしく思うよ」

「ありがとうございます。それではお義父様、わからないことも多くご迷惑をおかけしてしまうかもしれませんが、少しの間よろしくお願いいたします」

「少しの間？」

国王陛下が尋ねてくる。

あっ、これは僕と殿下だけの話だったのか。陛下はどこまで知っているのだろう。

「いえ、何でもありません。よろしくお願いいたします」

「シリル、フランディルに不満があるなら、遠慮なくこの父に言うといい」

今更そんなふうに僕の味方気取りされても何も響かない。

「不満などございません。僕にはもったいないお方です」

「そうか。フランディル、シリルをしっかり支えるように」

国王陛下は僕の答えに納得したのか、殿下にそう言った。

「もちろんです」

殿下は即答する。

家族だけの席だからか、殿下の柔らかい雰囲気は続いていた。公の場でしか両陛下と一緒にいるところを見たことがなかったけれど、親子だし、プライベートの場で印象が違うのは当たり前か。

その中に僕がいるのはいまだに不思議だけど、すぐお役ごめんになるだろう。今は猫を被って過ごすしかない。

「さてシリル、午後は王太子妃としての過ごし方を教えよう。夕飯時まではフランディルとお別れだよ」

「はい！」

やっと殿下と離れられると笑顔で王妃陛下に返事をしたら、殿下がボソッと囁いてきた。

「シリルは私と離れるのが辛くないのか？　あんなにずっと一緒にいたのに」

「えっ」

驚いて横を向くと、若干怒っているように見えた。僕はまた何かやらかした？

「母上、シリルはまだこちらに慣れていません。ですから、しばらくは王太子妃の仕事はせず、私の側にいてもらおうと思っています」

「お前はバカか！　アルファにずっと執着した目で見続けられるシリルの身にもなれ。まだ親元にいたかっただろうに、仲の良い家族と引き離されたんだ。せめて日中くらいはシリルの拠《よ》り所になるように、公務中は俺と一緒に過ごさせるからな。これは命令だ」

うわっ！　びっくりした。こんなに綺麗で強いオメガ初めて見た。アルファの殿下にバカって言った。王妃陛下はなんというか……ワイルドだ。かっこいい。

それに、王宮で殿下と離れる時間を作ってくださるなんて天使だ！

「母上は横暴です」

殿下が子どもみたいに駄々をこねる。まあ、王妃陛下の子どもなんだけど。

僕の前では完璧な人だったから、親の前では年相応なんだと意外な一面が見えた。

「フランディル、諦めるんだ。我が家ではシンの言うことは絶対だ。お前に嫁ができたとしてもそれは変わらない。シリルも覚えておくといい。シンは我が家の宝、王家はシンを中心に回っている」

「は、はい！」

国王陛下はどうやら王妃陛下の味方らしい。

少しの歓談のあと、王妃陛下の言う通りに一緒に席を外した。

殿下は物ほしそうに僕を見ると、抱きしめてキスをしてきた。固まってしまったら、それ以降もしつこくキスをされ、王妃陛下が力技で引き離してくれた。

王妃陛下の執務室に通されて、テーブルを挟んで座るとお茶が出てきた。

「まったくフランディルは困ったものだね。やっと初恋が実ったからか、タガが外れたみたいだ」

初恋とはいったい……？　そう言えば心証がいいから、家族には僕に初恋をしたとでも話したのだろう。

「……すみません」

「シリルが謝ることではない。息子が無理をさせたね。身体は大丈夫？　辛いならまだ公務はせずに、この部屋で日中は休んでいいんだよ」

「そ、それは……大丈夫です」

オメガの大先輩でもある王妃陛下に心配されて、赤面してしまう。ハッキリとは言わないけれど、婚儀期間が終了した今、殿下との行為のことだとわかるから。

殿下は初めこそ強引に奪ったけれど、かなり時間をかけてくれた。そのあとは僕の身体が慣れて、気持ちよさしか感じなかったし、殿下はずっと優しかった……

ああ、思い出してまた恥ずかしくなった。前の生ではあんなことをして僕の命を奪った殿下なのに、身体を交えてしまえば不思議と嫌悪感がない。

「ふふ、フィオナからシリルのことを聞いていたから、心配していたけれど、大丈夫かな？」

「フィーから……、あっ、申し訳ありません。フィオナ殿ですか？」

しまった！　フィーは僕の大切な人だけど、王妃陛下の友人だ。愛称で呼んだ僕に、王妃陛下は驚いた顔をしていた。

「フィーって呼んでるのか、可愛いなぁ。俺に気を遣うことはない。それに今後もフィオナとは会えるよ。俺がよくここに呼んでいるから。これからはシリルも来るといい」

「うれしいです。ありがとうございます！」

王妃陛下はにっこりと笑った。本当にこの方は今までの印象とはまるで違う。勝手に親近感が湧き、王宮に来てから初めて心から安心した気がした。

「やっと笑ったね。これまで緊張していた？　もうここが君の家だよ。そんなに張りつめることはない」

そうか。僕は久し振りに心から笑った。フィーに会えると聞いて、とてもうれしかったから。

「ところで、フランディルとはどう？」

「あの、どういう意味でしょうか」

「新婚の割には、浮かれているのはうちのバカ息子だけみたいに見えたから」

バカ息子って。さすが王妃陛下、あんな完璧な王子様をバカ息子呼ばわりするなんて。

「殿下、浮かれて……いましたか？」

「ああ、あんなフランディルは初めて見た。やっと大好きだったシリルと結婚できたからね。親ながら、あれを見ているのは恥ずかしいけど、うれしいよ。……でもシリルは、そうでもないみたいだな？」

「あっ、申し訳ありません」

王妃陛下は僕たちの事情をご存じなのだろうか？

「いや、違うよ。恋愛なんて温度差があるのは仕方ない。だけど、シリルはきちんとあの子を受け入れてここにいる？」

「僕は役目を果たすつもりです。殿下から離縁されるまでは、王太子妃の仕事を精一杯努めます」

これは恋愛ではなく、ただの政略結婚。根本的に王妃陛下の解釈は間違っている。

「はは、シリルは真面目だね。さすがゼバン家だ。でもそうじゃない。オメガは好きな人にしか尽くせないんだよ。だから義務感からなら、そんなことをする必要はないよ」

「え？」

貴族なのに？　義務がすべてなのに？

「俺はディー、この国の王を男として愛している。だから彼の国の助けになりたくて市井《しせい》を見て、ディーの役に立つことを探しているだけ」

……ディー？　そうか、陛下たちは愛称で呼ぶ関係なのか。二人を見ていたらわかる。王妃陛下は愛されているし、王妃陛下も国王陛下を愛している。

僕たちとはまるで違う。

「王妃陛下のお仕事の姿勢はすごいです。それは国王陛下への愛だったんですね」

裏切られた心が元に戻らず、婚約時代と変わりなく殿下と接している。だけど、閨を共にするのは嫌じゃないし、オメガという身体がアルファを求めて感じてしまうのも隠せない。

それでもいつ断罪が始まるのかと、ずっと怯えている。

「こらこら、お義母さんだろう。ディーのことも、陛下じゃなくてお義父様ね。そう言わないと彼はふてくされるから。他人行儀な呼び方はやめなさい」

そう言って王妃陛下は僕の頭を軽く撫でる。

「はい、お義母様」

なんて優しい方なのだろう、僕は親の愛情に飢《う》えているみたい。お義母様との接触で、それを深く感じた。

「これ以上、二人のことをとやかく聞くべきではないね。でもシリル、覚えておいて。俺は君と同じ、王族へ嫁入りしたオメガだ。だからアルファのことで悩んだら俺に相談して。フランディルには言わないから。可愛い義理息子の味方だ」

「お義母様、ありがとうございます」

それから王妃陛下と一緒に過ごしたあと、両陛下との夕食を終えた。

そして、殿下のエスコートを受け王太子妃の部屋の前に着く。

「殿下、ありがとうございました。ではお休みなさいませ」

殿下の腕に回していた手をほどき、挨拶をして部屋に入ろうとする。

「待て、シリル。ここではない、今夜は私の部屋にしよう」

「えっと、話ならまた明日でもいいですか？　今夜はもう遅いですし」

そう答えると、殿下の腕が僕の腰に巻きつき抱き寄せられた。

いったい何の話があるというのだろう。今日は初めての公務と、慣れない王族たちの会話についていくのに必死で疲れたから正直もう休みたい。

「母上から解放されたかと思ったら、父上もシリルとの夕食を喜んでいたね。遅くまで付き合わせてしまった。それに公務初日で疲れただろう。話は明日にして、今夜はベッドでシリルを労《ねぎら》ってあげる」

「え？　け、結構です。昨日で初夜から一週間ですよ。これからは一緒に過ごしたり殿下と休んだりする必要はございません」

僕の言葉に殿下は優しく答える。

「寂しいことを言わないで。特別な期間は過ぎたけど、これからは毎晩共に過ごして、朝は一緒に目を覚ます。夫夫《ふうふ》とはそういうものだろう？　うちの両親はそうして過ごしているが、シリルの両親は夜を別に過ごしていたの？」

「僕の両親は共に過ごしておりましたが、僕と殿下は違います」

僕と殿下は政略結婚だし、子作りの時だけでいいはず。添い寝は必要ない。

「何が違うの？」

護衛がいる中、こんな話をするのは気が引けるけど、はっきりさせておきたい。

「僕たちは政略結婚ですので、これ以上一緒にいる必要はないかと――」

「政略結婚？　何を言っている……」

殿下の声が久しぶりに低くなって、僕はビクッとした。怒られ慣れていない温室育ちとしては、殿下の怒りを表すその声がとても怖い。

「とにかく、私の部屋で話そう。シリルの誤解には前例がある。早く解いたほうがいい」

「でしたら明日にしましょう、本当に今日はもう……」

そう言いながら、部屋の中に連行された。

護衛騎士によりドアは閉ざされ、殿下と二人きりになる。その途端、殿下に後ろから抱きしめられてキスをされた。

「シリル」

「んっ」

不意打ちすぎて呼吸が止まる。キスはすぐに終わって、殿下は僕を抱きかかえたまま椅子に座った。僕は殿下の膝の上で、向き合うように座らされる。

「あ、あの」

「離したら、シリルは逃げそうだ」

「でも、ここに乗っているのはちょっと……できれば下ろしていただきたいのですが」

「仕方ないね」

殿下は僕が逃げ出さないとわかったからか、膝から下ろしてくれた。隣に座ると、脇を抱かれ頭は殿下の胸にもたれるような姿勢にされた。

「シリルは私たちの婚姻は政略結婚だと思っているの？」

僕の太ももをさわさわと触りながら、殿下は尋ねてくる。

会話の内容とそぐわない触れ合いが続き、なんだか頭が働かない。

「私の初恋はシリルで、私は望んでシリルと婚約した」

「そう、だったのですか。でも人の心は変わりますから……仕方ありません」

嘘なんて言わなければいいのに。

僕たちは子どもの頃は仲が良かった。殿下に避けられるまでは、お互いに好き同士だったと思っていた。

でもいつからか殿下は心変わりし、僕以外の人と関係を持ち始めた。

「変わっていない。あの頃からずっとシリルだけを愛している」

そんなことあるはずないでしょって、心の中でつぶやく。

「信じていない？」

「どちらにしても結婚した今、必要のないお話です」

殿下は眉根を寄せた。

「どうしてそんな寂しいことを言う？　私の本心をシリルは誤解している。愛していると伝えても、シリルは反応すらしてくれない。妻の心をすべて知っておきたい。シリルは私をどう思っている？」

「どうって……？　将来有望な王太子殿下だと思っております」

いったい何を聞きたいのだろう。「愛している」なんて、二人きりの今言う意図がわからない。

「はぁ、そうではない。私を夫として、一人の男として」

「殿下は形式上では僕の伴侶《はんりょ》になりますが、安心してください。僕に愛しているなどという言葉をかけていただかなくて大丈夫です」

殿下が黙る。真顔は怖いけど、誤解は早く解いて平穏に暮らしたい。

「これからは公務以外で僕と顔を合わせる必要はないですよ。陛下たちにも僕たちの関係を知られてはいけないなら、演技を続けたほうがいいですか？」

そう言葉を続けると、殿下が触る手に力がこもり少しびっくりしてしまう。

「……演技とはいったい、私たちの関係とはなんのことだ？」

殿下が低い声で聞く。

無害だと主張したつもりだけど、まだ足りない？

そういえば結婚までお互いの策略をあえて知らないように装っていたけれど、ここまで来れば一度話したほうがいいのかな？

「いずれ離縁する関係ですよね。表面上だけでも仲のいいフリは続けたほうがいいですか？　殿下は今まで通り、好きな人との時間を大切になさってくださいね。無理に僕を抱く必要はございません」

好きな人が今もアシュリーなのかは知らないが、仮に別れていたにしても殿下だ。すぐに恋人は見つかるだろう。

「散々身体を合わせておいて、まさかまだそんなことを言うのか？」

「あ、あれは、婚儀期間だったので……」

今後も、誰かの代わりに抱かれるなんて辛すぎる。一瞬湧き上がった辛い気持ちを隠し、僕は続きの言葉を紡ぐ。

「僕は殿下に番《つがい》ができて、離縁するのだと思っていましたが、やはり一人くらいは僕が産んだほうがいいでしょうか？　殿下はいつ頃、子どもが必要ですか？　僕はいつまで王太子妃としての仕事を続けたら――」

「少し黙ってくれないか」

殿下が言葉を遮った。そして、僕から身体を離し頭を抱える。

僕と話したせいで頭が痛くなったのかもしれない。従者を呼んだほうがいいかなと、立とうとしたら手を掴まれた。

「どこに行く」

「じゅ、従者を呼びに……殿下がお辛そうなので。僕がお側にいると余計に嫌な気分になるかと」

殿下はグッと僕を引き寄せる。

「あっ、申し訳ございません」

ふらついた僕は殿下の胸に抱き込まれてしまった。

「なぜ、私がシリルといると嫌な気分になると言うのだ？　もしかして……シリルはそうなのか？」

そう言った殿下はなぜか泣きそうに見える。そんな顔をされたんじゃ、たとえそうだとしても頷いてはいけない気がした。

「あっ、いえ。この一週間ずっと僕といて、殿下がお辛かったのかと思って。僕を受け入れた国への忠誠心に頭が下がりますが、もう大丈夫です。お世継ぎを産む義務の時期に、もう一度だけ僕に精をいただければ、十分です」

「待って。シリル、お前は結婚式からいろんなことを間違えて認識している」

「間違い？　結婚前はお互いに立場があったから言えなかったですけど……。いったいどういうことでしょうか？　今は二人きりですから、今後のためにも殿下のお考えを教えていただけますか？」

「……私の考え？」

殿下が不思議そうな顔をする。

「お世継ぎを産むのと、離縁する時期です。次期王太子妃に仕事を引き継ぐなら、今から僕がやらないほうがいい仕事があるだろうし」

「はあ。そんなところからとは……。私がシリルについて憂いを感じるのは、リアムのことだけかと思っていたが、まさか根本からとは」

その言葉にドキッとした。

そうだった、殿下は僕がリアム様をお慕《した》いしていると思い込んでいる。初夜はそれで怒らせた。これでは断罪される道はまだ閉ざされていない。

「あの時のことは僕の勘違いです。忘れてください。決して殿下を裏切ることは考えておりません」

「裏切るって、どういうことを言う？　私を受け入れないこと？」

「王国のお世継ぎを産むのが僕の仕事ですし、妃殿下である期間は殿下を受け入れる所存です」

「それならば、シリルは一生私を受け入れるということだ。シリルと離縁する日など来ないから」

えっ、まさか。お飾りの妃殿下を永遠にさせられるの？

僕は子どもを産んで仕事をして、殿下の恋人は仕事をせずに後宮に住むだけということ？　僕の自由は？

「そ、そんなの。ひどすぎます！」

「シリルのほうがよっぽどひどい。子どもを産む仕事ってなんだ？　初めから裏切るつもりで神の前で誓いを立てたというのか？」

「えっ、だってあれは、殿下だって」

「そうだ。シリルを愛しているから、神の前でお前だけを一生守ると誓った。その誓いに嘘などない。一生シリルだけだ」

ちょっと待って。どういうこと？

「も、もう恋人は作らないってことですか？」

「私に恋人などいたことはない。生まれてこのかたシリルしか愛してないし、これからもシリル以外を愛することはない」

衝撃的な言葉だった。目の前にいる、僕を、僕だけを愛していると平気で嘘をつくこの男が一層怖くなる。

アシュリーと殿下は、僕を陥《おとし》れて番《つがい》になる約束をしていたはずなのに、本来僕に来るはずの断罪がアシュリーへ行った。愛した人をほかの男に抱かせるなんて、二人にいったいどんな行き違いがあったのだろう。

「殿下は離縁するつもりがないということですか？　これからも僕だけというのは、つまり普通の夫夫《ふうふ》として過ごすということでしょうか？」

「そうだ。シリルの言う普通の夫夫《ふうふ》が、私の両親やゼバン公爵夫妻のような関係なら、それだ」

殿下は微笑みながら言う。

満足しているようだけど、僕はまた一歩断罪に近づいたとしか思えず、怖くてたまらない。もし仮に殿下が僕を本気で愛しているなら、アシュリーのような未来がある可能性も？

「殿下のおっしゃりたいことはわかりました。肝に銘じます。ではこの辺で失礼してもいいでしょうか？」

「ちょっと待て。わかっていないよね？　愛の告白を報告事項のように受け流すつもり？」

これ以上僕に何を望むのだろう。

「いえ、きちんと理解しました。僕のことを想っていただきありがとうございます」

「あ、ああ。で、シリルは？　私のことを……愛してくれるか？」

自分の心を隠そうとしてきたけれど、殿下のことはずっと好きだったから、殿下に質問されて胸がグッと苦しくなる。

それでも僕という婚約者がいたのに、アシュリーに本気になった殿下。もう何も知らなかった頃のように彼を愛するのは難しい。

アシュリーとの仲が終わったからといって、僕のところに戻って来ても素直に受け入れられない。そう頭では理解しているつもりなのに、殿下を想う気持ちは溢れてしまう。だからといって、昔みたいに好き好きという雰囲気を出したら、いつまた嫌われて断罪されるかわからない。

僕の本心を見せていいことなんてない！

「ぼ、僕は……もちろん殿下が旦那様です。政略結婚だと思って過ごしてきましたので、急に自分の気持ちを変えることは難しく、殿下の質問にどう返答すればいいのかわかりませんが、不貞は働きません。それだけは誓います」

「そう。それはつまり、私を愛していないと言いたいのか？」

殿下が怒ったような低い声で尋ねてくる。

「幼い頃から殿下のことをお慕《した》いしておりました。しかし、ある時から殿下は僕を避けるようになった。だから叶わない想いは辛くて恋心をどこかに置いてきてしまいました。今更あの頃の気持ちには……」

戻れない、戻したらいけない。頭で自分の心にストップをかける。

「そうだね、そうなったのは私の責任だ。あの頃の私はシリルが好きすぎて自分の気持ちを抑えられそうになかった。あのままだったら結婚前に襲っていた。それを危惧《きぐ》した周りが逢瀬《おうせ》を控えさせ、私はシリルから遠ざかった」

殿下が悲しそうに言った。

「はい？」

爽やかな王子様の顔して、怖いこと言ってない？　あの頃っていつ？　僕に関心を持たなくなったのは、かなり前だと思ったけど。

「どれだけシリルに懸想《けそう》し、どれだけ耐えたか。王族の結婚相手は処女が絶対条件だ。シリルを前にして手を出せないのは、拷問でしかなかった。……だから避けたんだ」

苦しそうな表情で告白する殿下に、なんて言葉を返せばいいのかわからず戸惑う。

僕がオメガだからなのか、そんな理由を聞かされたところで同情しないし、ましてや理解もできない。

「そ、そうだったのですか」

それだけしか言えないでいると、殿下は真面目な顔で僕を見る。その瞳の強さにドキッとした。

「シリル、こんな話聞きたくないだろうが、私のすべてを話さないと、これまでの誤解を解くことは難しい。本当ならシリルには知らせたくなかった」

そう前置きすると、殿下は静かに語り始めた。

「王家に生まれたアルファには閨教育が必ずある。王族のアルファの性欲は強いので、将来共に生きるオメガを守る意味で行われるのだ」

「王族ですから、そういう教育があることは理解できます。……あの、過去のことについて僕にすべてを話す必要はございません」

殿下があまりに辛そうな顔をするから、僕は本気でそう言った。

というかなんで、そんな話を始めたのだろう。

僕の疑問を殿下が察したようで、頼りなく笑った。そして僕の頬《ほほ》を触って、続きを聞いてほしいと言う。

「王太子の閨関係はすべて後宮が管理して、私が選んだ相手は一人もいない。恋仲にならない安全な相手をその年に二人、後宮が連れてくる。そして一年務めたら、後宮が用意したアルファに下賜《かし》され、一生を約束される。それが繰り返されてきた」

「えっ」

殿下の話す内容は想像すらしていなかったこと。

「王太子との関係を知る者は、後宮と本人とその父親だけだ。閨ごとは絶対に他言しない契約で行われる」

殿下には関係を持った相手が複数いると父が言っていたのは、つまりはそういうこと？　王族の秘密だから、周りにはただの遊び相手に見えたのだろうか。

「シリルと結婚を控えた今年、閨係《ねやがかり》のオメガが不慮の事故で二人共勤められなくなった。そこで新たに抜擢されたのがアシュリーだ」

「えっ、アシュリー様が閨相手？」

アシュリーは恋人ではなくて、殿下の教育係ということ？　だから前の生の時、殿下はアシュリーのことを娼夫《しょうふ》とか言っていた？

オメガ二人が不慮の事故、そして急遽見つけたオメガ。

陰謀の匂いがしないでもないけれど、それよりもアシュリーが閨係《ねやがかり》ということにとても驚く。

戸惑う僕に、殿下はさらに話を進めていく。

「アシュリーは王宮内でシリルの前に顔を出した。ただの閨係《ねやがかり》にそんなことはできないはずだから、後宮にアシュリーを操る人間がいたのだと思う。今、調査をしているところだ。シリルには嫌な思いをさせて悪かった」

「い、いいえ」

国王陛下が殿下の愛人としてアシュリーを認めたわけではなく、完全に閨係《ねやがかり》ってこと？　勝手に国王陛下が認めていると、僕が思い込んでいただけ？

「アシュリーは結婚式の日に発情誘発剤を使用し、私と番《つがい》になると言ってきた。なんてことを考えているのかとゾッとしたが、後宮と繋がっていると疑った私はアシュリーを泳がせた。そしてあの日、騎士の中にも後宮と繋がる者がいるとわかった。だから警備の厳重な夜会に、侵入できたんだ」

放心状態になってしまう僕を殿下が優しく抱きしめてくる。

「アシュリーが薬の存在を私に話していなければ、シリルを陥《おとしい》れるために使用されていた。そう思うと恐怖でしかないよ」

前の生で僕が発情誘発剤をアシュリーに渡すように手配しなければ、後宮と繋がるアシュリーがそれを今回同様に自分で手に入れていたのだろうか。

そして僕は後宮の策略で発情をして、殿下以外の人の番《つがい》に……そこにリアム様が現れた？

そもそも僕たちの結婚初夜に、あの薬を使用する予定がなかったということだろうか。前の生で薬を渡された僕は、疑うことなく初夜で番契約《つがい》をするのだと思い込んでいた。

あれは……策略だった？

「事前に情報が入ったことで、シリルに薬が渡らないよう阻止できた。あんなもの、シリルに使われなくて本当に良かった」

殿下の言葉に僕は何も言えずにいた。

「急に見つけた相手だったから、ひどい結果になった。閨ごとは王家の秘密だし、私はそんなことをシリルに知られたくなくて必死だった。学園でシリルの前にアシュリーが現れたと聞いて、彼に閨係《ねやがかり》を辞めさせたが、今思えば私のしてきたことはひどかったと思う。本当にすまなかった」

殿下が謝るが、衝撃が大きすぎて言葉を紡げない。

アシュリーがお茶会のあとに呼ばれなくなったとか、お役ごめんになったというのは、殿下自らがアシュリーにしたことだったの？

呆然《ぼうぜん》とする僕を殿下が優しく見つめてくる。

「シリル、あなただけを愛している。初めからずっと、出会った時からずっとシリルだけを想ってきた。妻になった今、それは歯止めが効かない」

頬《ほほ》を撫でられ、反対の手で足をさすられる。

「んっ、殿下」

「シリルと結婚するために我慢し続けてきた。でももうしない。ずっとシリルと抱き合っていたい。ほかの男になんかやらないし、ほかの男の名前もシリルの可愛い口から聞きたくない。愛してる」

「っ！」

噛まれた。まだ発情期ではないし性交していないから番《つがい》になるわけではないけれど、オメガの大事なうなじを噛まれた。

「あっ、いやっ、そこはっ！」

舐められ、甘噛みされて、僕の身体からフェロモンが香り始めたのが自分でもわかる。

「いい匂いだ。愛している。私の心はシリルに縛られているんだ。たとえシリルの心に私がなくても」

「んっ、もっ、だめ……です。へ、部屋に戻らなくちゃ」

信じがたい話を聞いて僕は戸惑った。このまま流されていいのだろうか。これからのことをちゃんと考えたいのに、殿下は僕を離さない。

「ダメだ、これからは同じ部屋で過ごす。一人にさせない」

「ああっ」

殿下の手が服の下に入り、薄い胸を揉まれ突起を摘《つま》まれた。

「あぁっ、んん」

「ベッドへ行こう」

抵抗する力もなく殿下に抱き上げられて、身体が甘く疼《うず》く。ベッドへ行くことを期待しているようで恥ずかしくなる。

いつの間にかベッドに横になっていて、くちゅっと粘着質な音が響く。

殿下の口づけを当たり前のように受け、自ら殿下の首に手を巻きつけ強請《ねだ》った。自分の……オメガの本能が憎いと思った。

そして、すぐに快楽に呑まれた。

第八章　愛するということ

あれから毎日殿下に愛の言葉をいただく。殿下の愛は本当だと思う。

それなのに、なぜだか心はいまだに空虚なまま。

殿下の真実を知ったのに、僕は何を迷うことがあるの？　一度は好きになった人なのに、どうして僕は受け入れられないのだろう。

殿下は優しいし、ずっと僕を愛してくれているのに、愛されれば愛されるほど辛くなる。殿下だって顔には出さないけれど、僕が愛に応えないことに心を痛めていると思う。

……愛って、なんだろう。

いまだに過去に番《つがい》だったリアム様を想うことがあるけれど、それは僕のせいでリアム様が殿下に誤解されていないか心配だから。決して愛ではない。

あれ以来、リアム様を一度も見ていない。

会わない配置になっただけかもしれないが、僕には彼がどうなっているか確かめる術《すべ》はない。

前の生の僕は、唯一の味方だったリアム様に縋《すが》るしかなかった。あの時、彼のことを本気で愛していたのか、今となってはわからない。

……アシュリーはいったい今どこで何をしているのだろう。前の生の僕と同じなら処刑されるのだろうか？　ただ人を愛して、それを貫こうとしただけなのに。

彼らの未来を違うものにしてしまった。

それがいまだに殿下を心から受け入れられない理由だろうか。

自分は何をして、今後どんな人生を送っていくのだろう。王太子妃として仕事をして、いずれ国王になる夫を支え、彼の子どもを産む。

心にしこりを残したまま、この鳥籠《とりかご》の中で僕を愛すると言う夫と一生ここで過ごすだけ。

そんなことを考え続ける日々が過ぎていった、ある日。

夕食を終え、キスをしながら僕の部屋に入ろうとする殿下に言った。

「や、やです。今日は一人で休みたい」

きっと殿下は今夜も僕を抱く。求められると、拒み切れず従ってしまう。もしかしたら本能では、殿下に抱かれることを喜んでいるのかもしれない。

だからこそ一人で考えを整理したいのに、その時間さえ殿下はくれなかった。

「では今夜は抱かないから、ただ一緒に寝よう」

「僕は一人になりたいんです。添い寝が必要なら、今までのように僕以外のオメガを呼んでください」

僕の発言を今夜は抱かないでほしい、という意味だと思ったのだろう。僕の意志をまったくわかろうとしてくれない殿下に、つい意地悪なことを言ってしまう。

「シリル、過去に身体を交えた相手がいたことはもう変えられない。だが、それを責められると私はどうしていいのかわからない。今後、私が抱くのはシリルだけだ」

一瞬傷ついた表情を浮かべたのち、殿下が低姿勢に出た。結婚してから彼は僕を見て時々辛そうな顔をする。

「僕は責めていないし、殿下が誰かと身体を交えることには何も思っていません」

「シリルを愛する私によくそんなことを言えるね。本当にシリルはひどい人だ、私が傷つかないとでも思っているのか？」

殿下の愛しているという言葉に、僕は返したことがない。

もしかしたら僕の態度は、いつだって殿下を傷つけてきたのかもしれない。自分の言ったことでどれほど傷つけたのだろう。

でも、僕だって傷ついてきた。

閨係《ねやがかり》と交わるのは王族だから仕方ないけれど、結婚前に散々殿下がアシュリーと一緒にいる姿を見てきた。

「どうして？　あんなにアシュリー様と仲睦まじく過ごしておられて、アシュリー様は殿下を一途に思っていたじゃないですか！　それなのに、アシュリー様を……どうしてそんなひどいことができるんですか!?」

「アシュリー、アシュリー、シリルはそればかりだ。彼を愛したことなど一度もない。アシュリーが勝手に感情を持っただけなのに、私にこれ以上どうしろと言うのだ。王族の義務に従い、抱きたくもないオメガを抱いてきた」

殿下が辛そうに言うと、僕はたちまち何も言えなくなる。殿下は僕の頬《ほほ》に手を伸ばすと、さらに話し続けた。

「それはシリルを間違って壊さないように、必要だと言われたからであって、私だってそんな義務は放棄したかった！」

僕は反射的にビクッとする。

「でも……アシュリー様は、殿下の名前を呼ぶとおっしゃっていました。それをお許しになった殿下のことを、僕に信じろとおっしゃるんですか？　彼に対してどれだけ優しく接してきたかも、僕は直接聞きました。恋人だから、愛されているからだって、そう言ってた！」

たとえ後宮の指示で抱いたとしても、アシュリーが自慢するくらい彼の身体を愛したってことでしょ。身体をいたわってした行為だって、ただ性欲を発散するだけの行為じゃないって、アシュリー自身が言っていた。

殿下は身体だけの相手だと言うけれど、恋人以上の扱いをしていたから、アシュリーが勘違いしたという可能性だってあるのに。

自分の行動が人にどれだけ影響を与えるのかわかっていない殿下に腹が立つ。

つい感情が昂《たかぶ》ってしまいそう言うと、殿下は意外なことを聞いたかのように戸惑った。

「私は許したことなどない。結婚直前の最後の閨係《ねやがかり》だったから、練習のために優しくしただけだ。アシュリーの考えなど私は知らない」

まったく予想外の答えが返ってきた。

アシュリーはいつも幸せそうに殿下のことを想っていたのに、殿下はそれを知らないと言うの？

「シリル、悪いがもう逃がさない。お前は一生私だけのオメガだ。どんなに拒んだところでシリルを抱くし、シリルがどんなに嫌がっても、発情期には番《つがい》にする」

「い、いや」

殿下の怒りや悲しみ、いろんな表情を見ていると、身体が勝手に委縮してしまう。

ここ最近は流されるままに抱かれていたので、殿下の荒ぶる感情を見ていなかった。久しぶりに見る殿下の怒りに、たちまち初夜の心の準備をしていないまま一方的に組み敷かれた時の恐怖が蘇《よみがえ》る。

「私に抱かれること自体は嫌ではなかったはずだ。ほかの者と身体を交えたことがないから知らないとは思うが、シリルの身体は確かに私を求めている。いずれ心もそうなる、番《つがい》になれば心から私を求めてくれるはずだ、だから怖がらないで。いずれその恐怖は解決する」

「や、いや」

殿下は僕を捕まえる。ひ弱な僕は簡単に、殿下の胸に抱きこまれた。抵抗なんてまったく意味をなさない。

殿下が怖くてたまらないのに、本能に抗《あらが》えずに戸惑う気持ちのまま僕は抱かれる。

言葉で拒絶の意志を見せたところで、最後は僕から腰を振っていた。

そんな日々が過ぎていったある日、僕はお義母様の客人用の部屋で、とある人物を待っていた。

侍女がテーブルにお菓子とお茶の準備をしていると、ドアのノック音が室内に響く。そして、お義母様が入室を許可したのち、扉が開いた。

「シリル様！」

「フィー？　フィー！」

部屋に入ってきたフィーを見た瞬間、僕の身体は勝手に動いていた。

彼に駆け寄り、実家の温かみを思い出し涙ながらに抱きついた。今まで辛かった。里心がついてしまったみたいで、必死に縋《すが》ってしまう。

「はは、さすがフィオナだ！　俺だって母親になったのに妬《や》けるなあ」

いつも僕のことを見守ってくれたお義母様が、こちらに近づいて笑いながら言う。彼がフィーを呼んでくれたのだ。

扉の近くでフィーに抱きつく僕と、それを見守るお義母様という状況に、王妃陛下専属侍女が微笑ましいという顔をした。

フィーを案内した従者は、フィーの荷物を侍女に渡し退出する。

「シン君は親族になったばかりでしょ。僕は赤ちゃん時代からだから、こんなの当たり前なの」

フィーがお義母様と話している。僕と話すよりも気軽に打ち解けている様子にきょとんとしてしまうと、二人が笑った。

「フィオナは親友だからな。唯一心を許せる友だ。シリルも知っていると思うけど、フィオナほどいい奴はいない」

さすがお義母様、フィーの良さがわかるなんてとってもいい人だ。

「そうですね、フィーほど信頼の置ける人は僕も知りません」

「おっ、俺たち気が合うな」

「はい！　フィーが王妃陛下のことを好きなのは知っていましたが、お二人はすごく仲が良くて、少し妬《や》けちゃいます」

「お義母さん、だろ？」

「は、はい！　お義母様……」

時間が経つとつい呼び方が戻ってしまう。ワタワタしていると、フィーがクスクスと笑って僕を離した。

ずっと胸の中にいたかったけど、僕はもう王族の一員だ。たとえ元乳母でも、身内としての距離感ではいけないはずだと思い、すっと離れた。

王妃陛下もといお義母様の前で失礼な態度を続けていられない。

フィーは僕の涙の跡を見て切ない顔をすると、お義母様が侍女を退出させ、僕たち三人だけになった。

美しい彫刻が施された低めのテーブルには、先ほど侍女が用意した色とりどりの可愛らしいお菓子と茶器が置かれている。テーブルを挟むようにソファーにお義母様が座り、僕とフィーは隣同士で腰を掛けた。

慣れた手つきでフィーがお茶を淹《い》れ、それを飲むお義母様。この部屋で二人は頻繁に会っていると聞いていたので、フィーが当たり前にお茶を淹《い》れる姿は自然だった。

フィーの淹《い》れたお茶を久しぶりに飲むと、心がホッとした。

そんな僕を見ていたフィーは、持ってきた荷物を膝に置くと口を開く。

「今日はシリル様にたくさんの荷物を届けに来たんです。これはほんの一部ですが……」

そう言って、とても綺麗な宝石や豪華な髪飾りを取り出し、目の前のテーブルに置いた。

「ど、どうしたの？　これ……」

「あれ？　これってフランディルがシリルに贈った品？」

持っていたカップを置きながらお義母様がそう言うと、フィーが申し訳なさそうにした。

「はい。公爵様が今まで秘密にしていて悪かったとおっしゃっておりました。すべてはシリル様を守るため、結婚なさるまで発情を抑えなければならないので、殿下を連想するような品は渡せないと……」

「え？　父様が？」

フィーが持ってきたものは、婚約時代に殿下が公爵家に贈り届けた品だと言う。僕が殿下を思って暴走しないように隠していたらしい。

「はい。発情期を迎えられてから、シリル様は何かと不安定でしたので刺激しないようにと、今になってしまったそうです」

品と一緒に、父からの手紙を受け取った。

そこには謝罪と僕への愛の言葉が綴られていた。父のしたことは僕の誤解を助長するのに十分だったけど、愛情の深さゆえの行動だというのは理解できる。

「……フィー。僕、やっていける気がしない」

プレゼントを受け取り、殿下を愛したい気持ちと断罪を受けた記憶が僕を苦しめる。

「どうしてですか？」

「だって……」

お義母様をちらっと見て黙ると、二人は察してくれたようだった。

「俺はフランディルの母親だが、シリルの気持ちも理解したい。俺に遠慮することはない。ここでの話は俺たちだけの秘密だ」

「お義母様……」

「シリルがフランディルを嫌になったのなら、仕方ないと思っている。そう思わせた息子が悪いから。シリルはフランディルに離縁されると思っているのか？　初めて食事をした時、シリルがディーに『少しの間』と言ったのが、気になっていたんだ」

お義母様がお茶を手に取りながら言う。

「あっ、あの時は……」

まだ僕がお飾りの妃殿下であると思い込んでいて、『少しの間よろしくお願いします』と陛下に挨拶してしまった。まさか殿下から愛の告白を受けるとは思っていなかったし、あんな事情があるなんて知らなかったから。

「フィオナから、最悪の事態になったら結婚式前に知らせると聞いていたんだ。だけど知らせはこなかった。だから俺は、シリルがフランディルを受け入れる覚悟ができて嫁に来たと判断した。ただ真面目なシリルだから何か気負っているとは思うが」

「僕もシン君も、シリル様の味方です。だから、僕はシリル様が殿下の恋人関係で悩んでいるということをシン君に伝えました。ですが、結婚前に解決したんじゃないのですか？」

フィーはお義母様にアシュリーの件を伝えていたから、ここまで親身に僕に寄り添ってくれたのかもしれない。

「フィー、ずっと恋人がいたって思い込んでいたけどあの方はそうじゃなかったって、つい最近殿下から聞いたよ。結婚してからは僕のことを好きだって毎日言ってくれるけど、傷ついた心はなかなか戻らないみたい。誤解は解けたのに殿下と向き合えないでいる……」

殿下の真剣な愛の告白を受けたのに、何が引っかかっているのだろう。

心の傷は時空を超えても癒せないものなのかもしれない。心の深いところが前の生に縛られている？

「シリル様……」

フィーが悲しそうな顔をした。

お義母様はすべてを察したようで、僕に向き合う。

「シリル、息子がすまなかった。もしかしてシリルは……王家アルファの事情を知ってしまった？」

「え、それは……」

王家アルファの事情……お義母様が言うことは何を示すのだろう。

想像がつくのは、王太子には閨係《ねやがかり》が存在するということ。だけど殿下の話では、王妃陛下の立場で閨係《ねやがかり》の存在を知るはずはないので、そのことを話していいのかわからずに戸惑った。

お義母様は何かを察した様子で話を続ける。

「じゃあ、あの結婚式のヒート騒動の結末を聞いた？　あの男爵家オメガがどうなったか」

「……はい。でも、あの二人は学園でも愛し合っていたように見えました。あの方は殿下をただ純粋に想っていて、それで結婚式に……。それなのに、ヒート中の彼を騎士に渡したと聞いて怖くなりました」

今まで思っていたことを口にすると、思わず涙が零れてしまう。ここに来てからいろんなことが起こりすぎて限界だよ。もう辛い。

「シリル様……。大丈夫。怖い未来は来ないから」

僕の隣に座るフィーは、そう言いながら横から抱きしめてくれた。そして、僕の背中をぽんぽんと叩いて落ち着かせてくれる。すると、目の前に座るお義母様がなぜか涙ぐんでいた。

「おかあ……さま？」

「シリル……これを聞いたら驚くと思うし、墓場まで持っていくつもりだった。フランディルの知らない真実をシリルにだけ言う。あの子が閨係《ねやがかり》ということは聞いたんだな？」

先ほどの質問は、僕の想像通りのようだ……僕は問いかけに戸惑う。

「え、あ、はい。でも、なぜお義母様がそのことを……」

そう聞き返すと、お義母様は辛そうな顔で僕を見る。そしてフィーが焦った声を出した。

「シン君！　さすがにそれはダメだ」

「フィオナ、俺の話だけだ」

お義母様は固い意志があるようでフィーのほうを見ると、真剣な表情を浮かべた。僕が入り込めない事情があるみたいで、少しドキドキしてしまう。

「そういう意味じゃなくて……。シリル様には刺激が強すぎるから」

フィーの言葉に、なんの話だろうと首を傾げる。

しかし二人は内緒話をしたのち、頷き合い、真剣な表情のまま今度は僕のほうを向く。

「俺は昔、ディーの閨係《ねやがかり》だったんだ」

衝撃の一言をお義母様は言った。

「ええっ!!」

王妃陛下の立場でそんなことって、あるの？

「閨担当になると、その家には大金が入るんだ。勤めを果たしたら、上位貴族との結婚が確約される。俺の家は田舎の貧乏貴族で、父親に売られたんだ。ディーが結婚する直前の年のみ、処女という条件付きだから、その時代、俺しか見合う貴族がいなかった」

驚きの事実に言葉が出てこなかった。隣で話を聞くフィーの様子をちらりと窺うと、苦虫を噛み潰したような表情で黙っている。

「あの時、ディーは隣国の王女と婚約していた。国の交流を図るための政略結婚だった。そんな中、俺たちは恋に落ちた」

お義母様は遠い目をして語り続ける。

「王太子だったディーは、俺の知らないところで婚約解消に奔走したらしい。それが答えだ。王族は一人しか愛せない。身分が釣り合わなくても、どんな手を使ってでも好きな相手を手に入れる。もしフランディルが本気で恋をしていたなら、シリルと婚約解消してその男を望んだはずだよ」

閨係《ねやがかり》とは、いわゆる性行為をする相手。

身体の関係があるのなら、王族の嫁の条件が満たせない。アシュリーと殿下は確実に身体の関係があったし、お義母様が元閨係《ねやがかり》だというのなら、その時点でお義父様と身体の関係はあったはず。

「でも、王族の結婚相手は、その……」

「ああ、そうだね。ディーは俺を嫁にするって決めていたからって、耐えたよ。閨係《ねやがかり》なのになんで抱かないんだって不思議だったんだけど。そういうところは、王家のアルファのしきたりを守るみたいだね」

「そ、そうですか」

両陛下のそういう事情を聞くのはなんだか気まずいが、お義母様が閨係《ねやがかり》だったなら陛下に歴代の相手がいたことを知っていて、それでもすべてを受け入れて結婚したのだろう。

きっと結婚前の二人は絆《きずな》ができていたのだと思う。

一方、僕たちは何も話してこなかった。誤解したまま結婚をして、今もわだかまりが解けていない。

しかし、お義母様の説明で納得した。婚約時代に最後までしなかったのは、殿下が僕を必ず嫁にすると決めていたから……

「本来、閨係《ねやがかり》は王子を心まで受け入れない。王子を愛するなと後宮に教育されたから、婚約解消が成立するまで、ディーの求愛をずっと拒んでいた」

確かに、閨係《ねやがかり》なら求愛されても断るのが正しいのかもしれない。たとえ王子が暴走しても、お義母様のように拒むのが正しい対処法だろう。

お義母様は成就しないとわかっていながらお義父様に恋をして、心を隠してきたのだろうか。

「今回、その男爵子息を教育できなかった後宮の責任は重い。そしてフランディルとの恋が成就すると思い込み、薬を使用して無理やり番《つがい》契約にこぎつけようとしたのは、明らかに契約違反にあたり、王室冒涜罪に問える」

アシュリーは恋心を隠すことなく本気になった。

お義母様は、黙って聞いている僕を見ながら話を続ける。

「俺はディーが愛の言葉を囁いても、頑なにその言葉を受け取らなかった。でも、好きだから身体だけでも繋がりたくて……。ほら、閨係《ねやがかり》なんだから身体くらい愛されたいだろ？　だから何度か迫ったけど、きわどいことはしても抱いてくれなかった。いつかは離れなくちゃいけないって、その時は本気で思っていたから、抱かれない閨係《ねやがかり》ってことでも辛かったな」

お義父様は、殿下と同じで何も伝えずに閨係《ねやがかり》だったお義母様と過ごした？　立場は違うけど、もしかしてお義母様も結婚前は僕と同じように辛い想いを抱えてきたのだろうか。

フィーはお義母様の苦労を知っているのだろう、心配そうな表情を浮かべている。

「フィオナも知っている通り、あの頃の俺は意味がわからないことだらけで、ディーのことを恨んでさえいた。だから今回のことはシリルに同情するし、何も説明しないアルファ側が悪い。言えないことが多いのはわかるけど、大事なオメガを悲しませすぎだ」

お義母様の顔は凛とした表情で語る。

威厳と強さを感じた。お義母様が僕の手を握ると、目をまっすぐに見て告げた。

「シリル。フランディルがもしシリルを愛していなければ、シリルのヒートの時に欲望のままに抱いたか、早々に婚約解消をしていた」

少し震えている？　そうだよね、息子の想いを僕に教えるために、すごい秘密を話した。

「……お義母様」

「フランディルは閨係《ねやがかり》のことを娼夫《しょうふ》と言って蔑《さげす》んでいたけれど、本来王族にとって必要な人材で、閨係《ねやがかり》のおかげで結婚相手を愛する準備ができる」

「は、い」

相槌《あいづち》にならないくらい、不安な声が漏れる。

殿下は母親が元閨係《ねやがかり》だと知らないから、アシュリーを娼夫《しょうふ》と言ったのだと想像はつくが、お義母様はどんな気持ちで息子からその話を聞いたのだろう。

「閨係《ねやがかり》は強制ではない。とはいえ、後宮の打診を断れる貴族が少ないのも事実だけど。俺の場合は、親に売られた。もちろん後宮から断ってもいいと言われたが、うちはかなり貧乏だったからな。領民のことを考えると、自分が犠牲になればいいと思った。まぁ利害が一致したんだ」

「……はい」

辛い過去を垣間見た気がした。

それならば、もしかしてアシュリーも？　何か事情があったのかもしれない。僕は公爵家の人間として抗《あらが》えない部分を受け入れつつ生きた。男爵家だっていろいろあるかもしれない。

「俺のこと軽蔑した？」

「違います、そんなことないです！　閨係《ねやがかり》のことは知らなかったにしても、アシュリー様については殿下の恋人だと思って応援していたくらいです。それに、お義母様はお義父様と理想のご夫夫《ふうふ》です。むしろ尊敬しています」

お義母様は安心したのか、固かった表情がいつも通りの柔らかさになる。

「ありがとう。今も俺の代もその前も、閨教育以外で後宮は使用されていない。側室もいない。後宮は王子の精通から結婚前までしか機能しない場所だ。王族は番《つがい》一人しか愛さないんだよ。王妃が後宮を管理することはないから、シリルが知らなくていい場所だと思って何も伝えず、すまなかった」

「いえ、ご配慮ありがとうございます」

そしてお義母様は優しい顔で言った。

「シリル、これだけは事実だからよく聞いて。王族は、結婚前に好きな相手は抱かない。好きだったら処女を守るのが決まりだから。だからフランディルは閨係《ねやがかり》を愛したことは一度もない」

「……はい」

「シリル様、大丈夫ですか？　そういう話、過去とはいえ聞きたくないものですよね」

衝撃のお話が終わると、フィーが心配そうに声をかけてくれた。

「ううん、フィー。僕、聞けて良かったよ。殿下がアシュリー様を愛したことがないって、そう言っていたことが、今はっきり真実だってわかったから。僕は僕の考えだけで物事を理解しようとしていて、殿下を信じようと思わなかった。僕にも問題はたくさんあったよね」

「仕方ありません。僕たちには理解できない王家のルールがありますから。しかし、この中ではシン君がそれを一番経験しています。だからどうかシン君の言葉を信じてくださいませんか？」

「う、ん」

僕は改めてお義母様に向き合った。なんだか気持ちが楽になったら、自然と笑えた気がした。

フィーもお義母様も僕の変化に驚く。

「これから殿下をどう想うかはシリル様のお心に従ってくださいね。頑張っても無理なら、今度こそ僕がシリル様を攫《さら》いますから」

「俺も守ってやるから、何かあったらすぐに俺のところにおいで」

お義母様とフィーという心強い味方を、僕は手に入れた。

「お義母様、言いにくいことを教えてくださりありがとうございます。この事実は墓場まで持っていきます！　そして、僕もう少しだけ頑張ってみます」

殿下に愛されることはないと自分自身に言い聞かせて、僕は自分の意思で王家に来た。結婚して離縁するつもりで。

でも、僕だっていつまでも逃げてはいけない。

お義母様とフィーとの会話から、少し気持ちが楽になったけれど、急に心を変えることはできず、いまだに彼を好きだと自信を持って言えない自分がいる……

けれど、確実に変化はあった。

殿下は僕を優しく抱き、それに僕が応える。

以前より彼を知ろうと思う僕は求められると、身体が自然と歓喜に満ち溢れた。心と身体がやっと繋がった気がする。

あれから何度も身体を繋げているし、会話もしている。今夜も殿下に愛されている。当たり前に始まる行為を自然に受け入れる自分がいた。

「あっ、あっ、あん」

「シリル、可愛い、愛している」

「あっ、殿下、深い、ん、そこ！」

「違うだろ？　もう一度私を呼んで」

僕の良いところを突いてきたのに、たちまちそこを避けて名前を呼ぶように迫る。

「……フ、フラン。早くもっとそこを」

殿下は「フラン」と呼ぶこと、敬語をやめることの二点を求めてきた。

いや、細かい要望はもっとあった。気持ちいいところを突いたらきちんと気持ちいいと、イク時や奥にほしい時は言葉で伝えろと。

そうして、僕は最近ベッドの中でお願いをするようになった。満足したいならきちんと言葉で殿下を喜ばせなくてはいけない。

「シリル、シリル、うれしい。私の名前を呼んで、そんなことを口にしてくれて、すごい締め付けだ……」

「あああっ！　フラン！　イク、いっちゃう！」

言わなくても反応でわかるはずだし、最初の頃はそれでも喜ばせてくれたのに、最近は意地悪になって、僕の言葉を待つようにわざと長引かせる。殿下だって早く気持ちよくなりたいはずなのに、いくらでも焦らしてきた。

「くっ」

絶頂を迎え、自分のお腹に白い水たまりを作ると同時、殿下が僕の中ではじけた。

「──シリル？　大丈夫？　身体、辛い？」

身体を温かいタオルでふいてくれる優しい旦那様。

そう、拒まなければどこまでも優しい。抱く時だって僕を最大限に喜ばせてくれる。綺麗な状態でしかしたくないと言えば、必ず湯あみをしてから始めてくれる。

「だ、大丈夫です。ちょっとぼうっとしちゃっただけ。身体拭いてくれてありが、んんっ！」

「また敬語。ほら、シリルからキスして」

「あっ、ごめんなさい。つい、フラン……っちゅ、ん」

敬語を使ったり、愛称で呼ばなかったりしたら、僕から深いキスをしないといけないという約束をさせられた。

できなかったら約束を破ったと言われるので、僕は素直に深いキスをする。

いっこうに自分から行動を起こさない僕へのお仕置らしい。

「口づけがうまくなったね。シリルの口の中はとても気持ちいいし、舌の動きが好きだよ、すぐに吸い付きたくなる」

彼が満足したようなので僕は唇を離した。

吸いきれなかった唾液が唇から落ちると、それ貪るようにまた食らいついてきた。

「んんん……」

「ふふ、シリル顔がとろけている」

「だって、フランが……」

「私が、何？」

お互いの息がかかる距離で微笑み、問いかけてくる。近すぎて逆にキスをしていないほうが恥ずかしくなり、顔が思わず熱くなる。

「だって、フランが僕の口を吸うからっ、恥ずかしい」

「シリルの唇はどんな甘味よりも美味だ。零れるのはもったいないだろう？　一滴残さず吸い付いた私を褒めてほしいな」

「そんなこと、褒められる行為ではないですよ……」

「ん？　わざと言っている？　ほら、もう一度だよ、濃厚なのをして」

「あっ」

しまった、また敬語を。

腕を殿下に絡めて、今以上に近づいて唇を貪った。

「シリル、愛している」

「フラン……」

きっと続く言葉を期待している。時おり切ない顔を見せることに気づいていたけれど、いまだ愛を返せない。

僕は愛していると言われるたびに辛くなった。

それを隠すために、わざとぎゅっと抱きついて表情を見られないようにする。申し訳ない気持ちになって「フラン」と彼の耳元でつぶやきキスをすると、その仕草が甘えていると勘違いして「可愛い」と喜ぶ。

「せっかく身体を拭いたけど、そんなに求めてくれるなら、覚悟はできているね？」

抱きつくと、再び大きくなったフランの男根が僕の腹に当たった。

「……うん。フラン……もう限界近いから、あんまり激しくしない、でね？」

「シリル。そういう可愛いことを言われると、もっと欲しくなるものだよ。シリルは初めて身体を合わせた頃よりもさらに、私を煽るのが上手《うま》くなった」

「あ、煽ってなんか」

「前は言葉を交わさず、されるだけだったのに、こうやって合間に話すようになってもっともっとシリルに欲情するようになってしまった。息継ぎの合間にする、会話が楽しくて仕方ない」

手慣れてきたと言われているみたいで、恥ずかしい。

最初の頃よりは抵抗がないし、身体を合わせるのが当たり前みたいになっているから、自分の意見を言うようになった。

といっても、もう少し抑えてとかそういう話なのに、それで興奮してしまうなら何も言わないほうがいいのかも。

「んじゃ、もうフランと途中でお話はしない」

「ん？　それなら、私は際限なくシリルを求めるだけだよ」

フランが楽しそうに、僕を見て僕の胸の突起を摘《つま》んだ。

「うっ、それは困る。んんんっ、いきなりぎゅっとしないでぇ」

「ふふ、だって話をしないなら、続けていいんでしょ？」

僕の男根がプルンと震えると、フランの主張するソレとぶつかった。

「あっ、んん、フランっ！」

「ああ、一緒に気持ちよくなろう。後ろは疲れただろう？」

フランが二つを手の中で一緒に握った。フランの大きな手と、熱いフランの分身が僕のモノにくっつくだけで雫が垂れる。

気持ちいい。すべてが気持ちよくてたまらない、心がぎゅっとなる。

「あっ、あっ、あっ、出ちゃう！」

「ああ、一緒に出そう」

「あああ、イクっ、フラン」

「私も……」

二人同時に白濁をまき散らした。そして、けだるい中フランが僕を抱きしめてくる。

身体はフランを求めている。そして心も少しずつ彼を受け入れているのに、どうして僕はいまだに「愛している」と言えないのだろう。

そんな疑問がふとよぎりながら、フランが息を切らしているのが耳元で聞こえ、一緒に達してくれてうれしいと思った。

その吐息を聞いて安心した僕は、そのままフランの胸の中で眠りに落ちたのだった。

第九章　夢見た世界

お義母様との公務が終わりを告げ、独り立ちしていいと言われてから数日。

公務で王都にある孤児院を訪問したのち、独身時代に贔屓《ひいき》にしていた菓子店が近くにあったのを思い出し、無理を言って馬車を停めてもらった。

侍女と二名の護衛騎士を連れて店に入ると、そこには意外な人がいた。

「ア、アシュリー様？」

「シ、シリル様……」

驚きすぎて、僕とアシュリーは戸惑っていた。

アシュリーは少し痩せたように見えるけど相変わらず綺麗で、前よりも落ち着いた美しさがあった。

彼は今どういう立場にいて、どうなっているのだろう。

初夜の日にフランは、王族の大事な場を乱したから極刑に処すと言っていたけれど、ここにいるということは、上位アルファと婚約か結婚をして、本来の閨係《ねやがかり》が辿《たど》る未来を生きているのだろうか。

上等な服を着ていて、そうとしか思えない見た目だ。

しかし、王家との契約を破ったことを考えると、好待遇を受けられるのかは疑問だった。

それに、彼は僕とフランがこじれた原因で、前の生で僕を死に導いた相手。閨係《ねやがかり》をまっとうし僕の目の前に現れなければ、僕は今頃、いや、前の生だってただただ幸せな花嫁になれたはず。事情を知ったあとで彼の姿を見たら、怒りさえ覚えてしまう。

異様な空気感に二人共言葉を発せずにいると、僕の専属侍女が声をかけてきた。

「シリル様、殿下から予定にある方以外との会話は禁止されております。お菓子は私が購入するので、馬車にお戻りくださいませ」

「えっ、でも」

侍女がそう言って、すかさず王太子妃専属騎士であるコリンが僕の近くに来る。

「シリル様、ちょっと待って！」

アシュリーが僕を呼び止めた。

「下がれ、もうあなたのような人が王太子妃殿下とお話しできるなど思わないように」

「コリン、待って。あなたのような人って……アシュリー様のこと知っているの？」

「それは……」

尋ねると、コリンはしまったというような表情を浮かべたのち、押し黙ってしまう。

いったいアシュリーにどういった事情があるのか想像もつかない。閨係《ねやがかり》は王家の機密なので、表面上は恋人同士に見えていたから、コリンがアシュリーのことを知っていても不思議はない。

しかしそこまで警戒するなんて違和感を覚える。すると、アシュリーが話し出した。

「その騎士様のことを僕は知りませんが、僕と殿下の仲は知れ渡っていましたからね。それとも夫が、彼の同僚だから知っていたのかな？」

僕を恨んでいるのだろう、アシュリーの口調には棘があった。

結婚式でアシュリーがフランと番《つがい》になることを僕は応援していた。

それなのに僕はそのまま王太子妃でい続け、ずっと王宮で暮らしている。僕とフランがどれほど苦しんで、新婚生活を送っているかなんて、アシュリーは知る由もないから。

そして、夫とは……やはりアシュリーはどこかの貴族に下賜《かし》された？

「アシュリー様は、ご結婚なさったのですか？」

「ええ。旦那様がここのお菓子を好きだから、今日は買いに来たんです」

コリンが何か言いたそうだったけど、手で制す。ここにはアシュリーと護衛騎士二人と侍女、そして店主しかおらず、これ幸いにと話を続けた。

気持ちは複雑だが、アシュリーのそのあとが気になるから。

「そ、うだったのですか。それはお邪魔をしてしまって……」

「いえ、いいんですよ。シリル様はご自分用？　殿下は甘いものは召し上がりませんものね。そうだ、シリル様が夫のためにお菓子を選んでくれませんか？　学園では、シリル様によくお菓子をいただいたって懐かしそうに話していました」

「え……」

学園でお菓子を渡した人は、一人しか思い当たらない。まさか、そんな。

「リアム様ったら、あんなにいかついお顔なのに甘党で。結婚して初めて知りましたよ。でもそんなところが可愛いんですよね」

「まさか、リアム様と……？」

まさか殿下の閨係《ねやがかり》の報酬がリアム様？

「ええ、番《つがい》になったんです。案外うまくやっておりますよ」

予期せぬことを言われて、頭が真っ白になった。僕をあそこまで苦しめたのに彼と番《つがい》契約？　足に力が入らず、その場に崩れ落ちる。

「妃殿下！」

コリンの焦る声がする。そしてアシュリーは笑っていた。

「驚いちゃいました？　シリル様の大好きなリアム様は、もう僕のものですよ。あはは っ！」

……なぜ？　いつも、いつも、いつも僕の大切な人をこの男は奪うの？

侍女が地面にしゃがむ僕の手を取り、僕は支えられて立ち上がる。もう大丈夫と彼女に言って、しっかりとアシュリーの目の前に立った。

僕たちの雰囲気に周りは少し距離を取りながら見守る。

「どうして……。アシュリー様は殿下を愛していたはずなのに、どうしてリアム様と！」

前の生と同じでリアム様は巻き込まれた。

以前、僕を慕《した》っていたと言っていた。だから僕を番《つがい》にしたと。

今の生でリアム様が僕を好きになってはいないにしても、アシュリーを好きだったようには思えない。アシュリーは殿下を欲していながら、優しいリアム様の人生を奪った。

また僕はリアム様に辛い人生を歩ませたということ？

王太子妃としてこんなところで感情的になるなんていけないとわかっているけれど、怒りで涙が出てくる。

「はぁ？　最初から僕をあざ笑っていたんでしょ。殿下は僕を愛してなどいなかった！」

アシュリーは興奮した様子で語り始める。

「結婚式の日、僕は予定通り誘発剤を飲んでヒートを起こした。それなのに殿下に相手にしてもらえず、僕の護衛をしていた男三人に何日も犯され続けた！　シリル様が殿下に抱かれている時、僕はヒートに苦しんだ、何日も！」

「まさか、そんな……」

男三人って、いつもアシュリーを守っていたあの騎士たちのこと？　そのうちの一人は本気でアシュリーを好きだったはずなのに、フランはどうしてそんなひどいことを……

——あの日、そんな命令を下していたなんて。

なんとなくフランがアシュリーにした仕打ちはわかっていたけれど、それは想像を超えていた。

「殿下は、自分が躾《しつけ》たオメガを抱けと、三人にはご褒美だと言って、僕を犯させた！　それから、どうしたと思う？　数日後、殿下は僕のところに来たんだ」

あの婚儀期間にフランはアシュリーのもとに訪れていた？

常に疲れていた僕は、抱かれていない時は寝ていることが多く、フランがいない時間は知らない。

目覚めたらいつも僕の前にはフランがいた。そんな僕たちのあの甘い日々の裏で、そんなことが。

「シリル様のねっとりしたオメガの香りを纏って僕に近づいた。ああ、二人はついに身体を交えたんだなって、絶望したよ。それでも、ようやく僕はやっと男たちから解放されると思った」

アシュリーはそこまで話すと、一度言葉を切る。そして、諦観した表情を浮かべて再び口を開く。

「でもね、違ったんだ。殿下が自ら僕の蕾《つぼみ》を開いて、リアム様にうなじを噛むように指示したんだよ。わかる？　好きな人に足を開かれながら、リアム様と交わって番《つがい》になった。すべてを見届けると、殿下はもう興味をなくされて出ていった」

「……っ」

あまりに壮絶なことを聞いて言葉を失い、吐き気までしてきた。頭が回らない。

僕の前の生よりひどい経験。

どっちがどっちだなんて言いきれないけれど、フランはなんてことをしたのだろう。初夜の裏で、そこまで人の道に反したことをしていたなんて。

「知っていました？　リアム様はシリル様が好きだったんだよ。僕と殿下とは違って、二人は相思相愛だった！　笑えるよね、殿下はそれを知って、シリル様が絶対にリアム様に行かないようにするためだけに僕を生かした。だからリアム様に僕を番《つがい》にするように命じたの」

「な、何それ……」

フランは僕がずっとリアム様を好きだと勘違いしていたから、リアム様が巻き込まれてしまった。

アシュリーも僕がずっとリアム様を想っていると思っていたなんて。

前の生の経験を活かして、浅はかにもいろんなことを企んだ……それが最悪の方向に収束していた。

リアム様という優しい人が僕のせいで、また辛い番契約《つがい》をしてしまった。

アシュリーが閨係《ねやがかり》を超えた気持ちを持ったことは仕方ないにしても、王家との契約を守らず、さらにはフランを騙《だま》すように誘発剤を使用して、無理やり番《つがい》の立場を得ようとした。

僕は二人がすべて打合せをしていたと思い協力したけど、それがアシュリーの恋心の暴走だったと言うなら、今思えばひどい話だった。

「殿下はシリル様だけなのに、シリル様は僕の番《つがい》がリアム様だってわかっただけでそんな顔をするなんて。殿下も救われないね」

アシュリーに対して、愛する人を奪われたことで怒っているのではない。

それなら前の生で経験している。

……じゃあ僕は、何に怒っているのだろうか。

「想いがないまま番《つがい》になった二人は、なんで結婚まで？」

「まさか離婚しろと？　最低。命令とはいえ、責任感の強いリアム様が僕を捨てられるわけないでしょ。本当にかっこいいよね、リアム様。リアム様だけはあげないから！」

責任感の強いリアム様って……そんな！　リアム様は好きでもないアシュリーと一生添い遂げるの？

番《つがい》にしたからって、リアム様が責任を取る必要なんてない。

「どうして!?　好きじゃないのに、どうしてリアム様をしばるの？　せめて彼を解放してあげてよ！　彼はあなたなんかが結婚できるような人じゃない、もっとちゃんとした人と――」

「僕なんかと？　はっ、やっぱりシリル様は僕をそんなふうに見ていたよね。でも、それは僕も同じ気持ち。殿下だって、彼を愛してくれる人と幸せになってほしい。唯一愛した人をあなたみたいなふらふらしているオメガに取られるなんて、許せない！」

その言葉に何も返せなかった。確かに一度はフランを諦めた。そんな僕にアシュリーを責める資格なんてないのかもしれない。

アシュリーはただフランを愛して、どうにか一緒になろうと貪欲に生きただけ。

「アシュリー殿、リアム殿が迎えに来たようです」

平行線の会話は思わぬところで終わりを告げる。

もう一人の護衛騎士がアシュリーに話しかけた。

「えっ」

リアム様がここに来たの？

窓の外を見ると、店員が店の前で客を足止めしていた。人だかりの中にリアム様の姿が。

久しぶりに見るリアム様は少し疲れているようにも見える。

「シリル様、僕はリアム様と冷めた関係ではありません。番《つがい》ですからね、うなじを噛まれると相手が愛おしく思えるものです。それに僕のお腹には、彼の子がいます。彼はきっと子煩悩ないい父親になります。不器用ながら僕を愛してくれている」

「え……」

愛してくれている？　子がいる？

僕が王宮にいる間に、彼らにはいったい何があったのか事態がわからず呆然《ぼうぜん》とした。

「シリル様はかわいそうな方だと思います。あんなに愛してくれる殿下を愛せないなんて。僕もリアム様もとっくに前を向いて、今に向き合っています」

「今に、向き合っている？」

「目の前にある愛を受け入れることが、こんなに幸せなことだと知りませんでした。シリル様も、過去ばかり見ないで、今ある現実を受け入れたらいかがですか？」

アシュリーの言葉に、はっとした。

「目の前の、愛……」

前の生で僕の断罪を引き起こすきっかけになった、アシュリーの言葉が心の深いところに入り込んでくる。

フランは僕を手に入れるために、すべてを排除した。アシュリーを、そしてリアム様を。

怖いと思う反面、そこまでの愛を僕はもらっていたとストンと腑《ふ》に落ちた感覚がする。

目の前のアシュリーだって立場など関係なく、愛に生きた。

フランとアシュリーは、自分の心に忠実に動いていただけ。

「そうですね……僕は、かわいそうなのかもしれない」

愛についてずっと悩んでいた。愛のために情熱を傾けた二人と違って、僕はただフランを諦めるために生きた。想いを、自分を殺して、目の前の幸せからずっと逃げてきた。

「え、シリル様？」

散々強気だったアシュリーは、僕がもう怒っていないことに驚く。そして、僕が壊れたと思ったのか心配そうに見つめてきた。

「初恋の相手であるフランが、あなたと恋仲になったと勘違いした日から……ずっと。そしてフランと結ばれた今でも……」

ぽつりとそう呟いた時、コリンがリアム様を店に入れた。動かないアシュリーを彼に引き取ってもらおうとしたのだろう。

アシュリーは彼の胸に飛び込み、リアム様も自然に抱きしめ返す。

その様子を僕は呆然《ぼうぜん》と見ていた。

そうか、二人は番《つがい》になって、身体だけではなく心も通じたのか。

二人はもう前を向いている。ううん、フランのしでかしたことが大きすぎて、前を向かなければ心が壊れていたのかもしれない。

僕とフランとは違って、二人は何かを乗り越えた……？

リアム様はアシュリーを離すと、僕の前に来て膝を折った。

「妃殿下……」

リアム様は僕をシリルとは呼ばず、真摯な眼差しで見てきた。

「リアム……様」

かつての僕の番《つがい》、そして今はアシュリーの番《つがい》。

僕が彼を巻き込んでしまったけれど、リアム様は幸せなのだろうか。

向き合った瞬間、なぜだか急に身体の力が入らなくなり、足の力が抜けてふらついてしまった。

「きゃぁー、シリル様っ！」

「シリル様ぁ!!」

僕を支えたのは、優しいリアム様だった。いつでもこの手は安心する。この人が幸せになってくれることが、今の僕の願いの一つでもあったのに……

リアム様の驚く声と、侍女の叫び声が聞こえる中、僕は意識を失った。

＊＊＊

僕はまた長い夢を見ている。これは僕の前の生で、最期の時だ。

フランが僕を抱いている。番《つがい》になったリアム様の叫び声が聞こえる。

『シリル様ぁ!!』

声のしたほうに顔を向けると、リアム様が僕の死にゆく姿を捕らわれながら見ていた。

あぁ、この声。そうか、この声が僕をここへ戻したんだ。リアム様の悲痛な声……

——もしかしたら、この先の出来事に回帰の本当の意味を解き明かす何かが隠されている？

番《つがい》以外の人を受け入れてとても苦しい。もうこの命をここで終わらせよう、そう思って、僕を抱くフランを見て……驚いた。

フランは泣いていた。苦しいのは番《つがい》以外に抱かれている僕のほうなのに僕よりも辛い顔をしていて、ギュッと胸が締め付けられる。

あぁ、僕は初恋の人にこんな顔をさせてしまったんだ。

『シリル、シリルだけを、私は……この先、一生シリルだけだ』

――僕とフランの話には続きがあったんだ。

『やっと生涯の伴侶《はんりょ》を抱けた』

そう言ったフラン。しかし、とても悲しげな顔はこの先の運命を知っていた。フランは自分の手で僕の命を奪うとわかっていて抱いたんだ。

力の入らない手を必死に伸ばして、僕はフランの頬《ほほ》に触れた。そして、言う。

『フラン……ごめんね』

幼い頃に呼んでいた名前を。

その言葉に、フランは驚いた顔をしながらも微笑んだ。

『ずっと、ずっとシリルに幼い頃の愛称で呼んでもらいたかった……愛している』

『フラン、次生まれ変わったら今度は間違わない。次はこんな顔をさせない……か、ら』

『うっ、うう、うっ、シリル、シリルっ！』

フランが泣き叫んで、僕をさらに強く抱きしめる。そして我に返ったように欲望を抜いたと同時、僕の意識が途絶えた。

その後、王太子妃の部屋で目が覚めた。そこは僕が生涯過ごす予定の場所で、部屋には二人きりだった。王宮で処置をされて一命を取り留めたらしい。

目の前には憔悴しきったフランがいる。

彼を見た時、やはりまだ愛していると感じた。リアム様への想いは自分が生きるための生存本能に近い想いだったと、フランの真剣な眼差しを見て再確認する。

フランは今までにあったことを教えてくれた。王宮内のごく一部の人間しか知らないという、アシュリーのこと、騎士たちのしでかしたことを。

アシュリーは閨係《ねやがかり》の褒美として、リーグに下賜《かし》されることはすでに決まっていたらしい。リーグは下賜《かし》されたことをアシュリーに伝え求婚した。そして、『発情誘発剤を使用して番《つがい》になろう』とリーグから言われアシュリーは同意した。

だが、結婚式の日に、なぜかフランを呼び出した。何か策略があるのではないかと不信に思ったフランは信頼するリアム様に僕を任せたあと、アシュリーのもとへ向かった。

そして、フランは部屋に閉じ込められた。

部屋にはアシュリーが待っていて、僕がリーグに渡した誘発剤を使い発情状態になっていた。その結果、フランはアシュリー相手にラットを起こしてしまい、彼を貪ることになる。

その後、お義母様の私兵が助けに来るまで二人は部屋に籠った。

アシュリーが規定以上の量の薬を使用していたと、のちに判明した。強すぎるオメガの発情にフランのラットは長引いたという。

二人がそんな経緯から番《つがい》になった時、僕も誘発剤を使用して待っていたことを、フランは知らなかった。リアム様は想い人である僕の強い薬による発情を前に、本能に抗《あらが》えず番《つがい》にした。

すべては、フランを諦めきれないアシュリーと、アシュリーを王家に引き入れた後宮官僚、アシュリーが協力を仰いだ騎士たちの策略によるものだった。

そして、フランをどうしても僕だけのものにしたかった僕の浅はかな策略——リーグに誘発剤を渡したこと——が重なって起きた、不幸な出来事。

フランがラットから意識を取り戻した時、僕は不貞を働いた王太子妃として王宮で謹慎していると聞いたらしい。リアム様が僕を離さずに部屋に籠りっぱなしだったという理由で。

フランはその後の処理に追われ、意を決して僕と向き合おうと思った時、ようやく王宮にいないことを知った。

……そう、王宮で謹慎していると言われていた期間、僕は後宮官僚と騎士たちにより、秘かに捕らえられ、本当は騎士団に監禁され凌辱《りょうじょく》されていたのだ。

フランがそのことを知った時、僕はすでにリアム様に助け出されていた。

それからしばらくして、事件に関わったすべての人が死罪になった。その中にはアシュリー、そして後宮官僚と繋がり、息子を差し出したミラー男爵もいた。

一方でリアム様は王太子専属騎士の任は解かれたけれど、まだ騎士のままだった。

また、僕の実家は爵位剥奪《はくだつ》はされず、家族は僕が嫁に行って幸せにしていると思って、変わらず過ごしているらしい。

フランからそう説明されたが命の灯《ともしび》が途絶えようとしていた僕は、その内容が頭に入らなかった。

僕は極度の番《つがい》欠乏を患《わずら》っていたのだ。

それは、オメガの防衛本能として番《つがい》を求める病。オメガは番《つがい》以外を受け入れると身体が拒絶反応を起こし、さらに続くと機能が停止し、死に至ると言われている。

医師いわく、騎士たちに犯された時点で番《つがい》欠乏による衰弱も同時に始まっていたと言う。

唯一の治療は、番《つがい》のフェロモン——すなわち体液を体内に摂取すること。

リアム様が助けてくれたあと、彼は僕の身体の損傷を気にして抱かなかった。それが命を早める結果だったと知る。

一刻も早く番《つがい》のフェロモンが必要で、リアム様に抱かれなければいけない。

番《つがい》のリアム様が僕を抱けば命は助かるらしいが……僕はもうリアム様を選ぶことなんてできない。

オメガとしての尊厳を奪われ、心と身体は限界だった。

すべては僕の勘違いで、二人の男の運命を狂わせてしまった。

『僕はフランの胸でこの命を終わらせたい。生まれ変わったら、またあなたを愛するために。もう間違わない』

最後だけは間違えてはいけない。

ずっと求めていた場所に——フランと二人きりの世界に、僕はいる。

『う、シリル！　お願いだ、今までのことすまなかった。愛しているんだ！　たとえほかの男の下であっても、生きて、生きていてほしい。生きてさえいてくれたら、それで……』

『ダメだよ、フラン。僕たちはもう間違えたらいけない、最後にあなたの本音を聞けて良かった。生まれ変われるなら、またあなたを捜す。僕は、何度でもあなたに還るから……』

そうして、僕は自ら死を望んだ。


謎が解けた。

またフランのもとに還るから。そう願って、回帰を成し遂げた。僕は、幼い頃から夢見た未来をもう一度やり直したかったんだ。

なんて浅はかな行動ばかりしてきたのだろう。散々愛する人を傷つけてきた。

今、僕のやり遂げるべきことにやっと気がつく。

——僕の夢見た世界がここにある。

＊＊＊

そこで目が覚めた。とてつもなく長い夢から覚めて、やっと現実に向き合う時間がようやく来た。

「あ、ぼ、く……」

目を開けると、店内の長い椅子に横になっていた。侍女と護衛騎士二人、菓子店の店主、そしてリアム様とアシュリーがいて、皆、心配そうな表情を浮かべている。

急いで近くの診療所の医師が駆けつけたらしく、僕の脈を測っている。気を失っていたのは、数分の出来事だったらしい。

「王太子妃殿下、もう大丈夫です。脈は安定しております。公務が大変だったのでしょう、過労から倒れたかと思われます。城に戻り、よくお休みください」

事情を知らない医師は、温かい言葉をかけてくれた。

「シリル様……シリル様！　ああ、良かった」

侍女が安堵の息をつき、言葉をかける。

侍女は初夜の日に、僕と一緒にフランが来るのを待っていたから、僕がリアム様に抱きついた姿を見ていたし、結婚してからずっと見守っていてくれた。リアム様と対面したことで、過去の想いが溢れたと思ったのかもしれない。

「シリル様、ごめんなさいっ、僕がまた意地悪を言ったから。ひっく」

泣きじゃくるアシュリー。そこにはもう悪意はないように見える。

その肩を抱くリアム様は僕とどう接していいのかわからないようだった。

この問題は僕たちだけで向き合ったほうがいい。このままじゃいけないと思い、医師と侍女の手を借りて起き上がり、しばらくアシュリーとリアム様の三人にしてほしいと頼む。侍女たちは渋ったけれど、僕の真剣な表情に「少しの時間なら」と言って店の外へ出て行ってくれた。

そして三人になった。

緊張しているリアム様と、怯えるアシュリー。

「アシュリー様」

「は、はい」

アシュリーがいつもと違い、弱々しく返事をした。

もしかすると僕が気を失っている間に、何か言われたのかもしれない。それとも僕が鬼気迫る顔をしていたから、驚いただけかもしれない。

すべての元凶であったアシュリーと、決着をつけようという思いが僕から自然と湧き上がる。

これまでの曖昧《あいまい》な記憶に引きずられていた僕をここで終わらせる。

腹を割って話して、すべての誤解を解かないと僕はフランと向き合えないし、アシュリーが救われない気がする。

アシュリーはフランへの恋心がまだ消えていないと思う。僕に対して悔しい気持ちがあるからこそ、リアム様のすべてを受け入れたと言っているのかもしれない。いや、きっと彼を受け入れているのは確かだと思う。二人にはそんな雰囲気が垣間見えている。

せっかく今に向き合おうと努力をしているアシュリーに、いまだに僕がリアム様を想っているなんて勘違いをされてはいけない。リアム様の気持ちを疑って生きていくのは、二人にとっても良くない。

このまま僕という不安材料を残していてはいけない。

「今まで僕の身勝手な想いで、アシュリー様を振り回してしまって申し訳ありませんでした」

「え？」

アシュリーもリアム様も驚いた顔をしている。

アシュリーが目の前に現れたあの日から、僕は彼を憎んだ。

「アシュリー様が殿下の恋人だと勘違いしたあの日からずっと苦しかった。殿下に裏切られたと思ったんです。だからこれ以上傷つかないように、殿下を諦めると自分に言い聞かせました」

それによって、すべては始まった。

アシュリーがフランを愛し、フランはアシュリーに誤解させた。二人が恋人同士だと思った僕はアシュリーを憎み、それを見たリアム様は僕を想ってくれた。

皆がそれぞれ自分のために動いたから、幼い僕らが愛のため生きたから。

すべては自分たちで始めたこと、自分たちの間違った想いの強さから、回帰してやり直さなければいけないほどの壮絶なすれ違いが生じた。

息を吸って、真っ直ぐアシュリーとリアム様を見る。そして口を開いた。

「僕は、やっと僕自身の気持ちに気づきました」

「え……」

アシュリーはきょとんとした顔で僕を見た。

「今までずっと心を隠してきましたが、僕は殿下を愛しています」

自分の気持ちを押し殺し、フランを好きじゃないと言い張ってアシュリーに期待させた。フランはアシュリーを好きじゃなかったのに、僕の勘違いでアシュリーを焚きつけたんだ。

「もう自分の気持ちに嘘を吐くのは限界です。僕はフランディル様を幼い頃からずっとお慕《した》いしてきました」

その言葉にアシュリーが涙を流しながら、小さく頷いた。アシュリーは初めから僕の本当の気持ちを知っていたんだ……

「シリル様……ごめんなさい。僕が、僕が勝手に好きになって、恋人だと勘違いして、それで、シリル様を傷つけました」

アシュリーは何か納得したかのように、初めて謝罪の言葉を口にする。

その変化を見て僕は確信した。リアム様がいるから、もう大丈夫なのだと。

「アシュリー様、どうかリアム様と幸せになってください」

本心で言った。

アシュリーが泣いて頷き、その後リアム様が僕に膝を折る。

「妃殿下、このたびはご成婚おめでとうございます。私はアシュリーと番《つがい》となり結婚いたしました。妻のお腹には私の子がおります。今は大事な時期なので、王宮での仕事を制限させていただいております」

リアム様は真面目な顔をして、僕を妃殿下と呼んだ。

シリル様と呼び、情愛のような笑顔を見せてくれる彼はもういない。

フランに強要されて始まった関係だとしても、リアム様ならアシュリーを受け入れることができる。リアム様はアシュリーを選んだんだ。

もう過去に左右されるのはやめて、これからはフランだけを見ていく。リアム様とも向き合って、前の生の愛情も、悔しい想いも、苦しみも、すべてを終わらせる。

「そうでしたか。リアム様こそ、番契約《つがい》に……ご結婚もおめでとうございます」

「ありがとうございます」

僕の返答に驚くと同時に、なんとなく寂しそうな表情にも見えた。

きっと彼が僕を想って支えてくれたのは真実だろう。一度目の人生と同じ気持ちにはなれなかったけれど、彼はずっと変わらない唯一の味方だった。

「感謝しています。今までずっと支えてくださりありがとうございました。リアム様は勘違いをずっと正そうとしてくれていたのに、僕は頑なになっていました。リアム様やアシュリー様に大変なご迷惑をおかけし、申し訳ございませんでした」

「そ、そんなことはっ！」

リアム様が苦虫を噛み潰したような顔をした。

どこまでも優しい、僕の番《つがい》だった人。リアム様がいたから、二度目の人生で僕は一人で辛い時間を過ごさなくて済んだ。ずっと僕のことを心配してくれた彼に感謝しかない。

僕は微笑んだ。

「僕は、何も見ようとしなかった。とても傲慢だったと思います。それでもリアム様は優しく支えてくれた。うれしかったです。もうご安心ください。僕は王太子妃として愛する夫を支え、国に尽くしたいと心から思います。これからはもう迷いません」

「それは……大変、喜ばしいことです」

「アシュリー様とリアム様の幸せを心から願っています」

そう言うと、リアム様は驚いた顔をして不器用に笑う。

その笑顔は僕が大好きだった、優しい騎士の顔だった。

「妃殿下は、今、幸せでいらっしゃいますか？」

「はい。幼かった頃から大好きだった人と結婚できて、僕は今とっても幸せです！」

満面の笑みで答えると、リアム様はうれしそうに微笑んだ。アシュリーも安心した表情を浮かべる。

もう迷わない。僕の本当の回帰の理由と向き合う時が来た。

僕は二人と別れ、馬車に向かう。そして、護衛たちと侍女に向かって言う。

「さっきの出来事は、忘れて」

「もちろんです。私たちはシリル様に仕える者です。今日のことは絶対に殿下のお耳に入れません」

「ううん、そうじゃないの。僕は今まで間違えていた。……アシュリー様に会って、やっと本当の気持ちに気がついた」

「シリル様。早まってはいけません！　たとえシリル様に想いがなくても、殿下にあんなに愛されているんです。いつか、いつかシリル様も殿下を想う日が来るかもしれません、だからっ！」

侍女は泣きながら僕を説得しようとする。

そっか、僕がフランから離れる決意をしたと思った？　そんなに切羽詰まった感じになったかな。

「違う、僕はフランを愛している。アシュリー様とリアム様に会ったことで気がついた。今まで心配かけてごめんね」

「シ、シリルさまぁ！」

「うっ、やっと殿下の想いが……」

侍女と護衛たちは泣き出した。

「僕、早くフランに会いたい、愛しているって……直接彼に言いたい」

その言葉に安心したのか、三人は顔を見合わせて嬉しそうに頷く。侍女が馬車に乗り、護衛たちが外を守ると、馬車は王宮へと動き出した。

僕たちの関係ってそんなに深刻に見えていたんだ、周りに悪いことをしたと反省する。

それでも心が軽くなった。フランに告白する前にほかの人たちに話すなんて早まったかなと思うけれど、言葉にするとなんだかすっと腑《ふ》に落ちる。

――僕はフランを愛している。

きっと初めから。出会った瞬間、恋に落ちて、ずっとずっと大好きだった。

だから一度目の生でアシュリーという存在に過剰に反応して、本当の自分を見失った。そして、二度目の生では、愛している人に裏切られるという傷を作る前に自衛した。そうしなければ僕はまた壊れてしまう。フランに愛されないことが受け入れられなかったから。

すべては愛から始まった。フランを深く愛しすぎた。

愛についてずっと考えてきたけれど、それは意味のないことで、いつまで経っても答えには辿《たど》り着けない。

だって、初めから僕の中にあったんだから！

僕の空回りしていた行動も苦しんだ日々も、すべてフランを愛していた証拠。

たくさんの人を巻き込んだ。アシュリーに、リアム様。そして、フラン。

いろんなことが空回りしたけれど、僕の誤解はもう解決している。そしてあの二人ももう大丈夫だろう。

あとはフランの誤解——僕がリアム様を好きだと思っていて、フランのことは愛していない——それを解かないと。

僕たちは言葉が足りなかった。曖昧《あいまい》な態度がフランに辛そうな顔をさせていた。彼に真実を聞いてから想いは少しずつ変化してきたけれど、僕の中で納得のいく答えは出せず、愛を囁くことができなかった。

すべてはフランの思い違いだと、ちゃんと言葉で伝える。僕たちの過ちをここで、終わりにしないと！

自分の気持ちを自覚したからか、心臓が大きな音を立て身体が熱い。

フランに会いたい、フランにキスしたい、フランに愛しているって言いたい！

そう強く思った途端、急に身体に異変が起きた。

「あっ、はっ、あっ、身体が熱い」

「えっ、シリル様？」

走行中の馬車の中で、侍女が僕の異変に驚いた。

「フラン……フランに会いたい！」

「シリル様⁉　嘘、やだ、どうしよう。ヒート！　コリン様、殿下に連絡を！」

えっ、僕ヒート起こしている？

恋心を自覚した途端、愛するアルファが欲しくなるなんて単純だ。前にフィーが言っていた、オメガは嘘をつけない時があるって。

フランに愛をどうやって伝えようかと考えていたけれど、今なら僕の気持ちを素直に信じてもらえる？

「今すぐ殿下をお呼びしますので、少し我慢してください！」

侍女が慌てた声を出し、馬車の外で並行する護衛に伝える。するとバタバタと慌ただしい音と共に、馬が駆けていく音が響いた。護衛の一人が馬でフランを呼びに走っていたのだろう。

「私が側でお守りしますからね。護衛も一人残っているし、この馬車はフェロモンが漏れない設計になっているので大丈夫ですよ」

「うん、フラン、フランに会いたい！　僕フランが好きなんだ」

「そうですね、オメガはヒートが来ると正直になるものです。シリル様のお気持ちがわかりますよ。ヒート用の別邸に向かいます。殿下がすぐに来て、シリル様を愛してくださいますからね。あと少しです」

熱くて、熱くて、下を触りたくなるけれど、さすがに侍女の前で触るわけにいかない。でも理性が……

「ひっく。ひっ、フラン、フラン、フラン」

「シリル様。泣かないで」

フランに会いたい。フランじゃなくちゃ嫌だ。いつだって僕の熱を鎮めてくれるのは、フランだけ。自分の本当の想いに気づいたら、こんなにっていうほどフランへの愛が溢れてくる。涙が出るほど、フランが愛おしい。たまらなく大好きで、彼に会うために時空を超えた。

「んっ、この香りって、フラン⁉」

急に愛おしい人の香りがした。

まさか、まさか、僕のアルファがここに来た？　まだ別邸に辿《たど》り着くはずがないのに。

馬車が止まり、ドアが開く。

「シリル！」

そこには僕の大好きな香りが汗をかいてやってきた。

フランが目の前にいる。

まるで時が止まったように、じっと大好きな人を見た。

「殿下！　まさかお一人で、馬を？　シリル様が発情されて」

侍女が慌てた様子で言う。

涙がぐっと止まった。王太子なのに一人で馬を駆けてここまで来てくれたんだ。

「ああ、シリルについていてくれてありがとう。ヒートを起こしたのが、王都の中心で良かった。ちょうど近くで公務があったから、コリンが急いで知らせてくれたんだ。ここからは私が代わる。

悪いが愛馬を頼む。……シリル、もう大丈夫だ」

「殿下、良かったです！　シリル様をよろしくお願いいたします」

侍女が泣きそうな声でフランに伝えた。

「ああ、ありがとう」

侍女が僕のことを大事に想っているのをフランも理解したみたいで、感謝の言葉を告げる。

侍女は頭を下げると、うれしそうに馬車を降りた。そして、扉が閉まる。

「フラン、フラン！」

馬車が動き出すと同時、僕は再び涙を流しながらフランに抱きついた。愛おしい夫が目の前に来たんだ。

「シリル待たせて悪かった」

「僕は、あなたに、あなたに還るためにここに来たの」

「私に……還る？　それは、いったい……」

いきなりヒートを起こした妻がわけのわからないことを言っている、そう思ったかもしれない。

僕のヒートにすでに当てられていたフランは、真っ赤な顔をして優しく言う。

「シリル、これから別邸に向かうからもう少し我慢できる？」

案の定、フランは僕の言葉の意味を理解していないと思う。それでも、「あなたに還る」という言葉に何かを感じたのか、芳しいフェロモンの香りが際立ち、僕に突き刺さる。

「できない、できないよ。フランが目の前にいるのにどうして我慢しなくちゃだめなの？　お願い、抱いて」

フランは驚いたけれど、うれしさを隠し切れない様子でいる。

「シリル!? なんて誘い方を……ここは馬車だよ、んん」

そんな姿を見たら我慢なんてできず、フランの言葉をキスで塞いだ。くちゅっ、と大きな音をたてて唾液を吸う。

そして、濃い香りの出る首元に顔を埋める。そこは汗ばんでいて、急いで来てくれたのがわかり、うれしくなってそれを舐めた。

「んっ、シリル。だめだ、汗をかいているから、ほら離れて。このままじゃ馬車の中で番《つがい》になってしまうよ。シリルは番《つがい》になることだって抵抗があるのだろう? せめてベッドでわからなくなっている時に」

フランの声は焦っているのに、とても優しい。否定する言葉なのに、僕を諭《さと》しきれていない。僕をほしいと、まるで愛の告白をしているかのよう。フランの香りに包まれる。

「やだ、やだ、今して。すぐに番《つがい》にして! 僕フランが好きなの。フランを愛している」

「えっ、シリル」

初めて聞く、僕からの愛の言葉に戸惑いつつも、その青い瞳の奥には情熱が見える。いつも以上に欲しがっている。グズグズなのは僕だけじゃないとわかり、うれしくてたまらない。

「ねぇ、今すぐしよう。フランがほしい」

座っているフランに抱きついた状態で、少し腰を浮かせてズボンと下穿《したば》きを一気に脱いだ。

「シリル！」

「お願い、ここ見て。もうすごいの……」

自分の後孔に手を当て濡れた手を見せると、フランはさらに真っ赤になり驚いた顔をする。

僕はもう番《つがい》になることに抵抗なんてない、だけどフランは勘違いしているかもしれない。このままでは僕に愛されていないと、そう信じたまま番《つがい》になってしまうだろう。

「フランのことを思ったら、ヒートが来たの。フランを好きだって自覚したら急に熱くなって――」

「シリルは発情期で言っていることがわからないんだ。そんなに煽って……あとで泣き言は聞かないよ」

「言わない、ねぇお願い。今すぐここにフランを頂戴！」

まだ戸惑っているフランにキスをした。フランの硬くなっているモノを取り出し、僕の中にゆっくりと埋め込んでいく。

「あっ、あ、あ、クル。挿入《はい》って……」

「うっ、シリル！」

フランは僕の腰を支えてゆっくりと下ろしてくれる。フランの匂いも強くなっていて、おそらくラットを起こしかけている。それなのに優しい。

でも、その優しさが今はもどかしくて、僕は身体を一気に下ろしてフランのすべてを一瞬で飲み込んだ。

「ああ、あッ！」

「くっ、シリルっ、そんな急に！」

僕とフランは繋がった。見つめ合いながらフランに顔を寄せ、そして唇を重ねた。

「ああ、フランが、フランが僕の中に……ああっ、あっんん」

発情中で力が入らないけれど、体重を沈めては少し腰を上げる動きを小刻みに繰り返す。フランが挿入《はい》っている場所が、すごく濡れているのがわかる。

「シリル、お願いだ。もう動かないで。イッてしまう」

フランが苦しそうに言葉を発する。

我慢なんてする必要ないのに、どうしてそんな切なそうな顔をするの？　まだフランを心から受け入れていないと思っている？　フランを想ってこんなにはしたない雫を零しているのに。

汗をかいたフランが耐えている姿はかっこいいけれど、いつもみたいに自分勝手に僕をもっと貪ってほしい。僕はフランにキスをしてから笑顔で言う。

「お願いっ、はっ、あっ、僕の中に、出して」

「くそっ、もう我慢しないぞ」

フランは戸惑いながらもうれしそうな顔をする。そして、僕の腰を思いっきり掴んで、下から硬くそそり勃《た》つモノを力強く打ちつけた。

「あっ、あっ、す、すごいっ、気持ちいい、フラン！」

フランが僕を求める。その熱い瞳、熱い言葉、熱い肉感、すべてが僕を求めている。愛おしいという想いが伝わる――彼を心から受け入れている今の僕は、フランのすべてがわかる！

美しい青い瞳で、フランが僕を見てきた。

「シリル、愛している」

うれしい。今までずっともらっていた言葉なのに。愛を自覚したから？

フランのその言葉に全身が喜びで騒《ざわ》めき立ち、涙が止まらない。

「僕も、僕もフランが好きっ、愛してる」

「うっ、こんな時にそんな言葉……っ、出すぞ」

フランは苦しそうに言うけれど、僕の愛の言葉を喜んでくれているのがわかる。匂いで、仕草で、言葉の重みで、すべてからフランが僕を大切だと想ってくれているのが伝わってくる。

「あああっっ」

心が繋がった交わりは想像を絶する心地良さで、あまりの快感に声がとめどなく漏れてしまう。

「シリル……ッ」

二人共達し、繋がった状態のままフランは僕にキスをする。ラット中のアルファの欲望は出し切るまでが長く、溢れるほどの子種が今も僕に注がれていた。

その時、僕の顔に冷たい水が落ちる。フランは泣いていた。

「泣、かないで……フラン、愛している」

僕はフランの頬《ほほ》に触れる。どうしてこんなに愛おしいの。

「ああ、私も愛している」

見つめ合うと、フランは恥ずかしそうな顔をした。そして戸惑っているような、気まずいような、欲情しているようないろんな表情を見せる。

その表情に僕はまた心臓がぎゅっとなる。

沈黙が続く中、フランが汗のついた僕の髪をかき上げて、そしてまたキスをしてくる。

「んっ。だめ、今は。またイクから」

「どうして、何度でも達するといい」

「ふふ、でも、今フランをもらって少し落ち着いたから、ちょっと話したい」

「私は落ち着かない。今もずっとシリルに挿入《はい》って私を注いでるなんて、言葉にできないくらい幸せだ」

フラン、本当に可愛い。結婚した当初は威圧感に恐怖を感じたけれど、今は違ってとても柔らかい雰囲気だ。

好き、本当に。涙が出るくらい愛している。

「挿入《はい》っているままでいいから、聞いて？」

「あ、ああ」

フランがお腹の中で主張しているけど、動きを止めて真剣に僕を見てくれる。

「フラン、僕と結婚してくれてありがとう。気づくのが遅くなったけれど、僕はフランを、フランディル様、あなただけを愛しています。僕を番《つがい》にしてください」

満面の笑みで伝えると、フランは目を大きく見開く。

「シリル、本当に？」

「うん、僕だけのアルファは初めからフランだけ。フランだけのオメガにして」

フランはまた泣いた。びっくりだけど、それが変だとは思わない。愛が溢れると涙が出ることを、僕はさっき知ったから。

「……フラン？」

「ああ、番《つがい》になってくれ。私は生涯シリルだけを愛している」

これからは、お互いに好き同士。そう思うだけでまた顔が熱くなる。

「僕も。愛してる」

そしてフランは僕に誓いのキスをした。

これこそが気持ちの通った本当の誓いの口づけだった。

第十章　あなたに還る

僕のヒートは終わった。

ここはどこだろう。今まで見たことない部屋。

抱かれたあと、目覚めると相変わらず自分がどこにいるのかわからない。身体はフランの香りでいっぱいだ。いつも以上に強く匂いが残っているから、直前まで彼に抱かれていたはず。

ずっと大好きな人に抱かれていたけれど、発情期中のことは記憶が曖昧《あいまい》だ。それでも、フランの色っぽい吐息や僕の歓喜の悲鳴、繋がっているところの熱さは覚えていた。

ベッドの上でぼぅっとしていると、フランの香りを感じた。

「フラン？」

「ああ、シリル起きたのか。身体は辛くない？」

フランがドアから入ってくる。

姿を認識するよりも先に、香りでその存在に気がつくなんて。自分にそんな能力があったのかと驚く。それとも愛を知ったから本能が香りを先に探してしまうのかな？

「ここ、どこ？」

「ここは別邸だ。番《つがい》と発情期を一緒に過ごす場所」

フランは僕の隣に座ると、水を飲ませてくれた。

「ありがとう。僕、発情期に入っていたんだよね？　それはわかるんだけど、フランが馬車に入ってきたところからあまり記憶がなくって……」

「えっ、そうなのか？」

あれ、僕なんかいけないこと言った？　フランが戸惑った顔をしている。

「フラン？」

「ああ、そうだよ。あの時、シリルがヒートを起こしたと聞いて、急いで馬で駆けつけた。そして馬車の中でシリルを抱いて、そのままここに移動し、一緒にヒートを過ごした」

ヒート中は相手に嘘をつけない。素の自分が出ると、以前フィーが言っていたけど、僕大丈夫だったかな？　大好きって自覚して、そのままヒートに入ったけど……

フランの不安そうな顔から、僕は何かをやらかしてしまったのだろう。

「ごめんなさい」

「何について謝っているの？　もう遅いよ、私たちは番《つがい》になった」

「え」

フランが苦しそうに話すのが気になったけれど、僕はうれしくてすぐにうなじを触った。見えないけれど、噛み跡のような手触りがあった。

「あ、嘘……ああっ」

うれしすぎて涙が溢れてくる。

「シリル」

好きになってヒートを起こした。そして自然な流れで僕たちは番《つがい》になった。

仮に僕がフランを好きになっていなくても、発情期が来たら僕を番《つがい》にすることは決まっていた。

だけど、フランを心から望んだ。名実共にフランのものになった。

うれしくてたまらなくて何と言っていいのかわからない。

そんな僕とは違い、目の前のフランはどこか辛そうな表情で僕の涙を拭いながら言う。

「どんなに泣いても、もう訂正できない。うなじを噛むということはそういうことだ。シリルが嫌がっても、泣いても、私たちは番《つがい》だ。ヒートで我を忘れて、ただアルファを求めていただけだとしても、番《つがい》契約をするのは夫である私だけだ。最初から決まっていた」

僕たちは愛し合って番《つがい》になったんじゃないの？

「え……なんでそんなこと言うの？　夫だからとか、初めから決まっていたとかじゃなくて、愛しているから僕のうなじを噛むのはフランだけ。フランは違うの？　義務で妻の僕を番《つがい》にしたの？」

「シリルは望んでいたの？　私が好き……なのか？」

どうして驚いた顔をするのかな。僕はヒート中に、またフランを不安にさせるようなことを言った？　いや、嘘をつけない発情期にフランに抱かれたのだから、そんなはずはない。

「好きだよ、大好き。フランを、フランだけを愛している」

自分の想いをフランに伝えたくて、さらに話し続ける。

「僕、ヒート中にフランのこと好きだって言わずに、ずっと身体だけを求めていたの？　僕って、ただアルファだから求めるような、そんな淫乱なオメガだったんだ。ごめんなさい。本当に覚えていなくて、こんなオメガが番《つがい》でごめんなさっ、んん」

キスで口を塞がれた。濃厚なものにだんだんと変わっていき、頭がぼうっとする。フランの香りが好きだ。

……でも、これはどういう意味のキス？

目を開けると、とても愛おしいと言葉にしなくてもわかるほど、フランが愛に溢れた優しい眼差しを向けていた。

「違うよ。シリルはずっと私の名前しか呼ばなかったし、ずっと愛を囁いてくれた」

その表情に僕は自然と笑顔になっていく。

前の生で無理やり抱かれた僕の、あの時の苦しみが浄化していくみたい。

そうか、番《つがい》だとこういう些細な変化を感じられるんだ。フランが穏やかな顔で話を続けた。

「初夜のリアムとのことが私の中でずっと燻《くすぶ》っていて、これまでシリルの心を疑っていた。本当にすまなかった。シリルは幼い頃からずっと私だけを愛してくれていたのだと、やっと確信が持てた。だけど覚えていないと言うから、あれは発情期が見せた幻だったのかもと不安に思ったんだ」

そんな不安にさせていたんだと反省する。

「傷つきたくなくてフランのことを諦めた。フランの命令でリアム様は優しくしてくれたのに、あの時の僕は彼に縋《すが》ってしまったの。でもそれは恋じゃない。それに、裏切られたと思い込んでしまっていたから、結婚してからもフランの言葉をいつも否定して、まともに取り合わなかった」

「それは、仕方のないことだ」

複雑な顔をして僕を見る。ちょっと痛いところをつきすぎちゃったかな。

「ううん、フランは悪くない。僕がフランを好きじゃないって思うことで、自分の心を守っていたんだ。ずっと、ずっと意地を張って、フランをたくさん傷つけた。今さらだけど……ごめんなさい」

「シリル、すべて私のせいだ。シリルが謝ることじゃない」

思えばフランは最初から何一つ嘘なんてなかった。僕の歪《ゆが》んだ考えが、フランを悪者にしていた
「二人のことだからフランだけのせいじゃない。僕の心が弱かったから。ヒートに入る前にね、たまたまアシュリー様に会ったの」

「なんだって⁉」

あっ、さすが僕の専属たち、あの時のこと言わなかったんだ。

フランが驚いている。二度とアシュリーと会わせるつもりはなかったのだろう。

「そこで、リアム様と番《つがい》になったと聞いて、僕すごく怒ったの。最初はフラン、次にリアム様を奪うなんて。でもリアム様の顔を見て納得したよ。二人はちゃんと前を見ていた。だから、僕も今を見つめようって思ったの。そこでやっと自分の気持ちを受け入れられたんだ」

「シリル……」

フランは僕の頬《ほほ》に触れ、言葉の続きを待ってくれる。

「僕はフランが好きだって理解した。ううん、ずっと好きだったから、感情に呑まれた醜《みにく》い僕を見

せたくなかった。フランに嫌われないように、平静を装って理解あるフリをしていた」

「私はどんなシリルでも愛している。嫉妬してくれるなら、それはそれでうれしい」

そうかな？　前の生ではそれで失敗したのに。

でもそうかもしれない。あのお茶会で素直に「僕だけを見て」って本音を話していたら、フランは早い段階でアシュリーの役目を終わらせたかもしれない。

僕はフランに働きかけずに、彼の見えないところで動いた。

それが間違いの始まりだった。

今の生で、フランは僕を抱く時、いつも前の人生での最後の時の表情を浮かべていた。それは、僕を愛しいと思っている中に、苦しみが混ざっているような顔。

今回の発情期はどうだったのだろう、もうそんな顔させてないといい。

「フラン、発情期どうだった？　初めてあなたを愛しているって自覚して、抱かれた。とても幸せだった。フランも僕に愛されているの、感じてくれた？」

「ああ、幸せだった。同時に、ヒートが終わったらまたいつもの……私を愛していないシリルに戻ってしまうかもと少し怖かった。でも、そんなこと気にしていられないくらいに、シリルは私を求めていた。私だけを……」

ヒートでもフランにそんな想いをさせてしまった。たまらない気持ちになって、僕はフランを抱きしめた。

「ごめんね、フラン。そんな悲しいことを思わせちゃって。僕が求めていたのはフランだけだよ」

「ああ確かにヒート中のシリルは、私を求めてくれた」

フランがぎゅっと僕を抱きしめ返してくれる。

「今、はっきりと言える。フランディル様、僕はあなたにずっと恋をしていた。今までも、これからも！　あなただけを愛しています」

「シリル、ありがとう。私も生涯シリルだけだ。愛している」

僕はフランと結ばれるためにここに還ってきたんだ。今度こそフランと生きていく。

今、僕たちはやっと繋がった。

エピローグ

本当の意味で結ばれてから、激しくも穏やかな愛に満ちた日々が続いた。

アシュリーが引き起こした事件については、僕たちが番《つがい》になったあと、フランがすべて終わらせた。

調査の結果、黒幕は僕の前の生の記憶と同じで、アシュリーを傀儡《かいらい》として操った一人の後宮官僚だった。

王太子の閨係《ねやがかり》にはそれなりの条件があり、男爵家のオメガでもアシュリーのように教育を満足に受けてこなかった子息はまず選ばれない。そんなことを知らないミラー男爵は、後宮官僚の誘いに応じ、もともとの閨係《ねやがかり》候補二人を亡き者にし、犯罪の対価で息子を閨係《ねやがかり》にした。そして当たり前のように、閨係《ねやがかり》の報酬金を王家から受け取った。

その後、後宮官僚はアシュリーの恋心を利用して、僕に代わって王太子妃になれるように働きかけていたと言う。フランと番契約《つがいけいやく》を結ばせ、ミラー男爵を亡き者にしてからアシュリーを養子に迎え王太子妃にする。

アシュリーを介して、王族と関係を持つことが計画のすべてだった。

なんと恐ろしい話だろう。そんな野望のせいで、オメガ二人は殺された。そしてアシュリーの人生も狂わせた。

アシュリーは家の借金を返すために親に売られたオメガで、父親に騙《だま》されただけで、後宮官僚の企みは知らなかったことが判明した。母を早くに亡くし、意地汚い父親から幼い弟を守るため、身一つで身体を捧げに来たらしい。

それが後宮官僚に嵌められて、今回のような事件に繋がったという。

後宮官僚とミラー男爵は王家反逆罪で処刑され、王家の秘薬の製造は中止し、後宮も解体となった。

アシュリー本人には温情が与えられ、彼が守り続けた弟もリアム様の家に引き取られた。

僕の記憶が曖昧《あいまい》なせいで、好きではない人の番《つがい》になるという経験をアシュリーにさせてしまった。

結果、幸せそうだけど、それはアシュリーとリアム様が前を向いて頑張ったから。

リアム様は相変わらずフランの一番近くで支えてくれている。

あそこの夫夫《ふうふ》は、初めこそ意に沿わぬ番《つがい》契約だったけれど、リアム様の誠実な人柄に、アシュリーはフランの時以上にのめりこむようになって、リアム様もそんなアシュリーを温かく愛した。

僕はあれからたくさんアシュリーと話した。同じような断罪を経験した彼と話して、やっと僕は以前の僕を救ってあげられた気がした。

今のアシュリーを受け入れることまでが回帰した理由、なんだかそう思った。

僕は一度目と二度目で随分と違う生き方をしたけれど、最終的にすべては一つに繋がった。

共通点があるとすれば、番《つがい》への愛情かな？

お義母様もフィーも母も、夫である番《つがい》を心底愛しているのがわかるから、オメガこそ番《つがい》への執着が相当だ。

僕がそのいい例だよね。

だって、僕はフランにまた会うために回帰までしたんだから！

これまでの分も、ううん、これまで以上に僕の愛情をフランだけに捧げていく。

彼と穏やかな人生を歩んでいく。

目覚めるといつもそこにいて、眠りにつく瞬間もぎゅっと抱きしめてくれる愛しい番《つがい》を見て、僕は微笑む。

「フラン……僕は、何度だってあなたのもとに還るよ」

「シリル、私もあなたを何度でも愛する」

「ふふ、愛してる、フラン！」

フランは優しく微笑む。そして僕も満面の笑みを湛える。

「シリル、私もシリルだけを永遠に愛している」

僕の夢見た未来がここにはある。

かつても今も、僕はフランを愛するために生きている。

これが僕の見る夢だった。

ハッピーエンドのその先へ ―
ファンタジックなボーイズラブ小説レーベル

アンダルシュノベルズ
&arche NOVELS

子育て&溺愛
BLファンタジー！

お飾り婿の嫁入り
～血の繋がらない息子のために
婿入り先の悪事を暴露したら、
王様に溺愛されました～

海野璃音 ／著
兼守美行／イラスト

侯爵家のお飾り婿として冷遇される日々を過ごしてきたディロス。そんなある日、血の繋がらない息子・アグノスが処刑される夢を見たことをきっかけに、ここが前世で読んでいた小説の世界であることに気づく。しかも、このままだとアグノスは夢で見たとおりクーデターの首謀者として処刑されてしまう。それを回避するために、ディロスは婿入り先の侯爵家の悪事を王様に告発することに。ところが、ディロスの身を守るために、と言われ側妃にされたあげく、アグノスと二人の王子の面倒を見ているうちに王様に寵愛されちゃって……!?

詳しくは公式サイトにてご確認ください。
https://andarche.alphapolis.co.jp

異世界BLサイト“アンダルシュ”
新刊、既刊情報、投稿漫画、ツイッターなど、BL情報が満載！

ハッピーエンドのその先へ ―
ファンタジックなボーイズラブ小説レーベル

アンダルシュノベルズ

&arche NOVELS

転生した薄幸少年のハッピーライフ!

転生したいらない子は異世界お兄さんたちに守護られ中!
薔薇と雄鹿と宝石と

夕張さばみそ ／著

一為(Kazui)／イラスト

目が覚めると森の中にいた少年・雪夜は、わけもわからないまま美貌の公爵・ローゼンに助けられる。実は、この世界では雪夜のような『人間』は人外たちに食べられてしまうのだという。折角転生したというのに大ピンチ!　でも、そんなことはつゆしらず、虐げられていた元の世界とは異なり、自分を助けてくれたローゼンに懐く雪夜。初めは冷たい態度をとっていたローゼンも、そんな雪夜に心を開くようになる……どころか、激甘同居生活がスタート!?
個性豊かな異世界お兄さんが次々現れて?　最幸異世界転生ライフ開幕!

詳しくは公式サイトにてご確認ください。
https://andarche.alphapolis.co.jp

異世界BLサイト“アンダルシュ”
新刊、既刊情報、投稿漫画、ツイッターなど、BL情報が満載!

ハッピーエンドのその先へ ー
ファンタジックなボーイズラブ小説レーベル

&arche NOVELS

アンダルシュノベルズ

少年たちのわちゃわちゃオメガバース！

モブの俺が巻き込まれた乙女ゲームはBL仕様になっていた！ 1〜2

佐倉真稀 ／著

あおのなち／イラスト

セイアッド・ロアールは五歳のある日、前世の記憶を取り戻し、自分がはまっていた乙女ゲームに転生していると気づく。しかもゲームで最推しだったノクス・ウースィクと幼馴染み……!?　ノクスはゲームでは隠し攻略対象であり、このままでは闇落ちして魔王になってしまう。セイアッドは大好きな最推しにバッドエンドを迎えさせないため、ずっと側にいて孤独にしないと誓う。魔力が強すぎて発熱したり体調を崩しがちなノクスをチートな知識や魔力で支えるセイアッド。やがてノクスはセイアッドに強めな独占欲を抱きだし……!?

詳しくは公式サイトにてご確認ください。
https://andarche.alphapolis.co.jp

異世界BLサイト“アンダルシュ”
新刊、既刊情報、投稿漫画、ツイッターなど、BL情報が満載!

ハッピーエンドのその先へ ―
ファンタジックなボーイズラブ小説レーベル

&arche NOVELS

アンダルシュノベルズ

スパダリαの一途な執着愛！

派遣Ωは社長の抱き枕 ～エリートαを寝かしつけるお仕事～

grotta ／著

サメジマエル／イラスト

藤川《ふじかわ》志信《しのぶ》は、ある日のバイト中、不注意で有名企業社長のエリートα 鳳《おおとり》宗《そう》吾《ご》のスーツを汚してしまう。高価なスーツを汚して慌てる志信だが、彼の匂いが気に入った宗吾から、弁償する代わりに自分の下で働くように言われて雇用契約を結ぶことになる。その業務内容は、不眠症に悩む宗吾専属の「抱き枕」。抑制剤の副作用が酷い体質で薬が飲めないために、Ω特有の発情期《ヒート》の間は休むしかなく、短期の仕事で食い繋ぐ志信にとって願ってもない好条件だった。そんな貧乏Ωがα社長と一緒に住むことになって――!?

詳しくは公式サイトにてご確認ください。
https://andarche.alphapolis.co.jp

異世界BLサイト“アンダルシュ”
新刊、既刊情報、投稿漫画、ツイッターなど、BL情報が満載！

ハッピーエンドのその先へ ー
ファンタジックなボーイズラブ小説レーベル

アンダルシュノベルズ
&arche NOVELS

傷心の子豚
ラブリー天使に大変身！

勘違い白豚令息、婚約者に振られ出奔。1～2
～一人じゃ生きられないから奴隷買ったら溺愛してくる。～

syarin ／著
鈴倉温／イラスト

コートニー侯爵の次男であるサミュエルは、太っていることを理由に美形の婚約者ビクトールに振られてしまう。今まで彼に好かれているとばかり思っていたサミュエルは、ショックで家出を決意する。けれど、甘やかされて育った貴族の坊ちゃんが、一人で旅なんてできるわけがない。そう思ったサミュエルは、自分の世話係としてスーロンとキュルフェという異母兄弟を買う。世間知らずではあるものの、やんちゃで優しいサミュエルに二人はすぐにめろめろ。あれやこれやと世話をやき始め……!?

詳しくは公式サイトにてご確認ください。
https://andarche.alphapolis.co.jp

異世界BLサイト“アンダルシュ”
新刊、既刊情報、投稿漫画、ツイッターなど、BL情報が満載！

ハッピーエンドのその先へ ー
ファンタジックなボーイズラブ小説レーベル

アンダルシュノベルズ
&arche NOVELS

スパダリ王と
ほのぼの子育て

断罪された当て馬王子と愛したがり黒龍陛下の幸せな結婚

てんつぶ ／著

今井蓉／イラスト

ニヴァーナ王国の第二王子・イルは、異世界から来た聖女に当て馬として利用され、学園で兄王子に断罪されてしまう。さらには突然、父王に龍人国との和平のために政略結婚を命じられた。戸惑うイルを置いてけぼりに、結婚相手の龍人王・タイランは早速ニヴァーナにやってくる。離宮で一ヶ月間共に暮らすことになった二人だが、なぜかタイランは初対面のはずのイルに甘く愛を囁いてきて——？　タイランの優しさに触れ、ひとりだったイルは愛される幸せを知っていく。孤立無援の当て馬王子の幸せな政略結婚のお話。

詳しくは公式サイトにてご確認ください。
https://andarche.alphapolis.co.jp

異世界BLサイト“アンダルシュ”
新刊、既刊情報、投稿漫画、ツイッターなど、BL情報が満載！

ハッピーエンドのその先へ ー
ファンタジックなボーイズラブ小説レーベル

アンダルシュノベルズ
&arche NOVELS

相棒は超絶美形で
執着系

超好みな奴隷を買ったがこんな過保護とは聞いてない

兎騎かなで ／著
鳥梅 丸／イラスト

突然異世界に放り出され、しかも兎の獣人になっていた樹《いつき》。来てしまったものは仕方がないが、生きていくには金が要る。か弱い兎は男娼になるしかないと言われても、好みでない相手となど真っ平御免。それに樹にはなぜか『魔力の支配』という特大チート能力が備わっていた！　ならば危険なダンジョン探索で稼ぐと決めた樹は、護衛として「悪魔」の奴隷カイルを買う。薄汚れた彼を連れ帰って身なりを整えたら、好みド真ん中の超絶美形!?　はじめは反発していたカイルだが、樹に対してどんどん過保護になってきて——

詳しくは公式サイトにてご確認ください。
https://andarche.alphapolis.co.jp

異世界BLサイト"アンダルシュ"
新刊、既刊情報、投稿漫画、ツイッターなど、BL情報が満載！

ハッピーエンドのその先へ ー
ファンタジックなボーイズラブ小説レーベル

&arche NOVELS
アンダルシュノベルズ

断罪後は、
激甘同棲ライフ!?

今まで我儘放題でごめんなさい！これからは平民として慎ましやかに生きていきます！

華抹茶／著

hagi／イラスト

ある日、婚約者のクズ王子に婚約破棄された公爵令息エレン。そのショックで前世の記憶が蘇った彼は、自分がとんでもない我儘令息で、幼い頃からの従者であるライアスも傷つけていたことを自覚する。これまでの償いのため、自ら勘当と国外追放を申し出てライアスを解放しようとしたエレンだが、何故かライアスはエレンの従者を続けることを望み彼に押し切られる形で、二人で新生活を送ることに……こうして始まった同棲生活の中、もう主従ではないはずがライアスはこれまで以上の溺愛と献身ぶりを見せてきて——!?

詳しくは公式サイトにてご確認ください。
https://andarche.alphapolis.co.jp

異世界BLサイト“アンダルシュ”
新刊、既刊情報、投稿漫画、ツイッターなど、BL情報が満載!

この作品に対する皆様のご意見・ご感想をお待ちしております。

おハガキ・お手紙は以下の宛先にお送りください。

【宛先】

〒150-6019 東京都渋谷区恵比寿 4-20-3 恵比寿ｶﾞｰﾃﾞﾝﾌﾟﾚｲｽﾀﾜｰ 19F
（株）アルファポリス　書籍感想係

メールフォームでのご意見・ご感想は右のＱＲコードから、
あるいは以下のワードで検索をかけてください。

アルファポリス　書籍の感想　検索

ご感想はこちらから

本書は、「アルファポリス」（https://www.alphapolis.co.jp/）に掲載されていたものを改稿、加筆のうえ、書籍化したものです。

回帰《かいき》したシリルの見《み》る夢《ゆめ》は

riiko（りいこ）

2024年 3月 20日初版発行

編集－境田 陽・森 順子
編集長－倉持真理
発行者－梶本雄介
発行所－株式会社アルファポリス
〒150-6019 東京都渋谷区恵比寿4-20-3 恵比寿ｶﾞｰﾃﾞﾝﾌﾟﾚｲｽﾀﾜｰ19F
TEL 03-6277-1601（営業） 03-6277-1602（編集）
URL https://www.alphapolis.co.jp/
発売元－株式会社星雲社（共同出版社・流通責任出版社）
〒112-0005 東京都文京区水道1-3-30
TEL 03-3868-3275
装丁・本文イラスト－龍本みお
装丁デザイン－NARTI;S（Urara Inami）
（レーベルフォーマットデザイン―円と球）
印刷－図書印刷株式会社

価格はカバーに表示されてあります。

落丁乱丁の場合はアルファポリスまでご連絡ください。

送料は小社負担でお取り替えします。

©riiko 2024.Printed in Japan

ISBN978-4-434-33586-0 C0093